Dark Paradise

Jean-Louis Uzan

Du même auteur
chez FLH EDITIONS

" Cherchez la femme "

Dark Paradise

roman

Illustration de couverture gaby*fayol

Dark Paradise

à
Simon le turfiste

Dark Paradise

PRINCIPAUX PERSONNAGES

Johnny LEBON: scénariste américain.
Debbie FAST: femme jockey.
Eddy FAST: jockey, père de Debbie.
SAM: lad-jockey.
Aurore PARKER: entraîneur Pur Sang.
Alex PARKER: ex-entraîneur, père d'Aurore.
LUCIEN: premier garçon.
Franck BIJOU: journaliste Pari-Turf.
Harry WILSON: assureur et propriétaire.
Léon CAME: directeur audiovisuel France Galop.
NORBERT: bad boy.
POLO: patron du Polo Club.
Eugénie LEGRAND:chercheuse en Laboratoire.
James C. CARLTON: réalisateur à Hollywood.
Judith WARNER: productrice studio Warner.
Patrick MARTIN: directeur centre entraînement.
GALOPINI: entraîneur Pur Sang.
Paul COLOMBUS: policier Bahaméen.
SARA: lad-soigneur.
Philippe MILLION: jockey.
ROCK: jockey.
Pierre-Amédé FANFARD: jockey.
BARBARA: hôtesse-stripteaseuse.
SAMANTHA: sœur de Barbara.
Tony LACHANCE: souteneur.
JOE le balafré: nettoyeur.
Richard LENOIR: maire de Maisons-Laffitte.

Dark Paradise

1

Une grande baffe sur l'épaule me fait tressaillir et avaler mon sandwich de travers. J'en recrache une bouchée sur l'asphalte brûlant d'Hollywood boulevard et sur mes souliers tout neufs.

— Eh Johnny, qu'est-ce que tu fous là ?

— Putain James, t'es toujours aussi con, j'ai failli m'étrangler ! Avec son physique à la Joe Dallessandro et ses fausses dents, James pouffe de rire.

— Content de te voir Johnny Lebon... T'as enfin quitté tes bananiers et tes plages de sable rose !

— Pas pour longtemps, mais ça fait plaisir de te voir...Toujours Gogo-boy, darling ?

— T'as pas la télé dans ton îlot ? Je suis devenu une star... LA STAR de la série, *Pink Boys in Vegas.*

— Ah ouais, bien !

— C'est le carton absolu, toute la communauté en raffole; je sors d'une interview avec Oprah Winfrey. Tu parles à une star Johnny ! Tu devrais écrire un film sur ma vie. Tiens, prends ma carte.

— Ça fait plaisir, extra, James...
Je siffle un taxi dont les pneus crissent pour stopper devant moi.

— ... J'y penserai... Je dois filer... Un rendez-vous mon pote. À un de ces quatre Pinky boy.
Je lui lance le reste de mon sandwich qu'il attrape par réflexe.

— Eh, tu fais quoi ce soir ? me lance-t-il.
Trop tard. Je m'engouffre déjà dans la Dodge climatisée, indique l'adresse au chauffeur et astique mes chaussures vernies tout en

m'agrippant car mon driver n'a pas de temps à perdre semble-t-il.
Le taxi me jette entre Beverly Hills et West Hollywood devant les studios de la Warner Bros. Mon petit cœur s'accélère...
Certainement un mélange de nostalgie et d'angoisse. Les mythiques lettres WB du célèbre logo "Warner Bros Pictures" me collent presque la chair de poule, elles sont liées pour moi à mes débuts et aussi aux chefs d'œuvres du septième art. Je devrais pourtant être vacciné tant j'ai franchi cette entrée des milliers de fois pour rejoindre mon bureau dans l'aile des scénaristes. Rien n'y fait, je me sens écrasé et minuscule devant cette institution.

Je me fais annoncer et patiente quelques minutes en dévorant quelques-unes des plus belles affiches du cinéma mondial. Je suis en admiration devant l'originale de "l'inconnu du Nord Express" d'Alfred Hitchcock.... Le film du crime parfait !

— Monsieur Lebon ? Suivez-moi s'il vous plaît.
Une grande sauterelle blonde (qui fera certainement son chemin dans le cinéma, grâce à sa croupe exagérément cambrée), me fait sortir de mes rêveries et m'accompagne jusqu'à l'étage de la direction.
Judith Warner, la petite fille de Jack, me reçoit en personne. Elle fait "petite chose" et pièce rapportée dans ce gigantesque *office* aux précieuses boiseries anciennes. Brune comme Sofia Coppola, elle lui ressemble avec son grand nez. Ses yeux noirs sont très doux et son sourire angélique, tout comme ceux de Sofia. Elle paraît une vingtaine d'années. J'ai lu dans Variety, le magazine des pros, qu'elle était dorénavant responsable du département Séries TV.

Les temps ont vraiment changé dans cette institution très longtemps machiste. Avant, les femmes étaient juste bonnes à être secrétaires ou stars capricieuses à l'écran, avec *of course* le droit de cuissage pour les producteurs...
Certains le regretteront, pas moi ! Contre vents et marées j'ai toujours défendu le droit des femmes, des opprimés, et des minorités. Je sais de quoi je parle. Il n'y a pas si longtemps on faisait passer l'homosexualité pour une maladie psychiatrique !

14

Les longs doigts élégamment manucurés de Judith Warner me caressent la main.

— Asseyez-vous Monsieur Lebon, me dit-elle d'une voix rauque en totale contradiction avec sa silhouette fluette.

Je m'exécute tout en soutenant son regard qui semble beaucoup m'apprécier.

— Merci d'être venu...Vous habitez encore aux Bahamas, c'est cela ?

J'acquiesce.

— Bien voyagé ?

— Oui, merci.

— Vous êtes tenu en très haute estime en ces lieux Monsieur Lebon. Le saviez-vous ?

— J'en suis ravi Madame.

— Mademoiselle, dit-elle en continuant à me jauger du regard. Vos états de service ici sont élogieux: quinze scripts, cinq films à l'écran, des critiques dithyrambiques et des millions de dollars de recettes...

— J'ai vraiment apprécié que ce studio me donne ma chance en m'offrant mon premier contrat de scénariste. C'est ici que j'ai fait mes classes et j'ai réellement adoré travailler avec votre père mademoiselle Warner. J'ai aussi eu le plaisir de rencontrer feu votre grand-père.

— Bien, très bien, venons-en au fait Monsieur Lebon... Vous connaissez certainement notre série télévisée "Jockey" ?

— Oui, assez bien, bon nombre de mes amis l'apprécient aux Bahamas.

— Pas vous ?

— Moi, vous savez, les chevaux ce n'est pas mon truc. Par contre, vus l'enthousiasme et le niveau d'excitation de mes amis lorsqu'ils regardent cette série dans notre bar fétiche, c'est probablement très réussi.

— Bon, bon, voilà, nous projetons d'adapter la série "Jockey" à l'international et nous aimerions commencer en Europe par la France avec les fameuses courses d'obstacles de Steeple Chase...

Et bizarrement nous avons pensé à vous pour l'écriture et

l'adaptation...

— Je pensais que vous m'aviez fait venir pour signer le contrat de *Cherchez la femme* ?

— L'achat de votre scénario *Cherchez la femme* par la Warner est une affaire entendue. Vous signerez les contrats au service juridique demain matin.

— Revenons, si vous le voulez bien, à mon projet de la série "Jockey".

Cette gamine a de la suite dans les idées...

— Oui, nous aimerions vous la confier.

... mais sûrement un pète au casque !

— Oui oui, à vous... Effectivement... Je suis d'accord, c'est bizarre d'avoir pensé à vous.

— Je ne vous le fais pas dire ! Même moi je n'y aurais pas songé une seconde ! D'ailleurs je n'ai jamais écrit pour la télévision, qui plus est une série!

— Oui oui, nous le savons... Pourtant nous avons mis une machine de guerre en branle pendant des mois pour trouver le scénariste idéal et -ne me demandez pas pourquoi- c'est tombé sur vous.

— La probabilité, ma foi, était pourtant mince de tomber sur moi, voire inexistante ?

— La probabilité est une science mathématique. Nous, les studios de cinéma sommes équipés des meilleurs spécialistes en la matière. Quelques règles strictes, une bonne méthode et tout devient plus facile. Á la base: un bon dénombrement, et une appréciation des relations entre les événements possibles... puis un nom sort du chapeau et miracle c'est vous.

Vous êtes le cas favorable Monsieur Lebon... c'est certain, nos spécialistes nous l'assurent... le candidat idéal... Vous savez le calcul des probabilités est déroutant. Il n'est pas toujours intuitif. C'est bien vous le scénariste adéquat pour ce job, vous êtes l'élu, dit-elle en souriant.

— Le scénariste idéal ?...

— Oui oui, et même le *showrunner* de la série... en plus...

Elle a trop regardé "OUI OUI".

16

...C'est notre façon de travailler pour optimiser la qualité et l'originalité. L'auteur est aussi le *showrunner* chez nous.

— Le *showrunner* !

— Oui oui, vous avez bien entendu, si vous acceptez d'écrire la série, vous en serez aussi le *showrunner*, le producteur si vous préférez. L'auteur et le meneur de revue. Toute la série sera sous votre responsabilité. Une liberté quasi absolue vous sera octroyée, vous serez le capitaine à bord, le garant de l'unité artistique et technique. C'est ainsi que nous produisons les meilleures séries maintenant et nous les vendons dans le monde entier avec succès. L'auteur dirige l'équipe des réalisateurs qu'il choisit et veille à l'harmonie du ton des épisodes.

— Vous pensez vraiment que je suis à la hauteur pour un tel projet ? Avec de telles responsabilités ?

— Oui oui, nos recherches montrent que oui. C'est peut-être parce que vous voyagez bien et aussi, parce que vous ne connaissez rien aux chevaux ?...

Ils sont siphonnés à la direction !

... Non, je plaisante. Vous parlez français tout de même, c'est un point crucial ! Nous ne voulions pas d'un scénariste français, ils ne sont pas les meilleurs pour écrire les séries, bien qu'ils s'améliorent. La série doit être écrite du point de vue d'un novice pour attirer de nouveaux spectateurs et remplir les champs de courses. C'est l'objectif principal de notre sponsor français France Galop... Oui, le spectacle... Et pour le PMU remplir les caisses.

— L'argent... toujours l'argent !

— Oui, oui, d'après ce que j'ai entendu dire, la nouvelle direction de France Galop envisage de nettoyer les hippodromes, quasi déserts, des traîne-savates, en augmentant le prix des entrées. Ils espèrent, à l'instar du PSG, le club de foot parisien, passer dans une ère nouvelle et faire le plein en accueillant le gratin du show-biz et la crème des VIP's.

— Belle mentalité, je dis.

— C'est du business... un choix stratégique qui portera peut-être ses fruits ? D'ailleurs, leur nouvelle philosophie, si j'ose dire, visera également à encourager les riches propriétaires et entraîneurs des grandes écuries au détriment des petits, qui tirent le diable par la queue. Saviez-vous que la famille propriétaire de la plus grande écurie française, s'appelle Wertheimer, et qu'ils détiennent les parfums Chanel !

— Oui, je sais, j'ai lu la biographie de Coco Chanel. Les frères Wertheimer ont eu le nez fin; mais elle a dû se battre contre ces roublards.

— Dites-donc, vous avez l'air bien remonté. Vous n'allez pas mettre le bazar chez France Galop au moins ?

— Non, mais l'argent n'est pas le moteur de ma vie.

— C'est le moteur de la leur, ils préfèrent les princes arabes, les Aga Khan, les Rothschild. C'est un choix. C'est une entreprise qui a des responsabilités, elle fait vivre 130 000 personnes.

— L'argent, le pouvoir et le contrôle pourrissent les sociétés. Avoir le plus possible d'argent ne devrait pas être une fin en soi.

— Oui oui, je sais ce que vous pensez.

— Vous êtes vraiment très très bien renseignée Mademoiselle Warner.

— Oui, oui... vous êtes l'homme de la situation puisque je vous le dis monsieur Lebon...

Elle me saoule avec ses "OUI OUI".

.... Alors, voyez les choses du bon côté, vous pourrez découvrir un pays extraordinaire, rencontrer des gens formidables et puis faire connaissance avec l'univers passionnant des chevaux de course. En France, on mange formidablement bien, avec les meilleurs vins du monde, ce n'est pas négligeable, n'est-ce pas Monsieur Lebon ? Quelle chance vous aurez. Paris, c'est la plus belle ville au monde... Croyez-moi !... De plus, pour votre gouverne, la France est un pays progressiste... par exemple une loi vient de passer qui permet aux homosexuels de se marier s'ils le désirent, ajoute-t-elle avec un clin d'œil complice.

— Vous êtes exagérément bien renseignée... mademoiselle Warner.

— Oui, oui. Suffisamment.

— Cela frôle la correctionnelle !

— Ne le prenez pas mal... c'est tout à votre honneur, vous avez été sélectionné sur des dizaines de candidats potentiels.

— C'est tout ce que vous avez sur moi ?

— Je peux vous lire votre profil psychologique, si vous le souhaitez ?

— Mon profil psychologique !!!

— Vous avez travaillé chez nous... Voilà ce qu'il y a écrit sur votre fiche.

— Ma fiche ?... Vous nous fichez, félicitations ! ... Allez-y, lisez donc !

Elle s'exécute devant un bristol.

— Votre comportement laisse apparaître qu'aux yeux des autres, vous êtes secret, puissant, dominateur, résistant, intuitif, charismatique, affirmé, créatif, indépendant, magnétique, loyal, volontaire, audacieux, perspicace, passionné, fier, vigoureux, généreux, travailleur, persévérant, indomptable, rusé, possessif, obstiné, ambitieux, instinctif, tenace, sexuel, sexy, intense, avec l'esprit de compétition.

Je suis abasourdi. Elle le voit bien.

— Allez... Laissez-vous tenter Monsieur Lebon... Voici les DVD des deux premières saisons. Je vous serai reconnaissante de les visionner dès cet après-midi...

Voilà que cette gamine me donne des devoirs maintenant !

... Nous vous avons réservé une chambre au Château Marmont... Si vous êtes d'accord, j'ai une table à 21 heures chez Nobu sur La Cienaga. Nous discuterons de tout cela ce soir.

Elle se lève, et m'entraîne vers la sortie en me prenant la main du bout de ses longs doigts. Ses bagues s'enfoncent volontairement dans ma peau pour me piquer, probablement un signe pour me faire réagir et me dire: vous ne rêvez pas.

Elle me tend sa carte de visite avec un grand sourire.

— J'ai ajouté mon numéro de portable dessus... Á ce soir Monsieur Lebon.

La charmante future starlette blonde aux si jolies fesses prend le relais. Elle me raccompagne jusqu'à la sortie en me demandant si je suis réalisateur.

Une Cadillac aux couleurs de la Warner me promène jusqu'au Château Marmont.

Le chauffeur me libère au 8221 Sunset boulevard. Un groom se précipite pour m'ouvrir la portière. Il semble déçu lorsque je lui avoue que je n'ai que mon bagage à main. Pas touche, je le garde toujours précieusement avec moi.

Si vous ne connaissez pas le Château Marmont sachez qu'il est classé monument historique...

Probablement plus par les facéties des artistes qui y ont séjourné que par son architecture.

James Dean, Montgomery Clift, Marylin Monroe, Elisabeth Taylor ou encore Jim Morrisson s'y sont illustrés par des incidents et accidents mémorables. Jim Morrisson y aurait perdu, d'après lui, la huitième de ses neuf vies en sautant du toit de l'hôtel. Même le grand photographe Helmut Newton y est mort sur le coup, lorsque sa voiture a percuté un mur de l'allée d'accès à l'hôtel.

Je commande un club sandwich. Le petit gars du room service qui me l'apporte se croit malin en m'annonçant que je suis dans le célèbre bungalow N°3, celui-là même où est mort John Belushi d'une overdose. Oh, mon Dieu, je regarde autour de moi, je flippe. Du coup tintin, je ne lui donne pas de pourboire.

Pour me changer les idées, je m'enquille les DVD de la série "Jockey". Je suis vite pris par l'ambiance des compétitions et par la rivalité entre ces athlètes de haut niveau.

La série raconte un mois de la vie de jockeys et de leurs chevaux en Californie sur l'hippodrome de Santa Anita. La crack-jockey Chantal Sutherland, se rend en Californie pour booster sa carrière et sauver sa relation avec le jockey Mike Smith. Les réussites, et les échecs des protagonistes s'enchaînent à la vitesse des Pur Sang.

En compétition, mais aussi dans leur vie privée leurs failles apparaissent, l'intimité révèle et reflète parfaitement les tragédies de la vie. Je suis impressionné par l'intensité dramatique. Je fais une pose après la saison 1.

J'appelle mon *boyfriend* Paul Colombus à Eleuthera, aux

Bahamas.

— C'est moi Paul.

— Salut beau gosse, ça va ?

— Oui et non, j'ai besoin de te parler, je suis perturbé. Tu ne devineras jamais ce qui m'arrive ?

— Tu n'as pas rencontré un bel homme au moins ?

— Mais non idiot.

— En plus de m'acheter "Cherchez la femme", la Warner me propose de me confier l'écriture et la production de l'adaptation française de la série TV "Jockey".

— Super Johnny. C'est une bonne série.

— Le hic Paul, c'est qu'ils veulent m'envoyer en France pour que je l'écrive.

— Ah oui ? Et combien de temps ?

— J'en sais rien, je dois voir les détails ce soir lors d'un dîner, mais c'est long à écrire une série.

— Je t'attendrai Johnny, ne t'inquiète pas. Cela fait un an que tu tournes en rond, fonce. Je vois bien que tu commences à t'ennuyer sur l'île, et que tu t'inquiètes pour ta carrière.

— Paul, je suis heureux avec toi, tu sais.

— Arrête tu vas me faire pleurer mon chou... Accepte s'il te plaît, je viendrai te voir, je te le promets... C'est à Paris ?

— Je crois.

— Accepte, je te dis. Ta vie doit être riche, elle doit avoir un sens, des aspirations, des projets, de la réussite... l'appétence, Johnny, l'appétence...

— Oh merci Paul, ça me fait du bien que tu le prennes comme ça. Je vais voir les détails, je te tiens au courant. Je t'appelle demain. Je t'embrasse fort.

— Moi aussi, je t'embrasse très fort Johnny.

Nobu Los Angeles a trois salles à manger séparées et un élégant bar lounge. Chaque espace pour dîner a sa propre décoration avec une ambiance personnalisée.

Le bar et le lounge du Nobu où je retrouve mademoiselle Warner sont devenus un repère de star du cinéma et du show-biz hollywoodien. Le patron Nobuyuki Matsushita, Nobu pour les intimes, nous installe dans la plus grande salle à dîner, celle avec le sushi bar, l'atrium et la grande terrasse. La cour intérieure avec ses immenses chandeliers métalliques qui projettent et diffusent le scintillement des étoiles ne m'empêche pas de reconnaître Steven Spielberg et son épouse. Pour cette soirée très spéciale par l'enjeu, j'ai revêtu mon costume en flanelle blanche pour souligner ma peau mate et métissée.

Judith Warner m'a sorti le grand jeu: une robe longue en lamé argenté de chez Chanel. Des escarpins rouge foncé élaborés par le designer américain Stuart Weitzman assortis à une très belle broche barrette, époque 1920 sertie de diamants sur une bordure finement perlée qui maintient son chignon.

Waow ! S'il y a un paparazzi qui traîne, on va finir à la page people du Vanity fair.

Peter & Josh nos serveurs nous recommandent tout un tas de spécialités japonaises créées par le chef Nobu. Judith se laisse tenter par un pâté de lotte au caviar en entrée et un tartare Toro Blue-fin ; ne me demandez pas ce que c'est, je n'en ai jamais vu, ni même entendu parler. Moi, vous savez bien, j'aime commander des crevettes, alors, ce sera un Nobu style tacos aux crevettes pour commencer et un tempura de crevettes ensuite. Par contre, je suis les recommandations de Peter & Josh pour le Saké. Les sushis revisités avec les tacos de la table à côté semblent sexy.

D'ailleurs, après quelques verres de Saké, pendant les explications de Judith Warner sur sa façon de voir mon intégration en France, je me sens comme si j'étais assis dehors parmi des bonsaïs géants. Le Saké c'est bon, mais à chaque fois je décolle car j'en bois sans compter avec ces petits verres qui n'ont l'air de rien.

Je lui avoue donc sans attendre que je suis intéressé par sa proposition "Jockey".

Spontanément elle se lève, se jette sur moi et m'embrasse, comme si elle venait de gagner le Superbowl.

Du coup, elle s'emballe...

Judith "Oui Oui" est charmante, mais c'est devenu un moulin à paroles qui a tout prévu:

-Je dois partir au plus tôt.

-Je dois acheter des vêtements chauds, l'hiver sera rude.

-Je dois habiter et vivre dans une écurie, qu'elle a déjà choisie.

-Je dois écrire douze épisodes de vingt-six minutes chacun.

-Je dois, je dois, absolument intégrer l'esprit et les spécificités des français, car, elle compte bien sur une diffusion mondiale. La France ça se vend bien. Il n'y a qu'à voir le tour de France me dit-elle. C'est un carton d'audience dans le monde.

-Je dois apporter ma science du récit, du suspens et de l'action.

-Je dois, je dois, avoir un casting avec des personnages EXTRA ordinairement attachants.

-Je ne dois pas oublier l'humour.

-Je dois faire la part belle au jeu et donner envie aux nouveaux parieurs.

-Je dois... Je dois... Je dois...

J'en ai la nausée de ses "Je dois".

Je vous en épargne une avalanche qui m'assomme !

Je la coupe.

— Vous voulez que j'habite dans une écurie ?

— Oui, il faut toujours être au centre de l'arène. Ce n'est pas à un scénariste tel que vous que je vais apprendre cela, n'est-ce pas ?

— Certes, je lui concède.

— Vous irez chez mademoiselle Aurore Parker, une femme entraîneur de grand talent, très pro, en avance sur son temps. Nous la connaissons bien car nous envisagions, à un moment, de porter à l'écran l'histoire de Dark Paradise, son mythique cheval qui s'est tué en course pendant le Grand Steeple Chase de Paris.

Encore un mélodrame ?

Faudra que je me renseigne quand même sur cette histoire !

— Bien. Parfait. À combien de temps estimez-vous mon séjour en France ?

— D'après mon planning prévisionnel, un mois d'acclimatation et de documentation. Deux mois d'écriture pour un premier rendu de copie et un mois de plus pour les finitions. Nous sommes fin octobre, donc de novembre à fin février. Le tournage commencera sans tarder début mars pour se terminer en apothéose pendant le Grand Steeple Chase de Paris en mai. Oui oui, nous avons prévu trois mois de tournage pour 12 fois 26 minutes.

C'est pour cela que nous enverrons dès Janvier le réalisateur principal de la série -que nous aurons choisi ensemble- vous rejoindre sur place.

Ensemble ? Elle m'avait bien dit que ce serait moi qui choisirai le réalisateur !

— Quels sont les honoraires que vous avez prévus pour moi ?

— Vous n'avez plus d'agent ?

— Non, effectivement, j'ai dû quitter le dernier Philip Garner suite à la sale affaire Rubinstein. J'ai mis un temps fou à récupérer les droits de mon scénario *"Cherchez la femme"*, ICM m'a compliqué la vie sur ce coup-là.

— Pour ne pas retarder notre affaire, je vais vous dire. Nous nous sommes basés sur les nouvelles conventions collectives, suite aux longues grèves des scénaristes. 20 000 dollars par fiction de 26 minutes, soit 240 000 dollars, plus un bonus de 100 000 dollars en tant que *showrunner.*

Voyant mon expression ravie, elle enchaîne.

— Vous voyez, Monsieur Lebon, que l'on vous tient en très haute estime à la Warner et que l'on ne vous vole pas.

— Parfait. Nous allons traiter en direct. Pas besoin d'un agent pour nous compliquer la vie, et qui me prendrait vingt pour cent alors que l'affaire est déjà entendue.

— Ça me va parfaitement monsieur Lebon... Par contre, j'attends de vous une disponibilité absolue et un départ immédiat pour la France.

— On ne peut rien vous refuser mademoiselle, vous êtes bien organisée. Vous pouvez compter sur moi.

On se serre la main pour sceller notre accord.

Sa peau est douce comme l'enveloppe d'un ravioli japonais.

— Demain, en fin de matinée, après votre passage au service juridique, nous ferons une réunion de briefing avec mon équipe.

Nos serveurs Josh & Peter, sont aux petits soins pour nous. Quels que soient les mets; les plateaux de sashimis, sushis, fruits de mer, légumes frits, desserts, élèvent la présentation au rang d'œuvres d'art.
Par contre, dommage de mettre de la mayonnaise sur le tempura de crevettes.

— Vous verrez, la mayonnaise en France n'a rien à voir avec l'américaine, me promet Judith Warner.
Ce repas agréable et raffiné m'a tout de même épuisé, je n'ai plus l'habitude de ces longs dîners d'affaires. Mademoiselle Warner me remercie pour cette belle soirée. Je tiens à régler le dîner, mais rien n'y fait, la note, qui doit être faramineuse atterrit sur le compte Warner chez Nobu. Je vais rentrer dare-dare me coucher et dormir comme un chaton.

La limousine WB de Judith Warner fait gentiment un crochet pour me déposer à mon hôtel.

Arrivé au Château Marmont, c'est un tout autre programme qui m'attend...
En effet, à peine arrivé à la réception pour récupérer les clefs de mon bungalow N°3, voilà que James et toute une bande d'hurluberlus m'entraînent, contre mon gré vers la piscine pour fêter le premier anniversaire de leur série TV: *Pink Boys in Vegas*. Acteurs, mannequins, photographes, réalisateurs -de deuxième catégorie- et monde interlope s'enivrent et dansent. Déjà à moitié à poil au bord et dans la piscine, ils se défoulent sur de la *Lady Gaga* remixée live par *Fedde Le Grand Dutch*. Un seul verre, tu ne peux pas refuser, un seul verre c'est promis m'assure James... Mais voilà le hic, c'est que dans ce verre il y avait certainement du LSD ou genre...
Alors moi, j'ai perdu le sens des réalités, avec des modifications sensorielles intenses, puis des hallucinations graves...
Après des heures de fête assorties d'hectolitres d'alcool et de

longues lignes de poudre blanche, la descente est terrible et le retour à la réalité au petit matin, pas glamour du tout. Je me réveille au bord de la piscine en string rose *stické* "P.B. in Vegas", comme une épave, avec des griffures partout et même des taches blanches légèrement jaunes collées sur mon corps qui dégagent une odeur âcre insupportable.
Bad trip comme on dit !

Minable, en levant la tête j'aperçois un acteur célèbre dont je tairais le nom, il occupe la suite du dernier étage. Avec des jumelles, il repère trois starlettes à la piscine qui commencent à émerger elles aussi de leur mauvais trip. Il leur crie alors de monter. Ce qu'elles font sans se poser la moindre question. Moi je regagne mon bungalow pas fier du tout, la queue entre les jambes. Une interminable douche glacée suivie d'un breakfast composé d'un demi-litre de café noir, de jus d'orange, d'œufs brouillés, de toasts grillés, de fraises, groseilles et pommes finement tranchées me permettent de reprendre la possession de mon corps. De ma tête, cela va être plus long car la musique assourdissante de la nuit résonne encore dedans. Pourtant j'ai réellement besoin de toute ma cervelle aujourd'hui pour signer mes contrats de la vente de mon scénario et pour la réunion de la série TV "Jockey" avec mademoiselle Warner.
J'ai la tête dans le bayou ! comme on dit chez moi.
Chez vous ça se traduit par "j'ai la tête dans le cul !"

BABY DARK
(rewind)

Les chiens hurlaient à la mort dans le haras des Parker en Normandie. Alex Parker, un faux air de Robert Redford, poussé en préretraite de son métier d'entraîneur par sa fille Aurore, fêtait ses 50 ans cette année-là.

Il s'occupait de son élevage de Pur Sang nommé "Paradise". Il sortit en peignoir de son petit manoir XVIII ème pour inspecter les alentours. Trop tôt pour que la brume ne se soit encore dissipée. Alex Parker ne vît rien qui lui sembla anormal. Il lâcha tout de même ses chiens, deux Dobermans qui le bousculèrent et foncèrent vers les prés. Alex enfila en quatrième vitesse ses bottes de caoutchouc et décrocha son fusil de chasse. Il se lança à la poursuite de ses chiens.

Á bout de souffle, dans le pré à un kilomètre de son manoir, il les découvrit énervés autour du corps inerte de l'une de ses poulinières à la robe noir ébène. Secoué, il essaya de comprendre en caressant la tête de cette pauvre bête morte.

De retour chez lui, il appela sa fille Aurore pour lui raconter. Il ajouta que le petit de sa poulinière morte, le poulain Dark Paradise avait disparu... Il n'était pas dans le haras... Il avait cherché partout...

C'était le drame absolu, en plus des sentiments pour sa poulinière et son poulain, c'était la meilleure génétique du haras qui s'éteignait, un travail de sélection sur plusieurs décennies. En effet, Belle Paradise la poulinière retrouvée sans vie était la dernière fille de Hyères III le triple vainqueur du Grand Steeple Chase de Paris 1964, 1965, 1966. Pour couronner le tout, son poulain Dark Paradise avait une option d'achat par le célèbre haras irlandais de Coolmore.

Aurore, assommée par ces horribles nouvelles lui avait conseillé d'appeler la gendarmerie... Elle l'informa qu'elle viendrait en Normandie en fin de journée après les courses hippiques...

Les gendarmes apprirent à Alex Parker qu'ils enquêtaient déjà sur un gang qui enlevait et séquestrait des chevaux contre rançons dans la région.

Alex Parker reçut effectivement assez vite une demande de rançon qu'il refusa de payer... S'il s'entêtait, il recevrait dans un premier temps les deux oreilles du poulain, lui avaient fait savoir les ravisseurs...

Dark Paradise, bien qu'âgé de seulement cinq mois, était parvenu à ouvrir le verrou de son box de fortune bien caché dans une grange abandonnée. Il se faufila entre les planches qu'il avait savamment dégondées et s'échappa dans la nuit... Il galopa à travers des champs de betteraves et fila sans hésiter vers l'ouest.

Il parvient au petit matin à retrouver le haras des Parker, mais malheureusement pas sa mère que l'équarrisseur avait déjà enlevée de son pré. Les éleveurs et agriculteurs du coin s'unirent et parvinrent, grâce aux traces de betteraves, sur le museau et les pattes de Dark Paradise, à identifier les champs puis la planque des ravisseurs. Cueillis à froid, les voyous, une bande d'anciens lads bannis, prirent la raclée de leur vie avant d'être livrés à la gendarmerie.

Poulain, Dark Paradise, venait de prouver qu'il avait déjà un sacré caractère, un tempérament de dominant, déjà un vrai gagneur. Son enlèvement fit qu'il ne fut finalement pas vendu en Irlande... Il devint la coqueluche des éleveurs de la région.

Sa photographie dans le journal Ouest-France fit la fierté du haras des Parker. Il posait noblement avec sa pelote blanche sur le chanfrein. Cette mésaventure avait au moins permis aux Parker de conserver la souche de cette famille de champions.

2

Mon boeing 777 à destination de Paris décolle de L.A pour un long vol de nuit.

Confortablement installé au rang 5 de la classe *business*, je savoure des toasts au saumon fumé accompagnés d'une coupe de Champagne, tout en feuilletant mon livre: "les courses de chevaux pour les nuls".

Mon voisin, un robuste gaillard sexagénaire au look *very british* me toise tout en lorgnant ma lecture. Il m'adresse un large sourire caustique et m'apostrophe en me tendant sa main.

— Harry Wilson, vous ne pouvez pas mieux tomber, je suis propriétaire depuis trente ans.

— Propriétaire ? Excusez-moi, Johnny Lebon... Enchanté.

— Propriétaire de chevaux de courses. Vous avez l'air de vous y intéresser n'est-ce pas ?

— Tout à fait.

— Puis-je vous aider, vous faire profiter de mon expérience ?

— C'est gentil. Pour tout vous dire, je crois que dix vols LA/ Paris aller-retour ne suffiraient pas à combler mes lacunes dans ce domaine. Je viens d'accepter une mission dans les chevaux de courses pour laquelle je suis totalement incompétent et en plus on me paye pour cela. Si je pouvais, je sauterais de l'avion pour tout annuler...

— Je ne saisis pas bien votre affaire, monsieur Lebon ?

— Appelez-moi Johnny, monsieur Wilson.

— De quel business s'agit-il ?...

Il me regarde avec insistance.

... Je peux certainement vous aiguiller Johnny ? ... Appelez-moi

Harry, vous voulez bien ?

— M'aiguiller ? dans un avion... vous avez l'esprit d'à propos Harry...

— Ah, ah !... J'aime bien les bons mots, mais celui-ci, n'était pas volontaire.

— Moi aussi, j'aime bien les bons mots; je suis scénariste, cette fois je dois écrire dans le milieu des chevaux de courses.

— Scénariste ?... Alors, je comprends mieux votre embarras Johnny. Pourtant, pour vous remonter le moral, je dirais qu'il y a de grandes similitudes entre préparer un cheval ou préparer une équipe de sportifs par exemple. Il y a de grandes similitudes si on parle de préparation, de l'analyse de la condition physique. Il faut choisir la bonne équipe et analyser l'adversaire. Je sais que les entraîneurs font cela et font de grandes courses, ils analysent ce qui va fonctionner, quel cheval ils doivent utiliser, il y a beaucoup de décisions à prendre, de la même manière que dans la gestion. Sur quel joueur puis-je miser ? Il faut beaucoup réfléchir et arriver à la bonne conclusion prend beaucoup de temps.

— Vous voulez dire qu'un cheval est comme un athlète de haut niveau qui doit être géré par un entraîneur comme un sportif ?... Sur le plan physique et mental ?

— Exactement... Si vous abordez les courses hippiques avec méthode et professionnalisme et les chevaux avec respect, vous partirez sur la bonne jambe comme on dit dans le milieu. C'est ce que font les meilleurs professionnels, qu'ils soient entraîneurs, lads ou jockeys.

C'est vrai aussi dans mon métier de scénariste...

— Et vous les propriétaires, vous êtes des passionnés ou des business men ?

— Des passionnés et souvent des mécènes. Vous devez être prêt à perdre de l'argent, savoir combien par an vous pouvez allouer à cette passion et vous y tenir. Les bonnes années sont aussi rares que les cracks. Mais lorsque votre cheval, et encore plus si vous l'avez fait naître, franchit la ligne d'arrivée en tête, sous vos couleurs, c'est l'ivresse absolue... Rien ne remplace la saveur d'une victoire... et puis la beauté du cheval...

— Le rêve, la passion et la sérénité si je comprends bien ?

— Oui, après toutes ces années, je suis un propriétaire serein et comblé. Je suis tout à fait calme aux courses, vous savez. Je pense que c'est une excellente forme de relaxation. C'est agréable de passer une journée aux courses. J'y vais avec mes amis et nous passons un très bon moment... Buvons à votre dépucelage dans le monde des courses Johnny !...

Après un excellent dîner bien arrosé de vins français, Harry Wilson continue à m'initier au monde, selon lui magique des courses hippiques.

Plus il m'en parle et plus je flippe de m'être engagé dans cette aventure. Le monde des courses hippiques me semble à des années lumières de mes préoccupations, de mes passions...

On attend de moi que je sois excellent dans un domaine qui ne m'intéresse pas, où je suis nul , et sans racine. La cata annoncée je vous dis !

De fil en aiguille, et de whisky en whisky, nous passons la nuit à discuter. Moi qui comptais enfin me reposer après mon séjour agité en Californie, c'est raté. Il est tellement bavard Harry Wilson qu'il se coupe lui-même la parole. Impossible de l'arrêter. Un causeur invétéré et si prolixe sur le sujet de mon livre pour les nuls, qu'il a fini par le balancer en disant:

— Des âneries tout ça !

Je réalise que j'avais l'air con avec mon livre.

J'ai écouté toute la nuit, et quand je piquais du nez, un coup de coude d'Harry Wilson atterrissait immédiatement et immanquablement dans mes côtelettes pour m'obliger à savourer ses paroles...

Malgré tout après réflexion, j'ai bien fait de rester éveillé, j'ai l'impression d'avoir gagné des semaines de renseignements utiles.

Le hasard fait parfois bien les choses !

Notre avion survole toujours l'océan Atlantique, et s'approche enfin des côtes françaises.

Je déguste un *breakfast* tout à fait correct, bercé par les anecdotes croustillantes de l'endurant Harry. Le pilote annonce l'heure locale de notre arrivée, une couverture nuageuse sur toute la France et une température de seulement 10° Celsius à Paris. Harry Wilson me donne sa carte; il est installé à Chantilly, la ville de la crème, je lui demande ?

— Plutôt la ville du cheval, répond-il en riant.

— Ce n'est pas Maisons-Laffitte, la cité du cheval ? C'est là qu'on m'envoie.

— Les deux villes se battent pour le titre, comme dans un championnat de boxe. On vous envoie chez qui ?

— L'écurie Aurore Parker.

— Aurore Parker ? Vous avez de la chance, c'est une femme bien. Seulement, la pauvre, je crois savoir qu'elle ne s'est jamais complètement remise du drame et de l'affaire "Dark Paradise"... J'ai toujours considéré cette "affaire" très spéciale, tout à fait suspecte en fait.

— Quel drame ? Quelle affaire ?

— Dark Paradise, un cheval mythique invaincu, mort trop tôt ! Un trop beau cliché pour être vrai, je vous assure...

Une américaine obèse nous sépare, elle manque de me fracasser la tête en sortant sa valise du coffre à bagage. Harry Wilson me fait signe de la main en partant.

— Bon courage. On se reverra me dit-il.

Ah, oui, la Warner voulait en faire un film. D'ailleurs, Judith s'est bien gardée de me dire pourquoi son studio envisagea ce projet. L'affaire "Dark Paradise" suspecte ?

3

Mon chauffeur de taxi, tout à fait désagréable qui ne parle que le chinois, est complètement perdu dans le Parc de Maisons-Laffitte. Il en a marre de tourner en rond, et me largue place Napoléon.
Quel amateur, il n'a même pas un GPS !
Heureusement ma valise a des roulettes.

C'est encore le petit matin avec une brume à couper à la tronçonneuse. Une odeur assaisonnée d'un je ne sais quoi me chatouille les naseaux (dans mon livre pour les nuls c'est comme ça qu'ils appellent le nez des chevaux).
Shit !
C'est le cas de le dire, j'ai le pied bien enfoncé dans un crottin tout frais. Je lève la tête car des éclats de rires qui me sont destinés me foutent la honte.

— Pas de bol pour toi le géant, c'est le pied gauche dans la merde qui porte bonheur.
Je baisse les yeux. Effectivement, c'est mon pied droit qui a reçu.

— Ça va bien avec ton teint le moricot, m'insulte un autre minuscule bonhomme perché lui aussi sur un cheval. Un Pur Sang noir assez chétif.
Premiers mots des français, première agression, ça commence fort !

— Si les chevaux sont aussi racistes que toi, ton cheval doit avoir des problèmes, je lui réplique tout de même.

Le gars ne me répond pas et se contente de sourire en poursuivant son action.

J'assiste à un spectacle singulier; tout autour de la place, des Pur Sang trottent à la queue leu leu et en boucle montés par de très petites personnes, filles et garçons. La longueur de leurs étriers est ridiculement courte. Un petit joufflu, à pied, le teint rose avec une casquette en tweed qui lui donne l'air d'un gentleman farmer, dirige sa troupe avec un œil affûté.

Au centre la statue de Napoléon donne à la scène l'apparat d'une préparation de bataille et à notre petit bonhomme, certainement l'entraîneur, la stature d'un homme d'état. Je m'approche pour lui demander mon chemin. Il me répond avec un accent anglais à la Maurice Chevalier.

— *Yes sir*, l'écurie de mademoiselle Parker, c'est *straight away.*
— *You mean straightforward ?*
— *Yes, sorry straight.* Tout droit mon ami.

Je le remercie. Je n'ai pas eu le réflexe de lui parler en français. Il va pourtant falloir que je m'y mette. Je m'en vais donc *straight* roulant ma valise rouge sur l'asphalte bordé d'une piste en terre, sur laquelle se profile à l'horizon un autre groupe de chevaux de courses.

Lorsque nous nous croisons, quelques centaines de mètres plus loin, le leader, un élégant cheval de robe grise prend peur en entendant le bruit des roulettes et s'écarte violemment de la piste en fixant la couleur rouge de ma valise. Il prend carrément la main de son lad et démarre en trombe au galop. C'est la panique générale -des cris- les chevaux s'affolent et partent en vrac dans tous les sens en lançant des ruades.

Deux cavaliers désarçonnés atterrissent contre des arbres, ils hurlent de douleur. Ils ont seize, dix-sept ans au plus.

Je me précipite pour les secourir. Les deux gars bien mal-en-point ont quand même la force de me traiter de tous les noms, c'est du moins à leurs tons et leurs expressions ce que je perçois. Ils me vomissent des tas de jurons. Je comprends le français pour l'avoir étudié en Louisiane, mais là je suis un peu perdu par tous ces mots qui ne doivent pas figurer dans le dictionnaire.

Une frêle et jeune fille au teint pâle s'arrête à vélo, et se précipite vers les lads à terre qu'elle semble connaître, constate les dégâts et a le réflexe d'appeler les pompiers avec son téléphone portable.

Méthodiquement, elle m'aide à faire les gestes de premiers secours, tout en rassurant les garçons.

Après deux paroles échangées avec nos accents respectifs, nous nous rendons compte que nous sommes anglo-saxons tous les deux. Á voir leurs têtes, les gars sont salement amochés. Il y a de la fracture dans l'air. Une ambulance, suivie d'un véhicule de secours, arrive sirènes hurlantes. La jeune fille passe le relais aux secouristes. Apercevant les deux Pur Sang en liberté, (ceux qui ont désarçonné leurs cavaliers d'entraînement,) elle se met calmement en travers de la piste en sable. Fougueux et imposants, les Pur Sang emballés foncent sur elle.

D'un flegme très britannique, avec des gestes posés et précis, elle entame une sorte de chorégraphie étonnamment maîtrisée. Á voir la force de son regard, on dirait qu'elle communique mentalement avec les chevaux qui lui foncent dessus.

Les professionnels qui se sont approchés de la scène du drame la regardent avec circonspection, mais aussi avec une certaine inquiétude car elle prend le risque de se faire percuter très violemment par ces chevaux apeurés.

Bizarrement, le feeling semble passer car les chevaux se redressent tout en ralentissant. La jeune fille parvient à ses fins quand les deux chevaux viennent s'arrêter sur elle. Je suis estomaqué. En écume, les Pur Sang respirent bruyamment, leurs veines sont saillantes et de leurs naseaux s'échappe de la buée qui marque bien avec le froid sec du petit matin.

Elle saisit leurs rênes puis caresse affectueusement leur chanfrein. Un vieux lad essoufflé à la patte folle accourt pour récupérer les chevaux.

Ils en prennent un chacun, et montent dessus. Je demande:

— Pourriez-vous m'indiquer, l'écurie de mademoiselle Aurore Parker, s'il vous plaît ?

— Suivez-nous, me répond la jeune fille, nous y allons...
Please take my bicycle.

Ils ramènent les chevaux au pas tandis que je les suis avec ma valise que je roule le plus légèrement possible dans une main et le vélo dans l'autre. Sur le chemin, nous faisons les présentations. Elle est anglaise, s'appelle Debbie, a vingt-quatre ans et travaille comme jockey chez l'entraîneur Aurore Parker.

Le vieux lad à la patte folle, lui, c'est Lucien le premier garçon de l'écurie depuis vingt-sept ans.

— Oui monsieur, j'ai commencé à 14 ans, j'en ai 41 aujourd'hui.

Merde, il fait tellement plus vieux. Je lui aurais donné soixante piges. Ça détruit ce métier !

4

L'écurie de mademoiselle Parker est située au bord du centre d'entraînement de Maisons-Laffitte.

Un portail en fer forgé noir des années cinquante orné de deux chevaux cabrés se font face.

Il s'ouvre sur une allée de marronniers autour de laquelle est implantée toute une série de bâtiments. Je roule toujours ma valise rouge derrière les deux chevaux récupérés qui hennissent en reconnaissant leur écurie.

Une femme rousse d'une cinquantaine d'années, avec de la prestance, et passablement agitée, accourt vers nous, son *phone* à la main.

Sur son passage, tous les chevaux, une bonne soixantaine, sortent au fur et à mesure leurs têtes de leur box et l'observent avec étonnement se diriger sur nous. Avec le souffle un peu coupé, elle s'adresse à la jeune fille anglaise qui saute pour descendre de sa monture.

— Que s'est-il passé ? Comment vont-ils ?

— Pas trop bien, le Samu les emmène aux urgences. Pas bon, je pense que petit Louis a une fracture à la jambe. Ils lui ont mis une attelle. Sam avait l'air d'avoir une clavicule abîmée.

— C'est à cause de lui, dit le vieux lad en me pointant du doigt.

— C'est qui lui ? dit la femme rousse en me lançant un regard noir ? Qu'est-ce qu'il a fait ?

— Johnny Lebon, scénariste à Hollywood, dis-je pour dédramatiser ma présence en tendant la main.

Aurore Parker ne rend pas le salut.

— Il a juste roulé sa valise, dit la jeune fille pour tenter de me défendre.

— Rien de plus, j'ajoute.

— Eh bien, félicitations Monsieur Lebon. Votre séjour en France commence bien. Très bien ! Je suis Aurore Parker. Vous causez déjà des dégâts à peine arrivé. Si j'avais su, je n'aurais pas accepté de vous accueillir pour votre production. Il va falloir vous familiariser au plus tôt avec les chevaux et ne pas faire n'importe quoi, sinon c'est la porte.

— Pourquoi, va falloir le garder ce gars-là, mademoiselle ? rajoute la patte folle en descendant péniblement de sa monture.

— Oui, je rends service à un ami installé en Californie... Et les chevaux ?

— Ils ont l'air d'aller bien, ils ne boitent pas.

— Prenez-en bien soin, je file aux urgences... Installez Monsieur Lebon dans le studio Lucien.

— Oui, mademoiselle, dit-il l'air grognon.

Après une petite sieste due au décalage horaire, j'arpente l'écurie de long en large.

Deux longues rangées de boxes pouvant accueillir environ 30 chevaux, chacune ont été construites autour d'un espace verdoyant. Les boxes sont tous munis d'ouvertures et de grilles en V. Les portes en chêne massif sont peintes en rouge anglais.

Ces installations exceptionnelles sont très bien entretenues, pas un brin de paille ne traîne. Les chevaux ont du fourrage jusqu'aux genoux, leurs poils brillent.

— Monsieur Lebon, monsieur Lebon, entrez, c'est l'heure du déjeuner.

Je me retourne et aperçois Debbie la jeune anglaise qui a ouvert exprès une fenêtre pour me dire de la rejoindre dans le bâtiment qui sert de cantine. Tout le personnel est attablé devant un bol de soupe.

Debbie me présente. Ils jettent un œil furtif sur moi, puis ils se concentrent immédiatement sur le liquide fumant qu'ils absorbent à une vitesse hallucinante en reprenant en chœur des bruits de déglutissements. Je m'installe entre Debbie et Lucien. Ils sont une vingtaine, une majorité de jeunes gens, autant de filles que de garçons. Lucien préside l'assemblée tandis qu'une vielle femme apporte le plat principal, un hachis Parmentier monstrueux. Ces jeunes sont affamés et le hachis Parmentier disparaît en un rien de temps. Debbie m'en a sauvé une part sous le regard hostile de l'assemblée. La solidarité anglo-saxonne je suppose.

Tout le monde a l'air de se foutre de qui je suis et de la raison de ma venue. Le dessert je m'en souviendrai longtemps, puisque les jeunes me baptisent avec une volée de petits-suisses pour me souhaiter la bienvenue. Un bizutage en quelque sorte ! C'est le moment que choisit Aurore Parker pour faire une apparition à la cantine.

— Je vois que vous êtes accueilli avec les honneurs, monsieur Lebon.

J'ai super honte, je sens mes joues qui rougissent sous mon maquillage au petit-suisse. Je me cacherais bien sous la table.

— Désolé, dis-je, en recrachant du petit-suisse.

— Ce sont eux qui doivent être désolés, en voilà une façon de recevoir ?

Les têtes se baissent, sauf une, celle d'un petit teigneux à la mèche rebelle.

— C'est de sa faute l'accident m'z'elle. On va pas l'accueillir avec des fleurs ! Déjà on le nourrit.

— Au petit-suisse ! ajoute une brune taille poney.

Les têtes se relèvent pour ricaner de bon cœur.

— La ferme Pierrot, et toi aussi Sara, ici c'est encore moi la patronne. Bon, puisque tout le monde est réuni, je vais vous expliquer le travail de monsieur Lebon qui va séjourner tout l'hiver dans notre écurie. Ce monsieur est scénariste à Hollywood, il travaille pour un studio américain, la Warner, qui va produire ici une série télé sur le monde des courses en mettant en vedette les lads et les jockeys dans leur travail quotidien et en les suivant dans certaines courses. Autant vous dire que ce genre de programme est une aubaine pour la promotion de notre métier et peut-être aussi pour les plus talentueux d'entre vous. Je vous demande à tous de faire tout votre possible pour aider au mieux monsieur Lebon dans sa difficile tâche. Merci de lui apporter votre soutien, vos connaissances, votre savoir faire et de faire honneur à la France et à notre profession si souvent attaquée et décriée. C'est bien compris ?

— Entendu, m'z'elle dit Pierrot.

Des "oui mademoiselle" concluent la conversation...

— Et dernière chose, si vous voulez voir votre bobine dans une série de télé américaine, tenez-vous à carreau, car c'est monsieur Lebon qui fera le casting.

Beau discours d'introduction !

Va falloir que j'assure.

Le soir même, je suis convié à dîner chez Aurore Parker. Elle m'accueille dans son intérieur ni chaleureux, ni féminin.

Je l'imaginais pourtant avec des murs jaune pastel, des canapés larges et profonds recouverts de coussins, plaids, tissus unis et chamarrés pour un patchwork inattendu, une lumière tamisée par des abat-jour en papier de riz, quelque peu réchauffés par les reflets des flammes provenant d'une cheminée en briques anciennes. Pas du tout !

L'intérieur d'Aurore Parker est très strict, très épuré, pratiquement un décor en noir et blanc. Nous prenons l'apéritif. Du champagne. Elle se détend après sa journée bien remplie par l'accident. Elle est radieuse, dans ce décor austère. C'est une ravissante femme rousse qui semble avoir un caractère bien trempé d'après l'aperçu rapide que j'en ai. Je lui demande de se présenter avec le plus d'honnêteté possible et de pouvoir l'enregistrer. Elle accepte.

Je sors de mon sac, le Nagra Ares, que m'a donné Judith Warner. Cet enregistreur numérique professionnel, grand comme un paquet de cigarettes, permet aussi le montage son et peut se déclencher à la voix... Autant dire un petit bijou.

Elle est née dans le sérail. Issue d'une grande lignée d'entraîneurs d'origine irlandaise.

Son arrière grand-père, son grand-père William et son père Alex figurent aux palmarès des plus grandes courses de la planète.

La famille dirige toujours aujourd'hui l'un des plus importants élevages de Pur Sang de France, en Normandie. Après des études en Angleterre et une brève carrière de cavalière amateur, Aurore Parker devient l'assistante de son père avant de le pousser en préretraite. Elle s'installe alors à son compte en tant qu'entraîneur dans l'écurie familiale.

Aurore ne tarde pas à émerger, en s'adjugeant rapidement ses premières courses, puis des courses plus prestigieuses. En 1995, à l'âge de trente-trois ans, elle décroche ses premiers groupes 1 avec l'incroyable "Dark Paradise", toujours invaincu, monté par son premier jockey Eddy Fast alors âgé de vingt-trois ans. C'est le père de Debbie, la jeune fille qui m'a accompagné à l'écurie après l'accident.

C'est malheureusement l'année suivante que le drame se produit dans le Grand Steeple Chase d'Auteuil.

Après la mort d'Eddy Fast et de son crack Dark Paradise en course, Aurore Parker, totalement effondrée, décide de tout arrêter et de prendre une année sabbatique. Elle disparaît une année complète en Espagne pour se ressourcer. La passion ayant raison de ses émotions, elle décide de reprendre sa carrière d'entraîneur dans l'écurie familiale de Maisons-Laffitte.

Elle y assure toutes les fonctions liées à la direction de l'écurie: la gestion du personnel, la relation avec les propriétaires, et en plus les achats, les tâches administratives...

C'est elle qui planifie et met en œuvre l'entraînement des chevaux ainsi que leurs engagements en course. Elle est présente autant que faire se peut à toutes les courses auxquelles participent les chevaux qu'elle entraîne. Je la remercie.

Nous passons dans la salle à manger. Là aussi, j'aurais plutôt parié pour une pièce très conviviale, avec aux murs, des gravures du 19 ème représentant des chevaux et leurs jockeys sur différents champs de courses.

Que nenni !

La salle à manger est des plus minimalistes. Les murs gris sans ornements, totalement dépouillés. Une table y est dressée, avec de la vaisselle design minuscule blanche sur une nappe noire. Un chandelier à la forme phallique avec une bougie allumée trône sur la table. L'ambiance austère me coupe un peu l'appétit.

— Nous dînons toujours très tôt, m'annonce-t-elle. Le matin nous commençons à 5H30. Le rendez-vous est dans la cour.

— Vous pouvez compter sur moi, j'y serai, dis-je.

— Vous pourrez nous accompagner demain aux courses; elles ont lieu l'après-midi, à Fontainebleau, ce n'est pas trop loin. Nous aurons trois partants, dont Cyclone qui sera monté par Debbie Fast en remplacement de Sam le jeune accidenté de ce matin. Ce n'est pas trop grave pour lui, une petite luxation de l'épaule.
Par contre pour petit Louis, c'est une double fracture de la jambe m'a dit le chirurgien à la vue des radios. C'est aussi Debbie qui va le remplacer sur Cœur Brisé. Et, elle montera le sien Superfly comme prévu.

— Parfait, je rentrerai dans le vif de mon sujet à traiter. Une chose m'intrigue... Dites-moi, je ne comprends pas bien, cette fille Debbie, son père s'est tué en course vous m'avez dit et elle a tout de même choisi cette profession risquée... C'est très curieux, voire incompréhensible, vous ne trouvez pas ?

— Oui et non, c'est peut-être de sa part une façon de lui rendre hommage ? De pérenniser le nom Fast sur les hippodromes ? Elle a la trempe de son père, vraiment très talentueuse vous savez, tout comme Eddy l'était, dit-elle la voix chevrotante.

— Je vois que d'en parler est douloureux pour vous.

— Absolument c'est le drame de ma vie et encore plus celui de cette jeune fille. Un traumatisme qui a gâché son enfance. D'ailleurs sa mère n'a pas supporté le deuil et ne s'en est jamais remise. Elle a découvert qu'elle l'aimait vraiment lorsqu'il est mort. Elle a culpabilisé pour tout le mal qu'elle lui avait fait. Les personnalités sont complexes parfois. Après plusieurs ulcères, elle est décédée en laissant sa fille orpheline à l'âge de treize ans. Bizarrement, Debbie s'est reconstruite avec les chevaux. La solidarité du milieu lui a permis de retrouver une nouvelle famille. C'est une battante, une candidate idéale pour votre série...

— Elle semble une candidate idéale, en effet avec ce que j'en ai vu et ce que vous me racontez.

— Sam, malgré son caractère de cochon est l'autre que je vous recommanderais d'observer, il est très doué. Sam est considéré dans tout le centre d'entraînement comme un réel espoir de la profession. Il n'a que seize ans. Avec Debbie, ce sont les deux meilleurs de mon écurie, ils se tirent la bourre. Je les mets en concurrence permanente pour le titre de premier jockey maison, ça les stimule. Demain, Debbie aura la pression, elle devra assurer pour tenir son rang. J'ai des gars costauds qui s'écroulent et roupillent tout l'après-midi. Pas Debbie. Toujours à fond. D'ailleurs comme vous pourrez en juger par vous-même, les filles dans ce milieu ont du mérite, les gars dans les écuries ne sont pas des enfants de chœur, mais plutôt des dures à cuire. Aucun niveau scolaire, des gosses sans éducation, souvent rejetés de partout. Parfois, il y en a un qui tire son épingle du jeu en devenant un bon jockey, et là, c'est souvent la flambe, l'argent facile... la descente aux enfers. Ce n'est pas évident à gérer tout ça. Je noircis peut-être un peu le tableau, mais beaucoup de jeunes arrivent ici avec des idées préconçues... La gloire, l'argent... C'est sûr certains sortent de leur condition. Ils sont rares. Ceux-là ont une certaine intelligence avec une hygiène de vie saine, un physique d'athlète et un mental d'acier.

— Et vous, vous avez subi des brimades en tant que femme ?

— Oui, à mon époque quand j'ai commencé l'ambiance c'était pire, un milieu totalement macho. Les femmes avaient à peine le droit d'entraîner, encore moins d'être jockey. Mais on a gagné la bataille, et ce n'est qu'un début...
Aujourd'hui c'est la parité fille-garçon chez les jeunes apprentis, demain vous verrez la profession sera féminisée à la majorité.

— Et pourquoi ça ?

— Tout simplement parce que les chevaux préfèrent les femmes !

— Alors là, vous m'intéressez... Je n'ai encore jamais entendu cela.

— Je vous expliquerai ma théorie un autre jour, il se fait tard... Quant à moi, vous savez, j'ai toujours aimé les chevaux. C'est une passion qui me relie à mon père et tous mes aïeux. La passion c'est sûr il en faut. Les chevaux c'est sept jours sur sept.

Je la remercie pour cette agréable soirée fort instructive et l'excellent dîner français composé d'un bœuf bourguignon arrosé d'un Château-neuf-du-Pape.
En ce moment la chance est avec moi, je dîne de repas délicieux avec des femmes intelligentes et charmantes.

Je regagne mon studio, un bungalow tout neuf en bois exotique bien intégré dans le décor de cette écurie cinq étoiles. L'intérieur est très fonctionnel avec un grand lit surmonté de lampes design, un coin bureau, une kitchenette avec frigo et plaques chauffantes, une penderie sur portant, un lavabo, une douche italienne et des toilettes.
Je branche mon Nagra Ares sur la prise USB de mon ordinateur portable qui va retranscrire automatiquement par écrit toutes les paroles de mademoiselle Parker. C'est une autre fonction géniale de cet appareil enregistreur révolutionnaire. La transcription se fait de plus en silence. Ça tombe bien je suis exténué avec le décalage horaire. Un clignotant s'allume soudain dans mon cerveau au sujet de l'affaire "Dark Paradise". Je *googlelise* et tombe immédiatement sur les gros titres des journaux de l'époque:

« Dark Paradise vaincu par la mort ! »
« Meurtres de Pur Sang froid ? »
« Les cracks à l'abattoir »
« Des stars du Pmu assassinées ? »
« La rivière de la mort à Auteuil »
« L'envol d'Eddy Fast au Dark Paradise »
« La bourse ou la vie au Grand Steeple ? »
« L'affaire Dark Paradise: accident tout simplement »

Je commence à mieux comprendre la suspicion d'Harry, mon voisin de *business class*. Intriguant en tout cas.
Je m'arrête après la page 1 du web, comme souvent, et m'écroule

sous une couette douillette pour une courte nuit.

Encore plus courte que je ne pensais puisque vers deux heures du matin, on cogne à ma baie vitrée sans interruption. Totalement dans le cirage, je mets un temps fou à réaliser que je ne rêve pas. Je tire le rideau et là horreur... C'est la petite brune taille poney de la cantine avec le haut du crâne et le visage qui pisse le sang. Elle me supplie de lui ouvrir, ce que je fais avec difficulté vu que je ne contrôle pas, à cette heure tardive, le sens de coulissement de la baie vitrée.

Sara ânonne au sujet d'un accident de moto très grave... J'dois secourir dit-elle... Pourquoi moi ?... Parce qu'elle ne sait pas conduire. Ah, bon. J'envisage le pire, mais mon sens du devoir me fait sauter dans mon survêtement et mes converses. Je lui propose d'abord de soigner sa plaie. Plus tard, me répond ce petit oiseau tombé du nid. Il faut agir d'urgence. C'est dans le Parc. Elle a tout prévu, elle a piqué les clefs du petit camion de chevaux de Lucien que j'dois conduire. Un camion, pourquoi ? Parce qu'il faudra récupérer la moto. Ok.

Á peine partis, nous voilà arrivés sur le lieu de l'accident. Effectivement je vois bien une moto encastrée dans un arbre. Dommage, c'est une vieille Norton, il n'y en a plus beaucoup de ces motos anglaises. Sara avec sa voix douce me prie de lever la tête. Á trois mètre du sol, plié sur une branche, le pilote, dans un équilibre incroyable, semble faire sa nuit en ronflant.

Je commande à Sara d'appeler les pompiers et les gendarmes. Impossible... C'est Norbert son copain... Il est recherché par la police. Dans quelle merde, elle s'est foutue cette gamine ? ... et moi avec.

Ni une ni deux, je déplace le camion sous l'arbre et grimpe dessus pour assister ce pauvre gars. Je réussis à le descendre de sa branche, le dépose sur le toit du véhicule, puis dans un deuxième temps le fait glisser doucement vers le sol, pour que Sara rattrape son corps.

Le Norbert ouvre un œil et nous fait un sourire. On le glisse délicatement à l'intérieur sur de la paille. Allongé sur le dos, je lui retire son casque vintage avec précaution. Il me fait un clin d'œil.

45

Il a la tête dure ce gars-là. Sa trombine me fait penser à Mickey Rourke, l'ancien boxeur devenu acteur dans Rumble Fish de Francis Ford. Sa bobine horriblement boursouflée comme une citrouille est totalement en adéquation avec le physique actuel de Rourke dans son dernier film *The Wrestler,* où il joue un catcheur, comme le titre l'indique. Sara fait preuve d'un sang-froid remarquable et ne perd pas le nord en nous faisant remonter la moto de Norbert de l'autre côté du bat-flanc du camion.

On s'arrache, me balance Sara. Où ? Pas aux urgences, j'ai bien compris. Pas à l'écurie non plus, Norbert y est tricard depuis qu'il s'y est fait renvoyer par Aurore Parker. Sara tient à c'que cet' mésaventure et sa relation avec Norbert reste secrète.

Je comprends mieux pourquoi elle demande de l'aide à un inconnu. Nous débarquons donc, toujours en pleine nuit, l'ami Norbert et sa moto, au milieu de la forêt au Pavillon de la Muette. Un bâtiment décati, ancien relai de chasse du XVIII ème, qui lui sert de squat et de planque. Après avoir désinfecté les plaies de Norbert et de Sara, nous mettons les voiles. Á l'écurie, Sara me souhaite une bonne nuit.

Ils ont de l'humour ces français !

5

Au lever, mes yeux ressemblent à des têtes d'épingle. J'envoie un bref email à Paul mon compagnon pour le rassurer et lui dire qu'il me manque déjà.

Á cinq heures trente la cour de l'écurie est déjà en ébullition. Dures corvées d'écurie et jeunes chevaux fougueux à dompter, tel est le programme du matin. Trois à quatre chevaux sont attribués à chaque lad indique un grand tableau.

Après avoir nourri les bêtes, les boxes sont curés et paillés. Chevaux pansés, sellés et à cheval; mademoiselle Parker les passe en revue lorsqu'ils marchent autour du rond de l'écurie. Un petit mot ou une consigne pour chacun.

Les Pur Sang sont nickel, on peut y aller décrète alors l'entraîneur. Les chevaux quittent l'écurie, Lucien le premier garçon en tête. Mademoiselle Parker m'invite dans son 4x4 Land Rover et nous escortons ses chevaux jusqu'à l'entrée des pistes d'entraînement.

— C'est un rituel ?... Comment ça se passe mademoiselle Parker ?

— Appelez-moi Aurore, je ne suis pas si vieille... C'est routinier, chaque matin tous les entraîneurs donnent les ordres, vitesse, distance... Les chevaux sont entraînés comme de grands sportifs et les lads aussi.

— Debbie est absente ?

— Oui. Je lui ai donné sa matinée pour qu'elle soit en forme cet après-midi... Vous devez savoir, l'entraînement d'un cheval de course demande de solides connaissances théoriques, beaucoup de pratique, d'observation... et pas mal de feeling ! Un subtil cocktail qui permet de comprendre et de se faire comprendre d'un animal qui, bien que très sensible, ne s'exprime pas verbalement.

Le centre d'entraînement est à perte de vue, magnifiquement

entretenu, toutes les pistes sont hersées.

Je suis impressionné et conquis par la beauté du spectacle des chevaux dans la brume. Après une étape de marche pour délier les muscles, une étape au trot, les Pur Sang s'élancent au galop de chasse. C'est ce que me précise Aurore, moi je n'y connais rien. Mademoiselle Parker, pour se débarrasser de moi et se concentrer exclusivement sur ses galopeurs me présente un de ses collègues entraîneur, monsieur Galopini, celui-là même qui, hier, passait en revue son effectif place Napoléon. Ce bonhomme jovial me met tout de suite à l'aise. Il est déjà au courant du pourquoi de ma présence, comme tous les professionnels d'ailleurs me prévient-il. Ici, c'est un village. Très positif sur le projet, il me dit qu'il sera ravi d'y participer et que je peux compter sur son aide. J'en profite pour l'interviewer le temps que ses chevaux arrivent à leur tour pour l'entraînement. Ce matin, le célèbre crack jockey Christophe vient galoper sérieusement deux de ses protégés, me dit-il.

Je branche mon enregistreur. Il me conte son parcours... Parti de rien ... Lad... puis jockey et enfin entraîneur. Du bonheur, des drames, il en a vu en quarante années de métier, un métier qu'il ne changerait pour rien au monde. Il enchaîne, comme je lui pose des questions sur les techniques d'entraînement. Il me dit préférer commencer par le début, les débutants:

— C'est primordial de bien les débuter pour la préparation à la compétition... Un poulain novice demande huit mois à un an de travail en moyenne. Un long apprentissage au cours duquel le sujet reçoit à la fois des cours de gymnastique et des leçons de bonnes manières. Contrairement aux idées reçues, la première phase de travail ne porte pas sur la vitesse mais sur le fond, l'endurance... Parallèlement, il apprend à devenir maniable et à écouter son entourage. Ensuite seulement, il sera possible de canaliser et d'exploiter au mieux sa vitesse, qui est une qualité naturelle du galopeur.

— Votre travail est quotidien ?

— Pardi !...

Il s'interrompt pour me dévisager comme si j'avais posé une question idiote, puis reprend:

...Chaque matin le cheval sort avec son cavalier d'entraînement attitré, accompagné par plusieurs de ses compagnons de boxes. Pour désigner leur équipe, on parle de " lot ". La plupart des écuries fragmentent leur travail en deux à quatre lots. Le premier lot est celui qui sort peu avant le lever du soleil. Il est de coutume qu'il réunisse les meilleurs chevaux ou ceux qui vont courir dans les jours à venir. La taille des lots varie en fonction de la taille de l'écurie. La sortie matinale dure entre une heure et une heure et demie.

— C'est ce que font tous les chevaux de l'écurie Parker ?

— Parfaitement... Regardez !... Ils font une petite pause après leur galop... Pendant ce moment de décontraction, le partenaire du cheval raccourcit ses étrivières, passant ainsi d'une position de cavalier -assis en selle- à une position de jockey -dressé sur les étriers, en suspension au-dessus de la selle-. La position de jockey est beaucoup plus propice à la vitesse. Après cette transition, le cheval effectue un "canter", galop d'échauffement à allure soutenue utilisé également pour se rendre au départ. Dans ce cas, et comme pour le galop de chasse, les chevaux travaillent les uns derrière les autres avec, entre chacun d'eux, des écarts de plusieurs dizaines de mètres...

J'ouvre grand mes oreilles.

... Le véritable " travail ", demandé au maximum deux fois par semaine, est un " galop " d'une distance de 800 à 3 000 mètres -selon les aptitudes du cheval-. Les chevaux entament ce travail en groupe, sur un rythme soutenu, le terminant par une deuxième accélération, à l'image de l'effort qu'ils devront accomplir en course. Le meilleur finit généralement devant ses congénères.

En obstacle, le dressage s'effectue par paliers. Le premier d'entre eux consiste à enjamber, au trot, une simple barre posée au sol. Les futurs sauteurs découvriront et apprendront ensuite à franchir des haies au petit galop. Cet exercice est pratiqué dans le sillage d'un vieil habitué, ancien cheval de courses reconverti en maître d'école, chargé de montrer la voie aux novices. Puis viennent les enchaînements d'obstacles franchis en groupe, à un rythme plus élevé...

Ce type maîtrise parfaitement son sujet, un grand pro !
... En plat, un cheval est appelé " jeune " jusqu'à son année de 3 ans incluse. Il devient " vieux " à partir de 4 ans...
C'est pourtant jeune 4 ans !

... En obstacle, les chevaux sont plus tardifs. On dit qu'ils sont " vieux " à partir de 5 ans sur les haies et plutôt à partir de 6 ans sur le Steeple-Chase et en Cross-Country.
Ce gars est une encyclopédie vivante. Du pain béni pour moi.

Je l'invite à déjeuner pour le remercier. Il me propose demain midi, au Pur Sang, le restaurant du milieu hippique en face de l'hippodrome, précise-t-il.

Mademoiselle Parker revient vers moi. Elle va aller chercher son deuxième lot et pour me faire patienter me présente le directeur du centre d'entraînement, Patrick Martin, un gars bâti en force, mesurant pas loin de deux mètres, blond comme un normand. Il est vêtu d'un blouson marron et d'un jodhpur tabac. Il est fier que je l'enregistre. Il parle très vite :

— Le centre d'entraînement de Maisons-Laffitte est la propriété de France Galop. Il s'étend sur 130 hectares répartis entre 40 ha de pistes en gazon et 80 ha de pistes en sable, ronds de détente et allées de promenade. Pour être plus précis, il offre:13 km de pistes en sable et 19 km de pistes en gazon réservées au galop, 4 km de pistes en sable, 6 km de pistes en gazon réservées à l'obstacle 13 km de trotting et voies d'accès, 8 km de ronds d'entraînement en sable, 70 hectares d'espaces verts constitués d'une piste en sable fibré, qui permet l'entraînement des chevaux par tous temps. Elle comprend un développé de 1 540 m avec deux lignes droites de près de 400 m, deux ronds de détente, une traversée de piste et une bretelle d'accès...
J'ai comme l'impression qu'il veut me vendre cette propriété !

Patrick Martin est inarrêtable, sa large cage thoracique lui permet de ne pas reprendre son souffle entre deux phrases.

... Le centre est particulièrement réputé pour la formation des chevaux de course à l'obstacle. Joyau du centre, la piste de Penthièvre met à disposition des entraîneurs une immense parcelle engazonnée de 10 hectares partagée en trois pistes : Plat, Haies et Steeple Chase. Les obstacles sont la reproduction des célèbres "balais", "mur", "open ditch" et autres "bull finch" de l'hippodrome d'Auteuil...

Impossible à interrompre le gars !

Je lance un S.O.S à Aurore Parker, elle lève les yeux au ciel qui veut dire qu'elle ne peut rien faire.

Ce directeur, il n'a pas bien compris mon job ou carrément jamais vu des séries américaines... Le bla-bla ce n'est pas notre truc...

J'ai envie de lui dire que nous utilisons les personnages comme moteurs pour commenter le monde qui nous entoure, mais aussi pour montrer les manières dont les actions reflètent la psychologie secrète des vrais gens.

... Près de 60 personnes sont nécessaires à l'entretien de ce patrimoine pour assurer le hersage des pistes en sable, l'arrosage, la tonte, l'élagage, la réparation des pistes en gazon...

Je baille. Il m'épuise avec ses explications. Il est à peine six heures du mat' ici. Chez moi, de l'autre côté de l'océan, c'est encore le milieu de la nuit.

... Le Centre d'Entraînement, c'est aussi plus d'une cinquantaine d'écuries dédiées aux courses. Plusieurs d'entre elles sont classées à l'inventaire des monuments historiques et des sites. Près de 900 Pur Sang sont déclarés à l'entraînement...

De toutes les manières, il parle trop vite pour mon logiciel de transcription !

... Pour boire un coup, -il me fait un clin d'œil- il y a le Polo Club, le Papillon Bleu ou le Pur Sang, les 3 P comme on les appelle.
Les 3 P ? ça me rappelle quelque chose... et son prêche pour sa paroisse c'est du révérend Clarke tout craché ! Vous aussi sûrement, ça doit vous rappeler quelque chose, si vous avez suivi mes mésaventures à Eleuthera.

— *Nice, nice...* je lui dis à ce grand dadais.
Et je le plante au milieu des pâquerettes.

De retour à l'écurie avec le deuxième lot, je croise Debbie qui semble bien reposée. Je lui propose de boire un café à la cantine si elle a le temps ?
— Justement, je pars prendre un petit-déjeuner chez Polo, ça vous dit ?
— Avec plaisir. Chez Polo ?
— Prenez mon vélo, le Polo Club c'est dans le Parc, moi j'y vais toujours en courant, le jogging me maintient en forme.

Je passe mon sac en bandoulière et enjambe la *bicycle.*
Deux kilomètres plus loin, une majestueuse enseigne "Polo Club" en lettres western surplombe une terrasse panoramique en red cedar. Un gars bien rond, d'une bonne quarantaine, dénommé Polo, haut comme trois pommes, nous accueille avec sa frimousse sympathique et son œil espiègle.
Nous nous installons confortablement dans un canapé-club havane. Polo nous propose un brunch. Je suis ravi et commande le mien avec des œufs brouillés.
J'explique à Debbie que je recherche des candidats jockeys pour ma série. Soudain, le visage de Debbie s'illumine, il dégage une impression bien particulière liée à son regard perçant mais surtout à une légère coquetterie due à un strabisme à peine perceptible.
Intimidée dans un premier temps, elle finit par se confier car mes questions personnelles sont directes, franches et dénuées de mauvais esprit... Je l'enregistre avec son accord.

Debbie est orpheline. Elle a perdu son père Eddy Fast, jockey en course, lorsqu'elle avait sept ans et sa maman à l'âge de treize ans. Foudroyée en pleine enfance, brisée, elle réussit, grâce à l'aide d'une assistante sociale, à prendre son destin en main. Á 14 ans, plus mature que ses camarades, elle se décide à assouvir sa passion "le cheval", à prendre sa revanche sur la vie en dépassant ses peurs, et surtout faire honneur à son père, devenir jockey, comme lui. Elle demande alors à intégrer le pensionnat du centre d'apprentissage des futurs lads et jockeys de Chantilly. Elle est une élève appliquée et pugnace et sort première de sa promotion à dix-sept ans.

C'est ainsi qu'elle peut choisir l'écurie Parker comme employeur, l'écurie dans laquelle son père effectua toute sa carrière.

Bien qu'elle adore les chevaux depuis toujours, elle a longtemps été paralysée à l'idée de monter, l'ombre de son père planait au-dessus d'elle, insiste-t-elle. Elle sait que son salut est là, monter à cheval pour exorciser la douleur et absorber le choc émotionnel. Elle est réellement en quête de reconstruction. La mort en course de son père et de sa mythique monture "Dark Paradise" l'ont toujours hantée.

Debbie est née la même année que Dark Paradise, en 1989. Sa vie de petite fille a basculé violemment ce jour funeste tout comme la vie de sa fragile maman que le chagrin finira par tuer.

Une larme se forme, elle coule et descend le long de la joue de Debbie. J'arrête l'enregistreur.

Son histoire m'affecte. Cette gamine me touche par sa sensibilité. J'ai envie de l'aider. J'aurais aimé avoir une petite sœur comme elle.

Vers midi, j'assiste à l'embarquement des chevaux de l'écurie; Lucien le premier garçon prend place dans le petit camion deux places auquel il a attelé un van pour le voyage du troisième cheval. Debbie monte à l'avant rejoindre Lucien.

Intrigué par les confessions du matin de Debbie, je profite du long trajet vers l'hippodrome de Fontainebleau, cette fois dans la Jaguar XF très confortable de mademoiselle Parker, pour en savoir plus sur cette énigmatique petite bonne femme.

Aurore Parker complète ainsi le portrait de Debbie:

— Charmante mais tenace, petite jeune femme fine d'esprit et de corps, smart et futée, elle dénote clairement de ses collègues lads, adolescents un peu patauds, qui ont plutôt choisi le cheval comme une échappatoire à l'école plutôt qu'une passion à assouvir. Cette jeune fille athlétique et courageuse affronte le danger, la souffrance, les revers, les circonstances difficiles car sa force morale est exceptionnelle. Elle a une ardeur, une énergie et un courage que bien des garçons lui envient malgré son physique de sylphide...

Eh, ben !

... Debbie a une position à cheval très stylisée et fort belle à regarder. Elle adore l'ivresse de la vitesse. C'est une athlète très douée, intelligente, vive, mais froide dans sa tête, avec une main en or... Bref, elle possède les qualités idéales pour être un bon jockey...

Tant mieux !

... Non seulement elle est talentueuse, mais elle possède également l'indispensable tempérament de gagneur, conclut Aurore.

Quel portrait !

Nous aussi les américains avons ce tempérament de winner.

L'hippodrome de la Solle à Fontainebleau est installé dans un écrin de verdure. Le programme de cet après-midi composé de sept courses, Haies et Steeple Chase, va me donner l'occasion de voir évoluer Debbie sur Cœur Brisé et Cyclone, les pensionnaires d'Aurore Parker, qu'elle monte au pied levé. Quant à Superfly, son cheval attitré, elle le montera dans l'épreuve phare de la réunion, la grande course de haies, réservée aux 5 ans et plus, qui se déroule sur 4050 mètres, piste en herbe, corde à gauche.

En attendant la deuxième course à laquelle prend part Debbie, je profite d'être sur un champ de courses pour me rapprocher des parieurs. Je me glisse incognito vers les guichets à deux euros.

Les parieurs s'interpellent, se justifient; j'entends: " jeu simple, jeu gagnant, jeu placé, couplé, jumelé, tiercé, quinté... terrain souple, numéros de corde, origines, poids, handicap "... oh là là, c'est complexe pour un néophyte comme moi. Se frotter à un jeu d'argent sans connaître parfaitement les règles, ni les probabilités, relève de la plus grande imprudence. Je n'ai aucun repère. Comment faire pour que ma série TV attire de nouveaux parieurs, des novices comme moi ?

Un papy qui semble un habitué fait son papier devant moi. *("papier", c'est comme ça qu'ils disent, je viens de l'apprendre).* Je l'observe analyser les cotes sur un écran plasma... Il change d'avis, raye un cheval, puis entoure le nom d'un autre sur son programme. En entendant une information positive d'un journaliste sur Equidia la chaîne du cheval, il est perplexe.

"Quand un cheval est sous-coté, cela doit inspirer confiance. Par contre, s'il est sur-coté, cela indique que les gens ne l'ont pas assez joué, ce qui est toujours mauvais signe". Alors le papy change une nouvelle fois d'idée en écoutant ce commentaire. Il se décide finalement pour un autre cheval à la suite de l'interview d'un nouvel intervenant qui déclare: "Cheval de classe, très estimé par son entourage, il a malheureusement souvent connu des problèmes de santé. Il trouve ici une belle occasion de renouer avec la victoire". J'ai l'impression que c'est le dernier qui parle qui a raison pour ce parieur ?

Va falloir que je me penche sacrement sur le sujet.

Je ne vois pas comment impulser un souffle nouveau par ma série en motivant de nouveaux parieurs sur le simple pouvoir de gains hypothétiques...

J'en viens à penser que la personnalité des chevaux et des jockeys est cruciale et doit faire la différence pour la série !

Remarquez, dans la vie aussi, c'est la personnalité qui fait toute la différence...

Avec le badge que m'a donné Aurore je me rends juste à temps au rond des entraîneurs et propriétaires pour assister à la mise en selle de Debbie sur Cœur Brisé. Elle porte les couleurs des Parker qui n'ont pas changé depuis trois générations, c'est-à-dire casaque bleue, manches jaunes et toque jaune. Debbie me fait un clin d'œil en passant devant moi. Je lui réponds en levant le pouce pour signifier que je la trouve splendide sur sa noble monture. Tous les autres chevaux qui passent devant moi sont bizarrement montés par des hommes, je suis surpris que Debbie soit la seule femme jockey de l'épreuve.

Aurore m'invite à suivre la course dans la tribune des propriétaires. Les chevaux s'élancent sous les ordres du starter. Une bousculade permet aux plus déterminés de se faire une place aux avant-postes. Debbie n'en est pas, elle mène sagement Cœur Brisé.

Les sauts des haies se passent bien pour tous les concurrents. En face, un leader prend trois longueurs d'avance sur le peloton. Moi, je ne fais que vous répéter les commentaires du speaker. C'est à ce moment que Debbie réagit en demandant un effort à sa monture. Cœur Brisé contourne le peloton en évitant certains concurrents qui la poussent volontairement vers l'extérieur. Debbie ne s'en laisse pas conter et continue de pousser avec énergie sur ses bras. Les dernières haies provoquent quelques chutes, car certains chevaux ne tiennent pas la cadence infernale de la course. Aurore, calme jusqu'à présent, encourage Debbie par des superlatifs; je me surprends moi-même en m'entendant pousser des cris. Cœur Brisé s'étire de tout son long et ses foulées s'allongent dans la dernière ligne droite. Debbie, acharnée comme une diablesse, vient coiffer sur le poteau, d'un nez, le fugueur. Elle se redresse, lève sa main en signe de victoire et donne une caresse à Cœur Brisé qui l'a bien méritée. L'après-midi commence pour le mieux pour l'écurie d'Aurore Parker.

Malheureusement, les courses se suivent, mais ne se ressemblent pas.

Debbie est éjectée sur l'avant-dernier obstacle par l'impétueux Cyclone qui dérobe violemment alors qu'ils étaient en tête de la course.

Debbie assez choquée mais seulement légèrement contusionnée assure à Aurore qu'elle peut monter son cheval Superfly dans la

Grande course de haie, l'épreuve suivante. Moi, j'ai eu bien peur en voyant cette minuscule gamine faire un vol plané. Il lui en faut du courage pour vouloir enchaîner sur un parcours encore plus long.

Dans le box de Superfly, Lucien passe un lustrant sur le poil de l'animal. Debbie arrive des balances. Elle se fait charrier par un beau gosse, bien bâti, malgré sa taille jockey, qui lui prédit la même mésaventure dans la Grande course de haie. Pas mauvaise joueuse Debbie me dit de surveiller ce Philippe Million car hyper doué; il est déjà un jockey confirmé du top 5. Il monte aujourd'hui pour Carlos Wagner un entraîneur installé dans le parc de Maisons-Laffitte, me précise-t-elle.

On dirait qu'elle en pince pour lui ?

Elle va même jusqu'à me le présenter. Avec un bon accent anglais, il m'annonce avec un aplomb qui confine à l'effronterie qu'il veut, et doit, faire partie des jockeys pour ma série. Il nous annonce qu'il est le fils spirituel de Christophe Dieu; Debbie m'informe que Christophe Dieu est l'homme aux quinze cravaches d'or à l'obstacle.

Quel arrogant ce Philippe Million !

Philippe en tenue tire la langue à Debbie avant de rejoindre sa monture, le beau Rainbow Bay tandis qu'Aurore selle Superfly. Le superbe athlète bai d'au moins un mètre quatre-vingts me paraît bien immense pour être monté par Debbie.

Et pourtant, cinq minutes plus tard...

Elle survole les haies, elle fait valoir aux autres sa science du train, elle vient tous les coiffer sur le fil après avoir attendu en queue de peloton, sa position à cheval fait la différence dans les ultimes foulées. Philippe, pas bégueule, qui termine deuxième, vient taper dans la main de Debbie pour la féliciter. C'est une bien belle et grande victoire que viennent de remporter Debbie, Superfly et Aurore Parker.

Je suis ravi d'avoir assisté à un tel spectacle. Elles me disent que je leur ai porté chance, et que nous allons fêter cette belle journée

au champagne. Moi en tout cas, j'ai ma première recrue pour ma série TV...
Welcome Debbie !

Chose promise chose due, disent les Français. En ce tout début de soirée, les bouchons de champagne explosent au MET... Pas à New York au Metropolitan Museum of Art, mais bien au MET le *Private lounge & club* de Maisons-Laffitte. Lumières tamisées, petits canapés, tables basses, la décoration est sobre et branchée. Nous sommes installés au fond de l'établissement, sous une véranda, une piste de danse est aménagée. Pierre-Henri le patron, fils d'un célèbre entraîneur de chevaux de course nous reçoit en personne. Aurore Parker entourée de quelques fidèles, Debbie la vedette du jour et moi le nouvel ami américain savourons des tapas. Vers 22 heures, Aurore consciencieuse et raisonnable décide d'aller se coucher. La main de Debbie sur mon genou m'empêche de la suivre. Encore un verre de champagne insiste-t-elle. La bouteille y passe.

Debbie m'entraîne sur la piste de danse pour un *Do What U want* de Lady Gaga...

— Il a un prénom ce beau petit cul ?

— Pardon ? dit Debbie.

Moi, je ne suis pas sûr d'avoir saisi.

— Il a un prénom ce beau petit cul ? répète le blondinet à Debbie en lui collant une main aux fesses.

Debbie lui retourne une gifle cinglante qui l'envoie paître.

Trois minutes plus tard quelqu'un me tapote sur l'épaule. Je me retourne et vois trois gars autour de moi. Parmi eux le blondinet giflé par Debbie, furieux. Je suis encerclé. Pas le temps de réagir, ils se mettent tous à me frapper en m'insultant.

— Tiens, prend ça tapiole.

J'encaisse les coups.

— Pédale d'afro-ricain, je t'encule.

Des paroles en l'air... S'il savait comme c'est bon, il ne tournerait pas ça en insulte !

On m'arrache les cheveux, on m'envoie des mandales, on me donne des coups de pieds, on m'insulte. Et moi je me débats, je rends les coups avec une rage salvatrice. Une bonne baston à laquelle se joint Debbie. Au bout d'un moment, un videur nous sépare, et dans un dernier accès de furie, je donne un ultime coup de savate au blondinet. J'ai un peu de sang partout. On se fait vider de la boîte.

J'ai mal partout...

J'aurais dû me méfier, la dernière fois avec Lady Gaga, ça c'est mal fini aussi.

6

Je profite du jour de repos de Lucien pour le suivre au Papillon Bleu.

J'emporte avec moi de l'argent, des défraiements comme on les appelle dans mon métier, que m'a remis le caissier de la Warner pour mon séjour en France. Une indemnité forfaitaire de 150 euros m'est allouée quotidiennement. La Warner se charge de régler directement le loyer à mademoiselle Parker.

Le Papillon bleu annonce que le "Beaujolais nouveau" est arrivé et coulera à flot aujourd'hui. Une formule à 6 euros avec assiette grignotage de fromage, et de charcuterie. Traînant la patte, au sens propre comme au figuré, Lucien n'est guère réjoui de ma présence. Ici tout est vraiment bleu, de l'enseigne aux parasols, des volets au tablier de la tenancière.

Personnellement, je préfère le vert.

Visiblement, la formule a un franc succès vu l'état d'ébriété de certains olibrius. Pourtant ce n'est qu'un début, à peine arrivé vers neuf du mat', Lucien se fait littéralement acculer au bar pour fêter l'arrivée du "Beaujolais nouveau" et les victoires de son écurie à Fontainebleau.

Après quelques pichets de ce jus fruité à 12°5, Lucien commence à se détendre:

— Le "Beaujolais nouveau" est arrivé en camion, il va repartir à pied, annonce-t-il.

Des vieux garçons d'écurie et certains jeunes lads entre deux lots ricanent de ce dicton.

Moi, je rends service et me fais bien voir par l'assistance en payant une tournée générale.

Les gars repartent au boulot; je me pose à une table avec Lucien pour lui tirer les vers du nez. Il accepte de répondre à mes questions, mais refuse catégoriquement que je l'enregistre.

Comme premier garçon, c'est lui qui coordonne le travail des équipes et assure la mise en œuvre du planning des chevaux donnés par Aurore Parker. Il éduque les apprentis, gère les tâches d'écurie et le bien-être des chevaux. Il continue de monter trois chevaux six jours par semaine. Il peut remplacer l'entraîneur en cas d'absence, dit-il fièrement.

— *"Go"* ! je dis bien fort.

— Pourquoi vous dites *"Go"* ? me demande Lucien étonné.

— Je dis *"Go"*, parce que... (je réfléchis en parlant)... c'est quand on remplace quelqu'un qu'on peut démarrer une nouvelle carrière, n'est-ce pas ?

Il a l'air de penser que je suis barjot.

Avec le Beaujolais, il devient plus bavard...

Arrivé aux écuries Parker en 1986 à l'âge de quatorze ans, un an après Eddy Fast le père de Debbie, il ne tardera pas à prendre des kilos qui l'élimineront directement d'une possible carrière de jockey à cause, m'avoue-t-il en regardant son verre, de son penchant pour l'alcool. Suite à un grave accident avec un jeune cheval sur les pistes d'entraînement, il boitera toute sa vie.

 D'abord ami et complice avec Eddy Fast, il a ensuite mal vécu le succès d'Eddy qui gagnait beaucoup d'argent en montant en course et s'élevait socialement sans penser aux copains. Lucien reconnaît qu'il dépense sa paye entre l'alcool et les paris aux courses.

Il remplit à nouveau son verre du liquide rouge nuancé de violet. Je l'interroge sur Eddy Fast son compagnon d'apprentissage.

 Il paraîtrait qu'Eddy aurait été déposé à 13 ans à la gare de Maisons-Laffitte par sa mère qui n'avait plus les moyens de le garder. De parents séparés, un père anglais resté au pays et une mère franco-anglaise, il est parfaitement bilingue. Charge à lui de se trouver une écurie dans le Parc qui pourra l'accueillir comme apprenti. Alors toute jeune femme entraîneur de 23 ans, Aurore

Parker -qui vient juste de prendre la succession de son père Alex Parker- l'accepte et l'engage, nourri logé avec un salaire dérisoire. Bien que très tonique, il ne pèse que quarante kilos. L'idéal pour un lad. Déjà en tant qu'apprenti, il gagne souvent en course. Travailleur, courageux et surtout très talentueux, il parvient à se hisser dans l'infime minorité des apprentis qui réussiront une carrière de jockey professionnel. À dix-sept ans, en 1989, il rencontre Peggy White, dix-sept ans aussi, une anglaise blonde et vénale qui tourne autour des jockeys. Il tombe amoureux d'elle et après trois mois de concubinage, l'épouse parce qu'elle est en cloque. J'ai toujours pensé qu'il faisait fausse route, que Peggy n'était pas la femme idéale pour lui. Debbie naît de cette union.

Leur relation s'est vite dégradée, Peggy préférant fréquenter les boîtes de nuit des jockeys plutôt que de s'occuper de sa fille. Souvent en mini short, très extravertie, c'était la première à danser sur les tables ou montrer ses seins... Une dragueuse redoutable. Pourtant ce n'est pas coucher qui lui plaît: c'est que les mecs aient très envie d'elle...

Cette belle enfant sadique aimait leur retourner le cerveau à ces jockaillons en les faisant mariner comme des anchois, pour mieux les jeter comme un kleenex...

Le point de non-retour avec Eddy...

Lucien s'arrête de parler, il semble réfléchir, mais en fait, il regarde son verre déjà vide pour que je le remplisse.

Je connais la chanson, son numéro sur le bout des doigts.

Il reprend, après avoir absorbé d'une traite la moitié du verre:

... Je disais, le point de non-retour avec Eddy, c'était un certain après-midi, jour de courses à Auteuil. La petite Debbie, âgée de trois ans, en tricycle rouge, s'est éloignée de sa maman qui discutait avec un prétendant. Eddy, lui, enchaînait pendant ce temps-là les partants et courait sans relâche des vestiaires aux écuries. La disparition de Debbie sur le champ de courses a été un vrai traumatisme pour Eddy. Il croyait ne plus jamais revoir sa fille. La perte d'un enfant, c'est ce qu'il y a de pire y paraît. Un vrai cauchemar, qu'on ne souhaite même pas à son meilleur ennemi...

Bizarrement Peggy ne semblait pas aussi affectée, peut-être qu'elle n'a pas réalisé sur le coup ou qu'elle s'est sentie libérée ? Effectivement, Debbie fut enlevée ce jour-là en plein après-midi avec son tricycle rouge par un déséquilibré. 48 heures de panique sans dormir. La réactivité des services de police associée à l'efficacité de la société des courses a permis de mettre la main sur le ravisseur, grâce aux caméras de surveillance de l'hippodrome qui ont pu retracer le moment de l'enlèvement de la fillette, suivre jusqu'au parking le ravisseur et noter le modèle et le numéro d'immatriculation du véhicule. La police des frontières a fait le reste en interceptant Debbie et le propriétaire du véhicule qui se rendait chez lui en Allemagne. C'est le tricycle rouge, y paraît, qui a fait tilter les gardes.

Eddy n'a jamais pardonné à Peggy cette négligence.

Lucien, bien imbibé par le "Beaujolais nouveau" pique du nez sur l'assiette de fromage. Il est temps que je parte.

Une fois dehors, je stoppe mon Nagra et vérifie le fonctionnement de mon déclenchement à la voix. Mon "*Go*" de départ à parfaitement lancé l'enregistrement.

Á l'hôpital des courses, je rentre comme dans un moulin et me dirige vers la chambre 232, celle que m'a indiquée Aurore au deuxième étage. Sam et petit Louis me jettent un regard noir, qui s'éclaircit lorsqu'ils aperçoivent les gâteaux que je leur apporte. Petit Louis a la jambe droite plâtrée et suspendue.

Sam, l'épaule bandée et le bras replié, me dit que ce n'est pas grave pour lui. Je leur distribue les gâteaux et des magazines que je suis allé spécialement acheter au centre ville. Je leur renouvelle mes excuses.

Je propose à Sam un petit tour dehors en chaise roulante, bien qu'il puisse marcher. Il trouve ça drôle et accepte bien volontiers car il se doute de quoi je veux lui parler. Toute la ville parle de mon casting et de la future série.

D'ailleurs ils en connaissent tous le scénario... sauf moi !

Sam, content de prendre l'air, me demande des nouvelles de Debbie qu'il a vu chuter hier à Fontainebleau sur la télé de sa chambre d'hôpital.

— Elle a la tête dure. Elle s'est remise tout de suite en selle pour remporter la Grande course de Haies.

— J'ai vu, elle a battu d'un nez ce crâneur de Philippe Million. Mon Cyclone, par contre, elle n'a rien pu en tirer. Dites-lui que je vais lui reprendre dès la semaine prochaine.

— Ok. C'est la compétition entre vous deux, j'ai l'impression ?

— Dans ce métier, c'est chacun pour soi. Elle me regarde de haut parce que j'ai seize ans et elle vingt-quatre. Elle pense que je suis un gamin. Alors je lui montre, je l'affronte à l'entraînement et en course.

— Tu es amoureux d'elle ?

— De quoi je me mêle l'écrivain.

— Inutile d'être aussi méfiant, tu peux tout me dire.

— Pas la peine de jouer au plus fin avec moi, il me claque au visage.

— De quoi as-tu peur au juste ?

— Ne perdez pas votre temps à m'interroger, je vous dis.

— Je vais être franc avec toi, mademoiselle Parker pense que tu peux être un candidat jockey pour la série... J'en cherche huit, seulement huit.

Il m'affronte du regard. Il n'est pas facile à gérer l'oiseau.

Fier pour meubler sa solitude d'ado tardif. Un peu moi quand j'étais gamin en Louisiane dans le bayou aux odeurs aussi fortes que le fumier dont les effluves planent partout ici. J'y ai vécu très solitaire, très à l'écart de tout le monde.

Je reprends mon argumentaire.

... Cela t'apporterait de la notoriété et beaucoup d'argent si tu es choisi...

Un déclic se produit dans sa tête, qui se traduit par un regard cupide.

Qui ne dit mot consent, n'est-ce pas ?

... Si tu le veux bien, raconte-moi ton parcours ?

Sa belle gueule doit être photogénique.

— Qu'est-ce que vous voulez savoir ? dit-il en fronçant les sourcils.

— Tout... Mademoiselle Parker m'a dit qu'avec Debbie vous étiez les deux meilleurs de l'écurie. Comment en es-tu arrivé là ?

— Je peux fumer ?

— Sûr.

— En fait, elle m'a recueilli. Je n'ai pas connu mes parents, j'ai été élevé par une nourrice. Je ne sais pas comment je suis arrivé chez elle. C'était il y a trois ans.

Il avait donc treize ans.

Il tire sur sa clope.

Elle m'a pris sous son aile. Elle m'a inculqué les valeurs du travail, donné de l'instruction et beaucoup d'affection.

Elle s'est attachée à moi, et moi à elle. Peut-être parce que j'étais toujours prêt à déraper, à faire les quatre cents coups ? J'avais besoin d'un ange gardien. Je lui en suis reconnaissant...

Pourtant, elle dit qu'il y a quelque chose qui ne tourne pas rond en moi. Je ne lui épargne rien c'est vrai. Elle a du mal à me gérer. Elle a du mérite. Elle menace souvent de me renvoyer, mais elle ne peut jamais totalement s'y résoudre.

— Je vois qu'elle t'a appris à bien parler, chapeau, c'est un bon point.

Ce garçon est attachant.

Je passe tout l'après-midi dans mon bungalow à réfléchir et écrire pendant que mon Nagra retranscrit mes interviews...

Inspiré, j'y passe aussi la soirée. Je tire les rideaux. Je prie pour ne pas être dérangé.

Ça marche, finalement le bon Dieu a entendu ma prière !

7

En fait, j'ai travaillé pratiquement toute la nuit à élaborer des idées et les rédiger pour la série.

Lorsque je me réveille, j'ai juste le temps de me faire beau pour mon rendez-vous avec Galopini.

L'hôtel-restaurant-bar le "Pur Sang", est une institution depuis les années cinquante. Situé en face de l'hippodrome, c'est le rendez-vous des professionnels des courses. À l'entrée, près du bar tenu par le grand-père, une télévision diffuse Equidia en boucle. La fille, la patronne qui sert les repas est très agréable et aime rire. Le patron, en cuisine, propose une carte variée avec un menu familial et traditionnel; des spécialités françaises telle la tête de veau sauce Gribiche, les tripes à la mode de Caen.

L'établissement très chaleureux est un peu vieillot, mais c'est ce qui fait tout son charme. Monsieur Galopini, mon invité, me recommande des ris de veau aux morilles fraîches. Il me permet de l'enregistrer.

Je lui expose en détail mon projet et lui explique l'importance, à mes yeux, de la forte personnalité que doivent avoir les futurs participants jockeys. Ressortir l'humanité pour toucher le spectateur de façon profonde, nouer avec lui une intimité qui soit située au niveau des émotions. Sans oublier la beauté, la bonté et la compréhension des chevaux. Les rôles que doivent jouer aussi les entraîneurs et leur staff, les propriétaires, et les parieurs.

Après des questions pertinentes de sa part, il adhère pleinement au projet de la série car il y entrevoit des bienfaits pour sa profession.

Galopini extrêmement réactif me propose l'idée de créer un challenge spécifique, avec cinq six courses exclusivement réservées aux jockeys et chevaux sélectionnés. Une sorte de championnat où chaque jockey aura l'occasion de courir avec chaque cheval.

Ainsi, le jockey et le cheval ayant le plus de points seront déclarés vainqueurs. Cette formule d'après lui devrait être extrêmement populaire auprès des parieurs. Galopini se fait fort me dit-il, de convaincre France Galop.

Je trouve son idée excellente et lui propose de l'intégrer à mon scénario.

— Inventer et écrire des histoires c'est un beau métier qui m'aurait bien plu... Seuls les enfants en inventent, les adultes n'ont plus le temps avec leur travail, à part les artistes bien sûr, théorise-t-il.

— Je suis très bien payé pour ce que je fais, mais franchement je le ferais même gratuitement... Votre job à vous, monsieur Galopini ne vous rappelle pas le jeu des petits chevaux des gamins avec les dés ?

— C'est vrai, on est un peu des grands enfants avec nos dadas, sauf qu'on essaye de maîtriser le hasard.

J'enchaîne sur les délicieux ris de veau qui me paraissent beaucoup moins appétissants lorsque Galopini m'explique que je suis en train de me régaler avec des abats formés par une glande -le thymus- située à l'entrée de la poitrine du veau, devant la trachée, et qui disparaît à l'âge adulte.

Je grimace.

Ils sont dingues ces français !

Ensuite, il me conseille de suivre chez lui, un jeune jockey d'origine martiniquaise très doué un certain Pierre-Amédé Fanfard.

— Un noir ?

— Oui, il est noir, enfin café au lait, comme vous dit-il en souriant. Il a une volonté de fer, ce n'est pas un fils de pêcheur pour rien.

— Pêcheur ?

— En apnée à vingt mètres, à l'ancienne avec une flèche, il m'a raconté. Le fils, il tient du père croyez-moi, il a du souffle, increvable, un véritable athlète. Fanfan c'est son surnom.

Un fils de pêcheur comme moi, ça m'intrigue forcément.
Force physique et mentale sont obligatoires; le courage et l'humilité aussi. La nature est toujours plus forte, elle me l'a déjà fait savoir !

Pour le dessert, je commande une charlotte aux poires, Galopini une tarte normande fine aux pommes avec un verre de Calva.

— Dark Paradise, ça vous dit sûrement quelque chose ?

Il me dévisage comme si j'avais prononcé un mot tabou.

— Vous connaissez l'histoire de Dark Paradise ?

— Une histoire douloureuse et bouleversante, d'après le peu que j'en ai entendu. Vous étiez présent le jour du drame ?

— Bien sûr, comme tous les professionnels.

La Grand Steeple Chase de Paris, c'est le jour du Graal. C'est l'équivalent de l'Arc de Triomphe au plat ou du Prix d'Amérique chez les trotteurs. Notre championnat du monde si vous préférez. La course la plus importante de l'année au mois de mai à Auteuil.

Ce type en connaît un rayon !

C'était en 1996, je m'en souviens parfaitement. Dark Paradise était le grand favori, tout le monde s'attendait à la consécration de ce champion invaincu, monté par son crack jockey Eddy Fast. C'est la course la plus longue, la plus spectaculaire et la mieux dotée d'Auteuil. Un voyage long et périlleux de panache et d'angoisses. La reine des courses d'obstacle parisienne réunit les cracks et couronne les efforts de toute une année... ou les anéantit...

Un passionné !

... On ne gagne pas le Grand Steeple Chase de Paris, on gagne contre soi-même une course totalement surhumaine... Quant à ceux qui la remportent, ils gagnent en même temps leur place au Panthéon des champions... C'est une course de Groupe 1 réservée aux chevaux de 5 ans et plus. La course compte 23 obstacles, dont deux passages de la rivière des tribunes nécessitant un saut de plus de huit mètres...

Huit mètres !

... J'étais au rond de présentation avec mon cheval Coquillette avec qui j'avais gagné cette sublime épreuve l'année précédente. Je me souviens très bien: comme tous les ans, la foule des grands jours se ruait pour observer les superbes chevaux.

Les lads et premiers garçons, sur leur trente et un, fiers, marchaient en main les chevaux en attendant les jockeys...

— Marchaient en main ?

— C'est l'expression employée lorsque le lad promène le Pur Sang avant que le jockey ne se mette en selle.

Les heureux propriétaires et entraîneurs, en habit, discutaient devant les caméras et photographes...

En cet après-midi ensoleillé, on ne voyait que lui, le superbe cheval de son entraîneur-propriétaire Aurore Parker, le célèbre et extraordinaire Dark Paradise...

Tandis que les autres marchaient, lui Dark Paradise, très chaud, trottinait haut et fier, oreilles dressées. Les jockeys, vêtus de casaques multicolores étincelantes, les rejoignaient au centre du rond de présentation.

Je revois bien Eddy Fast, le fabuleux jockey de Dark Paradise, saluer Aurore Parker en tailleur bleu. Il devait avoir vingt-quatre ans.

— Et elle, quel âge avait-elle ?

Galopini fait un petit calcul mental. J'en profite pour vérifier le bon fonctionnement de mon Nagra.

— 34, oui 34 ans, c'est ça. Elue "meilleure entraîneur de l'année ", elle donnait les consignes de course à Eddy Fast. J'étais juste derrière Dark Paradise avec ma Coquillette lorsque Eddy Fast a été mis en selle...

Les parieurs étaient agglutinés contre les lisses blanches et y allaient de leurs commentaires plus ou moins agréables en fonction des chevaux et jockeys qui passaient devant eux...

Dark Paradise, élu " cheval de l'année ", était acclamé. C'était la coqueluche des parieurs cette année là...

Certains propriétaires, dont Aurore Parker, étaient interviewés par les télévisions et radios françaises et internationales.

Aurait-elle la chance du débutant, dès sa première participation, de remporter cette épreuve mythique comme son grand-père en tant qu'entraîneur et son père en tant que jockey? Les questions des intervieweurs allaient bon train. Aurore semblait confiante.

— La femme d'Eddy Fast était-elle présente avec sa fillette Debbie ?

— Á ma connaissance, Eddy Fast ne voulait plus voir sa fille sur un champ de courses et sa femme non plus je suppose.

— Á cause de l'enlèvement de Debbie ?

— Vous êtes au courant à ce que je vois... Oui, c'est la raison.

— Continuez je vous prie.

— Lorsque les chevaux quittèrent le rond de présentation pour se rendre en piste, les parieurs partirent en courant dans tous les sens pour se précipiter aux guichets pour jouer. La cote de Dark Paradise, grand favori devait être à 2 contre 1 si je me souviens bien... J'ai regagné la tribune des entraîneurs et des propriétaires pour regarder le défilé. Avant de rejoindre le départ, il est de coutume que les Pur Sang paradent, accompagnés par la Garde Républicaine, en musique. Dans la tribune, non loin de moi, Alex Parker semblait très fier de sa fille, la tenait par l'épaule. Le starter lâcha les élastiques devant la tribune officielle, les chevaux s'élancèrent ensemble sous les ordres des jockeys.

Le commentateur-vedette de France 2, Franck Bijou, dont la cabine était toute proche, s'égosilla avec enthousiasme tout au long de cette course tellement attendue.

— Nous avons prévu de finir le tournage de notre série avec le Grand Steeple 2014, dis-je.

— Voulez-vous que je vous raconte la suite ?

— Merci oui, même si je sais qu'elle se finira mal.

— Le parcours est éprouvant avec les plus difficiles obstacles répartis sur 5800 mètres. Comme à son habitude, Dark Paradise galope en tête et mène la course avec ses superbes foulées déliées et souples. Eddy Fast règle la cadence tel un métronome...

Galopini revit la course comme s'il y était encore... il me la raconte au présent !

Chacun se positionne tranquillement et ménage les forces de sa monture car la course est vraiment longue et remplie d'embûches.

Le peloton franchit la première Haie, la Double Barrière et le Bull

Finch sans encombre. Idem pour l'Oxer.

Les premiers 1500 mètres se déroulent bien pour ces chevaux expérimentés et les différents obstacles ne semblent pas leur poser de problème.

Alors, en tête avec deux longueurs d'avance, Dark Paradise suivi de tout le gros du peloton aborde sereinement la ligne qui mène à la Rivière des Tribunes. Eddy Fast, très prècis dans ses actions, arrive à la vitesse idéale et obtient une foulée parfaite lorsque Dark Paradise s'envole pour effectuer un saut de plus de huit mètres. Il saute l'obstacle tout en souplesse. La réception au sol de Dark Paradise se passe au mieux. Par contre, quelques poursuivants se cassent les dents sur cette première vraie difficulté du parcours: soit ils partent sur une foulée trop longue et ne peuvent couvrir, soit, trop près, ils trébuchent sur la haie d'appel.

Les plus dangereux concurrents de Dark Paradise sont toujours en course, notamment The Art of life, deuxième favori des parieurs.

Après la Haie du Pavillon, le peloton se resserre et Eddy Fast se retourne pour apprécier les forces en prèsence. Ce sont les chevaux les plus expérimentés qu'il découvre sans surprise derrière lui.

Ils poursuivent pratiquement tous ensemble sur le petit Open-Ditch, puis le Talus en terre et le Brook composé d'une belle barrière en bois inclinée surplombant une petite rivière.

La tension atteint son paroxysme avant le Gros Open-Dich. Aurore Parker n'en perd pas une miette avec ses jumelles.

Eddy Fast calme un peu les ardeurs de Dark Paradise afin qu'il reprenne un second souffle. Il avale toutefois l'obstacle grâce à sa lancée sur le plat.

Ses deux poursuivants immédiats, Extra Ball et Mister Hyde, les troisième et quatrième favoris de la course chutent en même temps.

Des clameurs d'émotion et de contrariété pour certains se font entendre dans le public déchaîné. Franck Bijou, le commentateur, désamorce la tension ressentie, jugeant ces deux chutes non dangereuses pour les jockeys et chevaux.

The Art of life, le second favori de la course arrive après le saut du Gros Open-Ditch aux côtés de Dark Paradise.

Les deux jockeys sont au botte à botte...

Franck Bijou s'excite en commentant cette lutte magistrale, car Dark Paradise et The Art of life ne se quittent plus pour sauter le Mur en Pierre et les obstacles suivants: Haie, Double Barrière, Haie.

Soudain, Dark Paradise semble ramollir, presque tituber.

Aurore Parker affiche un visage très angoissé.

Le jockey de The Art of life, Michel Philipon au coude à coude avec Eddy Fast essaye de prendre le dessus sur Dark Paradise pour que son cheval prenne une demi-foulée d'avance sur lui à l'abord du saut de la Rivière des Tribunes.

Le public est aux anges et hurle de bonheur car il apprécie ce combat de géants.

Eddy Fast sollicite de plus en plus fort Dark Paradise.

Michel Philipon réussit son pari et décolle avec The Art of life une demi-foulée en avance sur Dark Paradise.

Bien qu'un peu plus loin de l'obstacle, Dark Paradise victime d'un soubresaut n'obéit pas à son jockey et n'écoutant que sa bravoure s'élance en même temps que The Art of life. Ce saut de plus de huit mètres avec un appel de trop loin pour un Dark Paradise mal en point va être fatal !

En effet, Dark Paradise culbute, panache et s'écrase bruyamment sur ses cervicales. En se retournant, il écrase Eddy Fast de toute sa masse. Dark Paradise s'agite frénétiquement, victime de violentes convulsions.

Eddy Fast, lui, ne bouge pas.

Aurore Parker se tient la tête à deux mains en poussant un cri de stupeur. Son père Alex la prend dans ses bras et la serre fort.

Mais la course continue...

The Art of life, aux commandes avec plusieurs longueurs d'avance enchaîne le deuxième passage sur la Haie du Pavillon, du Petit Open-Ditch, de la Butte en terre.

Franck Bijou explique que le deuxième favori de la course, The Art of life, a nettement moins de pression depuis qu'il est débarrassé de ses concurrents les plus dangereux.

En effet, Dark Paradise, Extra Ball et Mister Hyde sont tombés.

Franck Bijou indique aussi, bien que les caméras ne nous montrent rien, que Dark Paradise et Eddy Fast ne se sont toujours pas relevés.

The Art of life file maintenant sur le Rail Ditch and Fence l'obstacle le plus difficile du parcours. Franck Bijou le présente comme "le juge de paix".

Coquillette, mon bel alezan brûlé aux crins lavés fait une remontée spectaculaire, son jockey Maurice Pradel le fait passer en deuxième position avant le Rail Ditch and Fence.

Michel Philipon porte toute son attention à sa monture The Art of life pour aborder ce saut de géant. Le franchissement exige un bond de cinq mètres pour lequel il faut allier puissance et vitesse.

C'est l'obstacle stratégique du parcours, il le sait bien. The Art of life s'envole bien et sa trajectoire épouse parfaitement l'obstacle tant redouté, l'atterrissage est plus délicat car The Art of life glisse un peu des postérieurs. Michel Philipon se récupère de justesse et relance sa monture. Dans la foulée, Maurice Pradel s'élance à son tour, mon Coquillette exécute le saut parfait, ce qui lui fait gagner du terrain et le rapproche à moins d'une longueur de The Art of life. La tension est à son comble et les parieurs ont trouvé un nouveau prétexte d'excitation. Moi je reprends des couleurs.

Le rythme de la course s'accélère. Franck Bijou redouble de superlatifs. Le reste du peloton, derrière les deux chevaux de tête, est maintenant trop loin et définitivement battu. Ces chevaux ont les jambes et le souffle coupés.

Il reste quatre obstacles pour départager The Art of life et Coquillette. La lutte s'intensifie, le Moyen Open ditch, la Haie, la Double Barrière, et la dernière Haie sont franchis, pas toujours au mieux, mais ça passe.

Au coude à coude et à la cravache, les deux jockeys s'emploient au maximun pour puiser dans les dernières réserves de leurs montures. Tout le public est en transe et hurle pendant cette lutte au sommet. Michel Philipon et The Art of life ne lâchent rien et remportent le Grand Steeple Chase de Paris 1996. Maurice Pradel et Coquillette, mon cheval, n'ont pas démérité et sont battus d'un nez.

Michel Philipon est aux anges, debout sur ses étriers, il lève un bras au ciel.

Maurice Pradel, lui, terriblement déçu s'effondre sur l'encolure de Coquillette. Il sait qu'il vient de perdre la course de l'année. Moi évidemment, j'y ai bien cru aussi. Mais voyez-vous les courses sont cruelles et fantastiques aussi...

Aujourd'hui deuxième, mais l'année dernière premier. Je n'ai pas à me plaindre.

— C'est beau, vous êtes un sacré entraîneur... Et Eddy Fast , et Dark Paradise ?

— J'allais y venir...

Je retiens mon souffle !

...Sous nos yeux, sur les écrans, sont diffusées les images de la course. Les caméras n'ont pu éviter de filmer Dark Paradise et Eddy Fast, toujours inertes sur la pelouse. Ils sont entourés par les personnels de secours, les ambulances et véhicules de pompiers.

Aurore Parker a disparu des tribunes. Il paraît qu'elle était en larmes accrochée au corps du jockey dans l'ambulance. Franck Bijou n'a pas tardé à nous annoncer le verdict hors antenne. Eddy Fast et Dark Paradise n'ont pas survécu. Dark Paradise a dû être euthanasié sur place.

Je commande un double whisky pour me remettre de mes émotions.

— Pensez-vous qu'il y a quelque chose de suspect dans cette fin tragique ?

— Pourquoi dites-vous ça ?...

— Comme ça. On ne sait jamais ?

— Apparemment non, les enquêteurs ont fait leur travail.

Galopini préfère en rester là. Je stoppe mon enregistreur.

Au moment où Galopini quitte le restaurant, Patrick Martin, le bavard directeur du centre d'entraînement apparaît au bar pour prendre un café.

Je lui fais un signe de la main, il s'approche, alors je lui propose un digestif à ma table pour accompagner son café. Il commande un Cognac. Très gentiment, il s'enquiert de l'avancée de mon travail. J'en profite pour lui soumettre l'idée de Galopini sur l'organisation d'un éventuel "challenge" entre les jockeys et chevaux sélectionnés pour la série.

Il me propose de rencontrer les dirigeants de France Galop. Je lui suggère de d'abord mettre le projet par écrit, et lui explique mes besoins impératifs de documentation pour cela.

Je pourrai compter sur ses notes personnelles, et il m'aidera me dit-il pour les archives de France Galop, et de l'Institut National de l'Audiovisuel.

Enthousiaste, il m'offre ensuite de le suivre à son bureau, situé juste en face de la terrasse du Pur Sang.

Avec une splendide vue sur le Golf au milieu du champ de course, son bureau moderne est inondé de lumière.

Patrick Martin descend un store vénitien pour me proposer une démonstration sur un site privé réservé uniquement aux membres de l'administration de France Galop.

Sur son PC portable, la page d'accueil est en mémoire.

Il l'ouvre et entre un mot de passe. Avec un moteur de recherche performant, il peut avoir accès à toutes les informations collectées sur les courses, les chevaux, les propriétaires, les entraîneurs, les jockeys, les lads, et autres professionnels.

— Donnez-moi un nom, me dit-il.

Le premier qui me sort de la bouche: Pierre-Amédé Fanfard, dit "Fanfan".

Une page complète s'affiche avec le pedigree et le portrait souriant du jockey, sa formation et les courses qu'il a courues depuis le début de sa carrière.

— Voyez, nous sommes bien organisés.

Patrick Martin tape un nouveau nom: Johnny Lebon.

Je sursaute, je n'en crois pas mes yeux.

— Moi aussi je suis fiché ?

Ras le bol de ces entreprises qui fichent les gens !

— C'est une maison sérieuse France Galop.

On ne travaille pas avec n'importe qui. Vous êtes validé par le bureau central, sinon je ne vous aurais pas amené ici. Même si je suis sympathique, je me dois d'avoir la tête sur les épaules. Nous sponsorisons votre série, il est normal que nous vous aidions pour qu'elle soit la plus réussie possible. La Warner pense le plus grand bien de vous et nous a communiqué vos états de service. Un délégué de France Galop, le chef du service audiovisuel, que nous vous présenterons, est en relation directe avec Judith Warner pour l'organisation. Il s'appelle Léon Camé. Il vous contactera.

Il me tend un papier.

— Voici le lien avec votre mot de passe que vous devrez changer à votre première connexion. C'est un site très complet, il y a des archives avec des vidéos des courses et des reportages sur les activités annexes de toute la profession.

— Les archives remontent loin ?

— Pas avant 1996, car France Galop a été créé en Mai 1995 suite à la fusion de plusieurs sociétés.

— Il y a bien des images des courses avant cette période ? je lui demande.

— Parfaitement, il y en a des tonnes, elles sont archivées à l'I.NA. C'est pour cela que je vous ai dit que j'allais vous aider pour l'accès aux archives de l'Institut National de l'Audiovisuel.

— Merci, c'est important pour moi.

— Marquez-moi votre adresse email là-dessus... Je vous enverrai un lien avec autorisation au plus tôt.

J'aime bien ce gars-là, il a l'air carré.

8

Lorsqu'il est remis sur pied et de retour à l'écurie, Sam s'empresse de bien faire comprendre à Debbie qu'il est le meilleur de tous et aussi le plus rapide avec les Pur Sang. Debbie admire Sam pour son talent mais elle ne s'en laisse pas conter par lui lorsqu'il roule des mécaniques parce qu'il monte le plus difficile de l'écurie, Cyclone.

Un matin, mademoiselle Parker demande à Debbie de monter America pour faire *leader-partner* de Speedway monté par Sam.

C'est le dernier entraînement de Speedway avant sa course de dimanche.

Aurore donne les consignes pour ce dernier "bout vite": Debbie partira en tête et mènera jusqu'aux 1500 mètres, ensuite Sam devra lâcher Speedway qui s'envolera jusqu'au poteau des 2000 mètres.

Les deux complices se rendent au départ en se toisant. Sam se sent des ailes et la regarde avec son air supérieur. Debbie, elle, plus mature reste concentrée.

Pendant ce temps-là, Aurore Parker discute avec un journaliste de Paris-Turf, Franck Bijou qu'elle me présente.

— Vous êtes aussi commentateur à la télé ?

— Plus maintenant me dit-il.

Il vient souvent voir les chevaux à l'entraînement avant d'écrire ses articles et d'établir ses pronostics.

Debbie s'élance avec America suivie de Sam et Speedway dans la brume du matin. Les foulées de galop s'allongent, les chevaux accélèrent en s'étirant majestueusement. Le train est soutenu et mademoiselle Parker apprécie...

Franck Bijou semble intrigué... pour lui quelque chose d'anormal est en train de se produire.

Effectivement au poteau des 1500 mètres America ne semble pas fatigué. Lorsque Sam pousse Speedway pour qu'il fournisse son effort celui-ci change de jambe.

Il fournit un effort pour avaler America. Sam sourit, mais America sentant le nez de Speedway de plus en plus pressant dans ses fesses n'aime pas ça et puise dans ses réserves pour lui résister. Debbie, aérienne, le monte avec légèreté aux mains, tandis que Sam cravache sa monture de plus belle et ne parvient toujours pas à dépasser America.

Le regard de Sam se durcit, et furieux il s'emploie au maximun. Avec une facilité déconcertante et quelques longueurs d'avance Debbie et America franchissent le poteau des 2000 mètres.

Mademoiselle Parker est stupéfaite. America a un handicap bien inférieur à Speedway, ils ne courent pas dans la même catégorie, c'est un deux ans, certes précoce mais tout de même. Ce qui vient de se dérouler est tout à fait inimaginable sur le papier. Franck Bijou le journaliste, médusé, vient saluer Debbie, il la félicite et lui dit qu'elle a hérité du talent de son père qu'il a bien connu. Debbie, touchée par ce compliment, serre les poings. Elle imagine un instant les mains de son père en regardant les siennes. Sam, profondément vexé, arrive tête baissée près de mademoiselle Parker.

Après les soins aux chevaux, avec Debbie nous rejoignons comme promis Franck Bijou qui nous offre l'apéritif au bar du Polo Club .

De fil en aiguille, Debbie questionne Franck sur les relations qu'il entretenait avec son père. Franck, en fin de carrière de jockey d'obstacle, venait de se faire embaucher comme pigiste au journal Paris-Turf. Certains matins à l'entraînement, il observait Eddy Fast lorsqu'il galopait à toute vitesse le nez au vent. Eddy avait le sourire aux lèvres; c'était un intense et pur moment de plaisir pour lui. On voyait bien qu'il était sur une autre planète, il avait quelque chose en plus. Nous sommes devenus copains lorsqu'il a pris en main Dark Paradise, le cheval avait 3 ans. J'ai écrit un long papier sur eux. J'ai aussi malheureusement écrit un autre papier le soir du drame, vous ne le savez peut-être pas, mais c'est moi qui commentais la course en direct pour France 2. J'ai encore écrit un autre article le soir de son enterrement. Je l'admirais vraiment Eddy, notre relation s'est approfondie avec le temps, nous sommes devenus amis. Vous savez, il était très apprécié, un très bel hommage de toute la profession lui a été rendu.

Debbie réclame des détails à Franck. Elle était présente, mais ne se souvient pas de tout, elle n'avait que sept ans.

Franck hésite, puis se lance:

— Un attelage composé de grands chevaux Frisons, noirs comme toujours, arrivant de l'église s'arrêta à l'entrée du cimetière de Maisons-Laffitte avec le cercueil...

J'imagine un moment triste et beau !

...Le long cortège était suivi de ta mère, de toi Debbie, d'Aurore Parker et sa famille, des jockeys, des lads, des entraîneurs, des propriétaires, les représentants et officiels de France Galop.

Des jockeys en tenue faisaient une haie d'honneur, ils portaient tous les mêmes couleurs que la casaque qu'Eddy Fast portait le jour de son décès. Les couleurs de la famille Parker, casaque bleue, manches jaunes et toque jaune. Les jockeys les plus amis avec Eddy descendirent le cercueil et le transportèrent jusque devant sa tombe entourée de fleurs, bouquets et couronnes.

Un discours émouvant du président de France Galop fut suivi de celui du père d'Aurore Parker, Alex, très abattu, qui exposa la valeur et les qualités du défunt et mesura l'ampleur du vide qu'il allait laisser dans le milieu.

Les obsèques d'Eddy se poursuivirent dans la douleur. Sa veuve était totalement effondrée, mais toi, à ses côtés Debbie, tu étais de marbre. Quant à Aurore Parker, elle cachait ses larmes derrière de grandes lunettes noires.

Les jockeys se tenaient près du cercueil et déposèrent dessus la casaque, le casque, la cravache, la cravate avec son épingle en fer à cheval et les bottes d'Eddy.

Le prêtre fît une prière.

Chacun défila devant la veuve avec un mot de soutien de circonstance, puis s'avança devant le cercueil pour se recueillir une dernière fois et y déposer une fleur.

Toi Debbie, bien que retenue par un adulte, tu t'élanças pour faire comme les grands. Les regards s'affolèrent, mais personne ne put bouger.

Tu détachas, Debbie, le foulard que tu portais autour du cou et tu le posas sur le cercueil de ton père. Puis, tu t'accroupis et pris délicatement la cravate de ton papa avec son épingle en fer à cheval. Tu t'éloignas et regagnas les rangs avec ce trésor bien serré contre ton cœur.

Debbie secouée me regarde avec fierté.

— J'ai toujours sa cravate. C'est mon porte-bonheur...

— J'ai remarqué, tu la portais dans la Grande course de Haies de Fontainebleau, n'est-ce pas ?

— Oui, toujours dans les grandes courses... Merci, dit-elle à l'adresse de Franck.

— Tu ressembles à ton père au dedans comme au dehors conclut Franck.

Debbie est émue car extrêmement touchée par les mots que vient de prononcer Franck.

— Quand il est mort, vous savez, il m'a longtemps accompagnée: quand j'ai eu peur, quand j'ai eu mal... il me parlait, m'encourageait constamment, il habitait mon corps. Je voyais ses mains en regardant les miennes. Ça a duré longtemps puis un jour il est parti. Je le regrette. Finalement, c'était confortable et rassurant d'être comprise, encouragée, conseillée.

Moi, je suis dans les cordes, K.O debout... Pourtant j'ai encore la force de demander à Franck:

— Pour vous, y a-t-il quelque chose de suspect dans la mort d'Eddy Fast ?

Debbie me dévisage du regard comme si j'étais une bête curieuse. Après un long silence, Franck nous avoue en fixant Debbie:

— Honnêtement, pour tout vous dire, je l'ai toujours pensé... mais je m'en suis toujours remis aux conclusions de l'enquête.

— Vous êtes sérieux. Vous l'avez pensé ? surenchérit Debbie.

— Je ne suis pas le seul, dit Franck pour se dédouaner.

Polo qui semblait très occupé derrière son bar lève la tête discrètement vers nous.

— Avant même que je n'apprenne des détails sur cette histoire, je peux vous dire que dans mon avion j'ai rencontré, un personnage, un certain Harry Wilson, propriétaire de chevaux de course à Chantilly, et qui pensait de même, dis-je.

Y a des histoires qui vous collent au train et ne vous lâchent pas. Va savoir pourquoi ?

— Attendez vous deux, c'est grave ce que vous insinuez. C'est de mon père qu'il s'agit. Quelque chose de louche ? Son accident aurait pu être prémédité vous voulez dire ? Un crime ?

— Ne vous emballez pas Debbie, c'est juste des impressions... des intuitions... Vous étiez petite, l'affaire a fait grand bruit à l'époque. Des allégations de toutes sortes ont circulé un long moment. Il y a eu une enquête judiciare doublée d'une enquête de la police des courses. Tout le monde a été entendu, les vidéos disséquées. Rien n'a permis d'en venir à ces conclusions, rappelle Franck.

— Ecoutez dit Debbie, demain je cours à Chantilly, rencontrons ce Harry Wilson, vous voulez bien ?

— J'ai sa carte, je me charge de l'appeler, je propose.

— Parfait. Moi j'y serai pour mon journal, conclue Franck en me donnant sa carte de visite.

Debbie et Franck pressés retournent à leurs activités; moi je demande à Polo le chemin de l'écurie Galopini et un de ses fameux panini pour la route.

— Ne vous mêlez surtout pas de ces vieilles histoires, me prévient gentiment Polo.

Il croit bien faire, mais moi ce genre de conseil aurait plutôt tendance à encourager mon esprit de contradiction.

— Pourquoi vous dites cela ?

Il me jette un regard plein de sous-entendus en guise de conclusion.

— Cette ville est épatante... je dis avant de disparaître.

Les menaces ne fonctionnent pas trop avec moi. Bien que je l'ai déjà expérimenté à mes dépends.

Concentré sur mon panini mais surtout sur la conversation au sujet de l'affaire Dark Paradise, je m'égare un peu de mon chemin.

Ce Parc avec toutes ses avenues qui forment des étoiles me fait tourner en bourrique. Au moment où je pense que je suis complètement perdu, une vieille moto qui vient de me dépasser fait demi-tour.

C'est Norbert, apparemment remis sur pied, qui me salue. Il chevauche une BSA des années 60 en parfait état contrairement à la Norton qu'il a flinguée dans l'arbre. Il doit être collectionneur de vieilles motos anglaises...

Norbert a le nez cassé et est contusionné de partout me dit-il, lorsque je lui demande des nouvelles de sa santé. Il tient à me remercier encore de l'avoir remis en selle. Il m'offre d'aller boire un coup. Je suis pressé, la prochaine fois. Alors, il me propose de me déposer à l'écurie Galopini.

Ni une, ni deux je saute sur la selle très longue de cette belle mécanique. Elle fait un raffut du diable coté échappement.

Comme je suis nettement plus grand que Norbert, j'en profite pour regarder par dessus son épaule la beauté des deux compteurs, l'un de vitesse, l'autre de tours, qui encadrent le phare avant. Les aiguilles blanches grimpent, tandis que le vent me caresse les cheveux. Une sirène me sort de mon étourdissement. Norbert se retourne.

Moi j'aperçois dans le rétroviseur, un véhicule de police, avec son gyrophare activé, qui se lance à nos fesses.

— Les flics c'est toujours des emmerdes en perspective, a le temps de me hurler Norbert tout en accélérant sa bécane.

Il prend la poudre d'escampette et moi avec. La sirène rugit de plus belle. Norbert prend un virage en épingle à cheveux. Moi je m'accroche pour ne pas chuter. La voiture de police arrive en trombe derrière nous. Norbert bifurque pour prendre un petit chemin entre deux arbres à l'intérieur de la réserve boisée. La BSA répond bien, il me dira plus tard que ces motos étaient surtout utilisées en cross. Voyant la voiture banalisée stoppée et les flics impuissants, Norbert leur fait un doigt d'honneur.

Moi je garde la tête basse pour ne pas être identifiable. Un kilomètre plus loin, Norbert me dépose devant l'écurie Galopini.

— C'est bon, dis-je, je vous remercie... Je ne veux pas vous embêter plus longtemps.

Norbert me balance une grande claque sur l'épaule.

— T'as eu la trouille l'artiste ?

— Vous êtes un petit peu recherché par la police on dirait ?

— T'inquiète l'artiste, c'est ta faute tout ça, le casque en France c'est obligatoire.

Au moment où j'entre dans l'écurie Galopini, mon portable sonne. Je décroche car le nom de Judith Warner s'affiche.

— Contente de vous avoir, comment allez vous ? me dit-elle.

— Agité... très très agité. Ils sont spéciaux les français.

— Dites-moi Johnny, dans une demi-heure devant votre ordinateur. Vidéo conférence. J'ai du nouveau. C'est possible ?

— Cela ne peut pas attendre en fin de journée ? J'allais justement rendre visite à un jockey pour la série.

— Je reprends un vol pour L.A dans deux heures. Voyez le plus tard.

— Ok. Mais je vais avoir besoin d'une voiture. Je perds trop de temps à pied.

— Choisissez un modèle, on va s'en occuper. *See you later.*

Demi-tour, fissa à l'écurie Parker. Pas question de me perdre je déclenche l'appli GPS sur mon mobile.

Á l'heure convenue une alerte sonore m'avertit. Une fenêtre s'ouvre sur mon ordi. Judith apparaît sur fond de décor du salon VIP de *JFK airport.*

— Je viens de voir le montage du dernier James C. Carlton, c'est une merveille. Je lui ai glissé deux mots sur notre série, histoire de parler et bingo, il m'apprend qu'il a commencé sa carrière comme apprenti jockey, que c'était son rêve de gosse et que malheureusement il a trop grandi.

— Heureusement pour le cinéma ! Je suis fan.

— Il veut absolument réaliser la série, me répond une Judith enthousiaste.

— Lui ?... c'est fou, je n'y crois pas... Il refuse tout... Il a Hollywood à ses pieds.

— La série TV, ça lui trotte dans la tête depuis un moment, en plus il parle français et sera libre pour venir vous voir dans un mois.

— Génial ! Il ne va pas vouloir imposer un scénariste ?

— C'est ce que j'ai tout de suite pensé, et là il me dit que vous êtes l'un des rares qu'il respecte et que ce projet " Jockey " avec vous, sera idéal pour entamer une future collaboration.

— Je m'étais déjà mis la pression, mais avec lui comme réalisateur, je vais me mettre en pression orbitale !

— Parfait. Je lui ai donné vos coordonnées. Il vous joindra sans faute la semaine prochaine m'a-t-il dit. Je dois vous laisser c'est le dernier appel pour mon vol. Avez-vous choisi un véhicule ?

— Oui, un 4x4 c'est plus pratique ici.

— Envoyez un mail à Jimmy mon assistant, il vous le fera livrer directement à l'écurie Parker. *Bye !*

Pas le temps de lui dire *"bye"*, son image se désintègre et disparaît de mon écran.

Je passe un coup de fil à Harry Wilson avant que j'oublie. Je tombe sur sa messagerie et lui dis que je serai aux courses de Chantilly demain. Ni une ni deux, je me mets en hyper ventilation volontaire, ce qui me permet une prise de conscience émotionnelle, comme un plongeur en apnée. Cette méthode à des fins créatives, proche de la méditation transcendentale, m'a été enseignée par un scénariste indien proche du gourou Rinpoché. Le bénéfice ne tarde pas et porte ses fruits, je gratte quelques unes de mes meilleures pages jusqu'à plus soif. L'application "sos pizza" avec reconnaissance de localisation me permet de m'alimenter et surtout de m'hydrater d'un pack de Budweiser bien fraîches. Tard dans la nuit, je bascule en arrière de ma chaise et me laisse glisser directement sur mon lit.

Pratique !

9

Deux jours plus tard, le matin, je me douche, je me pomponne. Quand je suis prêt à sortir, je me sens aussi frais qu'une rose.

Jimmy ne s'est pas foutu de moi ! Le nouveau Range Rover sport 5 portes vert Aintree, avec système de caméras panoramiques, m'offre une vision à 360 degrés depuis l'écran tactile. C'est la voiture idéale pour aller à Chantilly. En cours de route je réponds en mains libres à Harry Wilson qui retourne mon appel. Nous nous donnons donc rendez-vous aux écuries du champ de courses. Il a un partant dans la troisième.

Après avoir traversé une magnifique forêt, mon GPS, sur l'écran tactile anti-reflet du tableau de bord, m'indique de contourner le célèbre château de Chantilly pour trouver l'entrée de l'hippodrome.

Grace à sa piste en sable fibré, la seule des hippodromes parisiens, Chantilly permet d'étendre la saison des courses à l'automne. La course phare de la réunion, un groupe 3, est le prix Eclipse, nom d'un cheval britannique qui resta invaincu toute sa carrière. Je commence à me familiariser à ce beau petit monde des professionnels qui m'accueillent comme l'un des leurs. Aux écuries, le staff d'Aurore Parker prépare les partants du jour: America, Speedway et Juicy Fruit un poulain qui débute sa carrière aujourd'hui. En face, devant les boxes de ses chevaux, Galopini me fait signe de le rejoindre. Il me présente Pierre-Amédé Fanfard , fanfan le martiniquais. Sa main est douce et fraîche, sa peau métissée lumineuse, un ravissant jeune homme avec des épaules larges, de beaux cheveux frisés, des petits yeux gris-vert. Ce môme-là est balancé comme pas deux, malgré sa taille jockey. Très décoratif !

J'en ferais bien mon quatre-heures !

— Belle journée, pas comme hier... Vous êtes scénariste américain d'après ce qu'on dit ?

— Oui, du sud, de la Louisiane... Et vous des Antilles françaises, de Martinique m'a dit monsieur Galopini.

— Vous connaissez ?

— Je n'y suis jamais allé, mais je la situe bien, moi j'habite au-dessus, aux Bahamas. Je suis issu d'une famille de pêcheurs, comme vous je crois ?

— Oui, lorsque j'aurai fini ma carrière avec les chevaux, je replongerai avec mon père.

En deux mots je lui raconte mon projet "Jockey". Il veut connaître les grands principes de la série. Mes intentions détaillées, ma manière de voir, de comprendre, d'interpréter le monde des courses... Il a l'œil malin de Will Smith et le verbe de Spike Lee.
Toujours utile un gars futé comme lui !

Ce garçon sympathique est courtois, attentif.
Il s'intéresse réellement à mon projet et semble intellectuellement au-dessus de la moyenne de ses collègues... Je vais le suivre dans le prix Eclipse qu'il court avec Red Sun, un deux ans bien affûté par Galopini me dit-il.
Debbie me fait signe, je repasse en face dans la rangée des chevaux d'Aurore Parker. Elle me met la pression pour la réunion avec Harry Wilson. Je lui confirme le rendez-vous juste avant la dernière course, au bar du restaurant panoramique. Elle m'embrasse. Debbie sera en selle sur America dans le groupe 3. Mademoiselle Parker a surclassé le cheval suite à son incroyable canter avec Speedway. Sam montera ce dernier dans l'ultime épreuve de la réunion d'aujourd'hui.
Juicy fruit débute sa carrière en beauté, monté par Sam, il prend une honorable deuxième place dans la première course réservée aux chevaux n'ayant jamais couru. La journée commence pour le mieux déclare Aurore satisfaite.
Aux balances, je croise Franck Bijou de Paris-Turf, avec son photographe Freddy, un ancien jockey, qui immortalise Sam la selle à la main aux côtés de Juicy Fruit fumant et tout en écume. Il

se joindra avec plaisir à notre réunion avec Harry Wilson.

Le prix Eclipse est une épreuve réservée aux deux ans qui se court sur 1200 mètres avec une allocation totale de 80 000 Euros dont 40 000 au gagnant.

C'est en petit comité que se court ce prix, seulement cinq partants. Un très bon départ de Sugarland express, la casaque jaune qui va laisser Fée Joada s'installer tranquillement aux commandes et l'allemand le numéro deux Love me twice...Dans les deux cents derniers mètres Love me twice qui lutte maintenant avec Red Sun monté par Fanfard avec dans son dos America qui progresse à l'extérieur et refait beaucoup de terrain. Le poulain America monté par Debbie Fast prend facilement l'avantage et dispose de ses quatre adversaires sur la pénible piste des Princes de Condé.

Aurore Parker me tombe dans les bras. Moi j'en tremble encore. Fanfan est satisfait de sa seconde place.

Aux balances, Debbie interviewée par Equidia déclare:

— "Je gagne facilement... maintenant la course n'a pas été spécialement très vite. Au moment où je voulais le laisser respirer encore un peu, le cheval a voulu enclencher, donc je suis venue lancée un petit peu plus tôt que prévu, mais il a été très courageux, très sérieux..."

Je me retrouve flashé pour la photo de Paris-Turf aux côtés de Debbie et Aurore, avec America qui mange une carotte dans ma main.

Plus tard au bar du restaurant panoramique nous nous installons à une table avec Harry Wilson que je présente à Debbie et Franck Bijou. Nous allons assez vite sur le sujet qui nous préoccupe et qui fait pâlir Debbie: la mort de son père Eddy Fast en course est-elle suspecte ?

That is the question !

Harry Wilson nous raconte qu'à l'époque il était courtier pour les assurances Gras Savoy Hipcover, (Aujourd'hui il est au conseil d'administration) et que Dark Paradise y était assuré mortalité. C'était la garantie du remboursement d'un capital en cas de décès. Que l'option remboursement des frais de chirurgie d'urgence et d'invalidité permanente n'avait bizarrement pas été souscrite. C'est ce qui lui a toujours mis la puce à l'oreille, nous confie-t-il.

Sam gagne sous nos yeux avec Speedway, sans que nous n'y prêtions une grande attention.

Franck se souvient qu'Eddy Fast lui avait confié avoir eu maille à partir avec des mafieux. Quant à Debbie, elle nous apprend la larme à l'œil qu'elle a vu mourir son père en direct à la télévision quand elle était petite fille.

Nous sommes sous le choc, tout retournés...

Voir mourir son père en direct à la télé, vous imaginez ?
Quelle horreur !

Après avoir évoqué plusieurs pistes pour aider Debbie à découvrir la vérité, nous décidons d'un commun accord -que nous voulons garder secret- de regrouper nos forces et nos différents savoir-faire professionnels afin d'essayer de faire toute la lumière sur "l'accident" mortel de son père.

Chacun de notre côté allons essayer de regrouper le maximum de renseignements utiles tout en nous informant mutuellement de toutes nos découvertes. Franck Bijou va fouiner dans les archives de son journal; Harry Wilson se replonger dans ses dossiers d'assurances et repasser au peigne fin le compte-rendu de leur enquête interne; Debbie va explorer le passé de son père et moi je vais m'immerger dans les films, photos et articles de France galop et de l'I.N.A de l'époque grâce à Patrick Martin.

Je propose à Debbie de la raccompagner à Maisons-Laffitte dans mon confortable Range Rover.

Assise, elle souffle enfin, respire profondément, commence à se détendre, après ses performances et émotions de l'après-midi.

Je l'invite à un petit roupillon et règle son siège en position adéquate. Á peine deux minutes plus tard, elle se redresse:

— Il faut que vous sachiez... C'est l'image de mon père souriant qui m'accompagne dans mes gestes quotidiens... Ma mère me manque, mais finalement quand j'y pense, c'est une femme que je ne connaissais pas vraiment. Elle ne s'est pas beaucoup occupée de moi... Elle a essayé de me dire pourquoi avant de mourir...

La voix de Debbie est chevrotante.

... Je pense qu'elle essayait de me transmettre ses regrets, elle avait peut-être besoin de se disculper, de justifier l'injustifiable, donner un sens tardif à ses actes, son existence... Pour elle, mon père était totalement absorbé par l'ascension exceptionnelle de sa carrière de jockey. Il la délaissait quelque peu, elle qui voulait aussi la lumière, m'a t-elle tout de même avoué avec pudeur. Il commençait à gagner beaucoup d'argent... et était donc très sollicité par de nouveaux amis, et courtisé par de jolies filles intéressées... Là où je veux en venir Johnny, c'est suite à ce qu'a dit Franck tout à l'heure... Ça m'est revenu... Ma mère m'avait raconté cette histoire bizarre... qui peut nous donner une piste... Eddy lui aurait avoué que des mafieux lui avaient organisé une rencontre pas tout à fait "fortuite" avec une sublime blonde... Une certaine Samantha. D'abord son cheval gris se cabre en croisant mon père sur un Pur Sang... Le lendemain, elle le croise, toujours dans le Parc de Maisons-Laffitte, en promenant sa femelle Golden Retriever que s'empresse de venir renifler notre Labrador Retriever... Ils font connaissance ... Ferré, mon père tombe parfaitement dans le panneau...

La splendide blonde lui fait découvrir les restaurants et boîtes de nuits, de ses "employeurs" ... leur quartier général c'était le "Lily la tigresse" d'après ma mère, un cabaret à striptease à Paris. Je m'en souviens, car j'avais une bande dessinée du même nom et j'ai même vu cette Samantha en compagnie de mon père un jour au Polo Club.

Et voilà qu'un jour, un de ses "nouveaux amis" propose à mon père dix mille francs pour qu'il ne finisse pas dans les trois premiers de sa prochaine course...

Eddy en train de seller son cheval refuse. Le mafieux insiste. Eddy lui dit de ne pas insister. Le mafieux furieux le menace et lui jette dix mille Francs en partant... Les billets volent dans le box et atterrissent dans la paille effrayant le Pur Sang... D'après ma mère, à partir de ce moment-là, les ennuis n'ont fait que commencer. Leur relation n'a fait que se dégrader, et mon père ne se serait plus confié. Debbie me regarde pour savoir ce que j'en pense.

J'émets un sifflement aigu de satisfaction.

— C'est du sérieux Debbie. Très important. Tu as bien fait de m'en parler. Chaque détail de la vie de ton père peut nous faire progresser. Pour lui, comme pour tout le monde d'ailleurs, chacune de nos rencontres peut influer sur notre destinée.

Nous voilà arrivés à l'écurie Parker, après une heure de route. Debbie me serre contre elle un moment, puis se détache de moi. Elle a les yeux brillants, mais elle ne pleure pas.

— Je suis sûre que notre rencontre influera positivement sur ma vie, me dit-elle.

— Je l'espère de tout cœur ma grande. Je crois que tu me plais comme une petite sœur Debbie.

Elle me serre une nouvelle fois dans ses bras.

On se quitte sur ces paroles positives et ce geste affectueux.

Une fois dans mon bungalow, je crée sur l'appli Document Writer de mon ordinateur portable un dossier "Dark Paradise". J'y note de retrouver la sublime blonde qui a servi à appâter Eddy. Ensuite je m'accorde une micro sieste. Une alerte me réveille, c'est un email de Paul, mon *boyfriend* des Bahamas, qui m'informe avoir déposé une semaine de vacances en février pour venir me rejoindre. Je lui réponds qu'il me manque et que cela va être long ici sans lui. Une nouvelle alerte; c'est un email de Patrick Martin qui me donne un lien et un mot de passe pour que je puisse accéder aux archives de l'I.N.A. Je l'enregistre dans mes favoris Firefox juste à côté du site de France Galop.

J'enchaîne sur mon document "Jockey" auquel j'ajoute une rubrique "Personnages".

Dans la colonne "jockeys", je liste Debbie, Sam, Philippe Million, Pierre-Amédé Fanfard comme possibles acteurs, avec une brève argumentation sur leurs personnalités...

Je m'interromps car ma tête est ailleurs, pour tout vous dire, l'affaire "Dark Paradise" commence à m'obséder. Je clique sur le lien de Patrick Martin et me voici sur le site ina.fr. Tout en haut de la première page, j'entre "Eddy Fast" sur le moteur de recherche. Dix vidéos s'affichent: cérémonie des cravaches d'or 1995, des courses, un reportage, une interview. Je clique sans réfléchir sur l'interview. Et là, comme par enchantement je vois apparaître Eddy, ça me fait un choc de voir son visage depuis le temps que l'on me parle de lui. Un visage d'ange aux traits fins, une coupe de cheveux stricte de l'époque, un gamin bien sage de dix-sept ans puisque nous sommes en 1989. L'archive aux couleurs passées se poursuit avec une autre, où il apparaît en tenue de jockey s'élançant à cheval à l'entrée d'une piste. Ce plan s'enchaîne sur Eddy une raquette de tennis à la main qui renvoie une balle en smatchant. Un fondu enchaîné refait apparaître son visage en gros plan prêt à répondre aux questions de l'interviewer:

— Eddy Fast, pour la seconde fois consécutive vous venez de remporter "l'Etrier d'or" des apprentis-jockeys. Ça représente combien de victoires ?

— 15 cette année.

— Vous êtes un grand espoir, à quel facteur pensez-vous devoir cette réussite ?

— D'abord, parce que j'ai la chance de monter de bons chevaux, et que je travaille énormément quand même.

— Quelle est la journée type de l'apprenti-jockey Eddy Fast ?

— Je me lève à cinq heures et quart tous les matins, ensuite je suis à cheval à six heures trente jusqu'à onze heures. Puis, après les soins aux chevaux, je me repose un peu pour récupérer de la fatigue du matin et mange un petit morceau, une grillade, c'est tout léger une grillade et un fruit... Puis je pars pour les courses.

— Les turfistes ont confiance en vous, ils pensent que vous allez gagner avec n'importe quel cheval. Et vous, est-ce que vous pensez toujours que vous allez gagner ?

— Non. J'espère gagner, mais on appréhende toujours un inconvénient, une gêne, ou une bousculade. Une course n'est jamais gagnée d'avance.

— Bien. Quand vous sentez que vous avez gagné, à cet instant précis qu'est-ce qui se passe ?

— Une satisfaction, le bien-être d'abord d'avoir bien accompli mon travail

— Quel est votre meilleur souvenir en course ?

— L'année dernière, lorsque j'ai gagné le titre de meilleur apprenti-jockey européen à Hambourg. Après une course qui s'est déroulée très rapidement, j'étais débordé toute la course, mais dans la ligne droite de l'arrivée, j'ai bien sollicité mon cheval et nous avons réussi à rattraper les deux fuyards. Á la suite de ça, je suis monté sur un podium...
Ils ont hissé les couleurs françaises et sonné la Marseillaise. Là, j'ai eu un vrai frisson.

— Eddy Fast, vous êtes un jeune homme comblé, tout vous réussit. En dehors de votre métier qu'est-ce qui vous plaît, qu'est-ce que vous souhaitez ?

— Je serais comblé lorsque j'aurais eu un enfant.
 La vidéo se termine en très gros plan sur les yeux rêveurs d'Eddy Fast.
C'est fooouuu ! Je suis hyper ému.

Je regarderai les autres vidéos plus tard. Il faut que j'aille prendre l'air.
Mon portable sonne, numéro masqué, je décroche quand même. Un type se présente, c'est Léon Camé, le délégué de France Galop missionné à notre série "Jockey" dont m'avait parlé Patrick Martin. Après avoir échangé des politesses, il me propose de boire un verre, il est à Maisons-Laffitte.

— Le MET, vous connaissez, me demande-t-il ?

— Oui, mais s'il vous plaît, pas ce soir, je lui réponds énigmatique.

— Le Busy, ça vous va ? En face de la gare.

— Parfait, j'y vais de ce pas.

Dès l'entrée, le comptoir vous donne envie de boire un verre assis. Ça tombe bien, Léon Camé, un bonhomme entre deux âges, avec des lunettes cerclées en écailles, installé sur une banquette en velours chocolat, me fait signe de le rejoindre. Je commande comme lui, un Jack Daniel's. Je lui raconte mon affaire en détail. Il adore les séries américaines me dit-il. Impressionné par la série originale "Jockey", ce projet d'adaptation lui paraît une excellente idée. Par contre, il me met tout de suite en garde... Il a eu vent me dit-il des déconvenues de la série "Luck", qui a dû être arrêtée, suite aux décès de plusieurs chevaux pendant les prises de vues. Série-addict, il me fait part aussi du manque d'intrigue dans le scénario, cause pour lui de son non-attachement, et de la raison probable de la désaffection du public à cette série *"Luck"*, malgré la présence de Dustin Hoffman. J'admets partager ce sentiment... Nous nous sommes déjà envoyés deux whiskies, nous attaquons le troisième, lorsqu'il me propose une virée à Paris pour aller dîner puisque je lui ai avoué n'avoir jamais mis les pieds dans la plus belle ville du monde. *"Paris by night"*, c'est comme cela qu'il faut découvrir cette ville. Vous ne le regretterez pas, dit-il sûr de lui.

C'est parti ! Classe sa DS Pallas noire collection de 1973 avec toit panoramique.

Pendant le trajet, il me fait le récit de son expérience, de son passage important aux services cinématographiques des armées, en passant par sa carrière de caméraman sur les champs de courses, jusqu'à sa prise de fonction au service audiovisuel de France Galop. J'ai tout de suite su, dès la première discussion, que j'avais à faire à un professionnel de l'image. J'en suis ravi, car il n'y aurait rien eu de pire qu'un simple responsable administratif sans connaissance pratique du métier pour gérer notre partenariat avec France Galop. Impossible de tourner en France un film, une série ou quoi que ce soit sur les chevaux de course, sans l'aval et l'assentiment de France Galop qui est propriétaire des principaux champs de course, centres d'entraînement et écuries.

Léon Camé m'annonce un détour par la voie express rive droite situé au nord de la Seine pour que je puisse admirer la statue de la liberté, la tour Eiffel, le palais de Chaillot, les Invalides, le Grand Palais, le Palais Bourbon, le musée d'Orsay, la Concorde, le musée du Louvre et Notre-Dame, la totale avec les sublimes ponts qui se reflètent sur la Seine, dont le célèbre Alexandre III.

Ce grand spectacle, avec toit panoramique en prime, c'est du cinéma en 3D.

Paris, j'en suis maintenant convaincu, comme me l'affirmait Judith Warner, est bien la plus belle ville du monde.

Un voiturier récupère la DS Pallas, tandis qu'un maître d'hôtel en queue de pie et nœud papillon ainsi qu'une hôtesse noire nous conduisent à l'étage de la Tour d'Argent.

France Galop, c'est la classe, ils savent recevoir !

Léon Camé m'introduit le lieu:

— Fondé en 1582, la Tour d'Argent est le plus vieux restaurant de France. Sa spécialité est le canard au sang cuisiné selon la célèbre recette que Frédéric Delair inventa en 1890.

Aïe ! Aïe ! Aïe ! du canard au sang ?

Notre table a une vue plongeante sur Notre-Dame et les toits de Paris.

— Ce restaurant attire les gastronomes du monde entier, insiste Léon Camé.

Je parcours la carte... en vain...

Léon Camé ne plaisante pas avec le sérieux des traditions et nous commande la spécialité maison. Ce petit homme autoritaire entend bien en imposer à un grand américain comme moi.

Je parcours la carte des vins... en vain...

— Champagne, emplis mon verre, que je lève ma coupe ! Champagne, à nos amours !... Champagne, à nos amis ! et Champagne toujours ! s'exclame Léon.

La grande forme ce petit bonhomme.

Bon... je trinque en dégustant des mises en bouche minuscules mais délicieuses, tout en jetant un œil au décor luxueux avec meubles et tableaux à l'avenant.

Le célèbre "canard au sang" nous est présenté avec un rituel, il est numéroté devant nous... Le canardier le découpe, puis presse la carcasse dans un pressoir en argent et exsude la dernière goutte dans la sauce à laquelle est ajouté un trait de cognac, de citron et

de madère. Les magrets finissent de cuire sur un réchaud...
Je demande à Léon son point de vue sur l'affaire "Dark Paradise".
D'abord surpris, puis méfiant, il noie le poisson dans l'eau en me déclarant qu'il n'y a pas d'affaire.

— Ce sont les risques du métier. Les jockeys d'obstacle sont constamment sous la menace d'une chute. Plus de trois cents accidents en course cette année. Les chevaux sont lancés en paquet, épaule contre épaule, les jockeys sentent la pression du peloton contre leurs bottes. Le moindre écart d'un concurrent provoque bousculades et déséquilibres. Etriers et sabots s'entrechoquent. Encerclé par le peloton, le jockey se fait des sueurs froides sur sa monture difficile à canaliser. Les Pur Sang pèsent presque 500 kilos et leurs membres sont fragiles comme du cristal. Qu'un des sabots antérieurs se prenne dans l'un des sabots postérieurs, et c'est le drame.

Les cuisses grillées croustillantes nous sont maintenant servies. C'est le deuxième temps de la dégustation.
Après avoir avalé, de force, le 1 300 021ème canard au sang de La Tour d'Argent, j'ai un petit peu l'estomac noué.
Je digère mieux les crevettes !

Comme je reviens à la charge sur l'affaire Dark Paradise, Léon m'apprend qu'il y avait une dizaine de caméras qui ont filmé le Grand Steeple Chase de Paris. Il le sait très bien, il en cadrait une lui-même ce jour-là. Il faut le croire, elles ont toutes été passées à la loupe après le drame, comme d'ailleurs à chaque fois qu'il y a un accident.
Nous dégustons un Cognac Louis XIII Remy Martin.
Léon Camé pas tout à fait rassasié conclut notre dîner:

— Il n'est rien de plus sérieux que le plaisir. Allons dans un cabaret vous voulez bien ?

— Vous connaissez le "Lily la Tigresse" ? je tente à tout hasard.

— Hé, vous êtes un coquin ?... je vois que vous connaissez les bonnes adresses !

Nous poursuivons notre *"Paris by night"* jusqu'à Pigalle, éclairé comme dans les films par les néons des clubs érotiques.

Le "Lily la Tigresse" occupe un *corner* place Blanche. Un rabatteur crapuleux à tête de fouine nous invite à entrer, en nous promettant d'assister à un numéro d'effeuillage féminin auquel on pourra participer en savonnant le dos des filles qui se douchent sur scène. Léon légèrement pompette est ravi.

Entièrement décoré en rouge et noir. Chandeliers, candélabres et rideaux cramoisis, vases orientaux et colonnades donnent à cet établissement un air libertin.

Tout ce qui est tarifé est mis hors de la vue de Léon Camé dont les lunettes sont déjà embuées par les vapeurs d'un repas bien arrosé et la sudation liée à l'envie de voir se trémousser quelques superbes corps de jeunes femmes.

Arrivé au bar un petit mec brun, aux accents mafieux et à la gueule de maquereau dégueulasse, appelle immédiatement la première fille présente. Une belle Sénégalaise répondant au prénom de «Maya», comme l'abeille, sauf que celle-ci doit butiner d'une drôle de façon, elle demande à l'ami Léon ce qu'il veut boire. Pas le temps de respirer pour notre pauvre Léon, car la machine infernale est en route, c'est un vrai gouffre à fric dans lequel vous dépensez des fortunes sans le savoir, pour repartir la queue entre les jambes, après avoir été plumé, j'imagine.

C'est une soirée volaille !!!

Devant cette beauté exotique au corps d'ébène et au sourire ravageur, Léon accepte de rincer la belle qui commande un cocktail qu'on lui apporte, ainsi qu'un joli seau à glace contenant un prétendu champagne. Les deux "tourtereaux" s'installent à une table, et la fille se frotte sur le sexe de son "pigeon" d'un quart d'heure, tout en l'invitant à lui tripoter les nichons. Accoudé au bar, je reluque les filles qui se caressent sur scène et commande un whisky. Je baisse les yeux, accroche le regard d'une blonde, une quadra, certainement la plus âgée des filles présentes. Elle semble flattée. Ses cheveux, longs et soyeux, retombent sur ses épaules nues. Elle porte une robe fendue qui couvre à peine ses seins et découvre sa cuisse élancée. Je lui fais signe de me rejoindre. Elle dégage une sacrée sensualité animale. Elle demande une coupe de champagne et me dit s'appeler Samantha. Pas possible. J'y crois pas Samantha ? C'est bien le nom que m'a donné Debbie. Á son accent je repère tout de suite qu'elle n'est pas française.

— Vous êtes nordique ?

— Suédoise me répond-elle fièrement.

Je tique. Le fait qu'elle soit suédoise ne me rassure pas. Debbie ne m'a pas parlé d'une suédoise.

— Johnny, des US dis-je.

— *Nice to meet you*, qu'est-ce qui vous amène en France ?

— Je suis à la recherche d'une femme.

— Original, dit-elle.

Je glisse un billet de 100 euros dans son soutien-gorge.

— Pas pour flirter, c'est du sérieux.

— Un beau gars comme vous, dans un endroit pareil ? Je me disais aussi...

Le spectacle plus que minable et triste à pleurer de deux filles en train de se savonner sur la micro scène devant nous lui donne raison. La belle Samantha me fait un numéro de femme excitée lorsque l'escroc aux airs de bandit sicilien, qui doit être le patron, la regarde interrogateur.

— "Cherchez la femme", c'est le nom d'un roman vous savez, me susure-t-elle.

— Et bientôt d'un film j'espère, dis-je...

Sérieusement, je recherche une belle fille blonde comme vous, en m'approchant de ses grands yeux qui papillonnent. Elle travaillait ici, en 1996. Elle doit avoir à peu près votre âge aujourd'hui.

— Ah oui, alors je l'ai peut-être connue, dit-elle avec insolence. Comment s'appelle-t-elle ? Qu'est-ce que vous lui voulez ?

— Du bien. Rien que du bien.

Ses longs cheveux blonds lui balaient la joue de nervosité.

— Reprenons un drink s'il vous plaît, me glisse-t-elle en me mordillant l'oreille.

Je reprends un whisky et elle du champagne bien sûr. Bien joué, le patron se calme et va voir ailleurs.

— De quoi s'agit-il exactement ?

Je tente un coup de poker:

— Du jockey Eddy Fast.

Bingo ! Quinte royale !

Elle se décompose, me jette son verre de champagne à la figure et en prime m'écrase le pied avec son talon aiguille de douze centimètres.

— Allons ma jolie, du calme, on ne fait que causer.

— Bouclez-la, assez causé, dégagez.

J'insiste. Je n'aurais pas dû. Je sens le canon d'un revolver qui s'enfonce dans mon dos.

— Pas de grabuge ici, me dit le porte-flingue... Direction la sortie.

Léon Camé se précipite vers moi et crie:

— Laissez-le ! Qu'est-ce que c'est ces manières de malfrat... On va pas se laisser intimider par des crapules... Non mais dis donc ?...

Le porte-flingue balafré sur la joue gauche, l'air ahuri, n'en revient pas de voir ce petit bonhomme riposter avec autant d'assurance.

— Donnez-moi la note et surtout laissez-nous tranquilles. Je suis un habitué, enfin !

Ces bonnes paroles interpellent le videur, qui interroge le patron du regard. Celui-ci s'empresse d'amener sur un petit plateau argenté une note faramineuse de 850 euros. Léon Camé trouve la note trop salée. Le maquereau enlève sa veste comme pour se battre. Alors Léon ne fait pas d'histoires, et casque avec sa *Gold card* pour nous sortir de ce guêpier. Moi, je profite de l'armistice pour réajuster mon complet-veston. Nous sommes escortés sous bonne garde vers la sortie. Nous sautons dans la DS Pallas, garée devant l'établissement. La voiture sème le trouble dans la tête des videurs, elle doit leur faire penser que nous sommes des gangsters, comme dans les films de séries noires. Ma prophétie s'est avérée exacte, nous avons été plumés, comme les canards de La Tour d'Argent. J'ai tout de même la satisfaction d'avoir progressé dans l'affaire Dark Paradise.

Cette suédoise, je ne vais pas la lâcher.

Après m'avoir déposé devant l'écurie d'Aurore Parker, Léon Camé me demande:

— Qu'avez-vous dit à cette poule pour lui faire péter un plomb ?

— On s'est disputés à propos de la légalisation du mariage homosexuel.

Il me regarde, dubitatif.

— Non, je blague. Sérieusement, je lui ai parlé d'Eddy Fast...

Il se demande à nouveau si c'est du lard ou du cochon.

— Sérieux ? Quel rapport avec cette poule ? Elle le connaissait ?

— Vous avez bien vu sa réaction ? Elle y est forcément mêlée. Je ne vous ai pas indiqué le "Lily la Tigresse" par hasard. L'affaire Dark Paradise existe, elle ne fait que commencer, croyez-moi. Ce n'est pas un accident.

— Vous avez des preuves ?

— J'en cherche justement... Vous pourriez être utile. Vous avez assisté au drame. Vous l'avez même filmé.

— Je vais voir ce que peux faire... Laissez-moi un temps de réflexion.

Nous nous quittons sur ces bonnes paroles.

Quelle soirée !

10

6h30, je suis en compagnie d'Aurore Parker, sur le centre d'entraînement, à observer les canters de ses chevaux.

Aurore Parker est doublement ravie: d'abord parce que ses chevaux gagnent, et ensuite parce qu'elle voit bien que la concurrence professionnelle qui s'installe entre Sam et Debbie est saine et stimulante. Par contre, elle voit d'un mauvais œil l'attirance sentimentale et sexuelle de Sam pour Debbie. Une relation amoureuse entre les deux serait préjudiciable d'après elle à l'équilibre de son écurie. Inquiète par les comportements excessifs de Sam, elle le surveille de près.

Franck Bijou vient nous rejoindre. Il salue Aurore et me glisse à l'oreille qu'il a du nouveau.

Debbie, Sam et deux autres lads finissent de boucler un tour de piste et viennent prendre les ordres d'Aurore pour la suite du travail de leurs chevaux. Les voilà aussitôt repartis dans un galop plus soutenu. Dans le virage avant d'aborder la ligne d'en face, Debbie est encerclée par Sam et ses deux potes apprentis. Ils la prennent en sandwich et tassent agressivement son cheval. L'impact est si violent et brutal que Debbie est propulsée en l'air. Elle fait un roulé-boulé dans le sable.

Les gars se retournent pour voir les grimaces de colère de la jeune femme et se marrent tout en continuant de galoper accompagnés du cheval de Debbie en liberté.

Aurore Parker, derrière ses jumelles, n'en croit pas ses yeux. Debbie, à l'autre bout du centre d'entraînement, renonce et rentre à l'écurie à pied.

Je comprends mieux le message que m'a fait passer Aurore au début de la séance. Franck me dit tout bas que malheureusement cela arrive, les comportements stupides.

Aurore récupère le cheval de Debbie et passe une avoine à Sam et ses deux complices qui jouent les innocents. Je préfère partir avec Franck prendre des nouvelles de Debbie à l'écurie.

Dans la cour, Henri le maréchal-ferrant en pleine action nous dit l'avoir vue passer en larmes. Elle ne s'est pas attardée. Elle s'est réfugiée dans sa chambre.

Je lui envoie un SMS pour lui demander de ses nouvelles et la prévenir que nous l'attendons avec Franck dans mon bungalow pour une réunion. La clef USB de Franck s'enfonce parfaitement dans mon ordinateur, en deux clics une série d'icônes photographiques s'affichent plein écran. La première représente Eddy Fast en tenue de jockey aux balances aux courses avec Peggy sa femme, m'indique Franck. Elle a une coupe au carré blond oxygéné, un maquillage outrancier de poudre et de fards, une bouche rouge vif, et de grands yeux bleus clairs. Sa tenue excentrique criarde très rock jure avec les toilettes classiques des autres femmes en arrière plan. Au milieu de ce jeune couple, une fillette. C'est Debbie, qu'ils tiennent fièrement par la main. On toque à ma baie vitrée, c'est justement Debbie les cheveux mouillés, qui pointe son joli nez.

Elle se fige en contemplant mon écran. Elle est pâle comme un linge.

Voyant son trouble, nous sommes très embarrassés avec Franck.

— Pas trop de bobos ? je lui demande.

Scotchée sur la photo, elle ne me répond pas.

— C'était en 1990, tes parents avaient dix-huit ans et toi un an Debbie, dit Franck pour la débloquer. J'ai apporté ce que j'ai pu trouver aux archives de mon journal. C'est juste une première recherche.

— Je pourrais avoir une copie ?

— Bien sûr, regardons les autres, tu me diras celles que tu veux.

— D'abord,il faut que je vous dise. En rentrant, j'ai pris une douche bien chaude pour éviter les courbatures après ma chute. Je me suis allongée sur mon lit pour me détendre, je regardais la photo de mon père au dessus de mon lit, comme souvent, et j'ai reçu ça...

Elle allume son téléphone et nous lit un SMS:

— "Votre père a été victime d'un pari truqué son cheval a été drogué".

J'émets un sifflement aigu.

Mes artères se resserrent, mon cœur s'accélère.

Avec Franck on se penche pour mieux lire le SMS, et effectivement nous n'en croyons pas nos yeux.

— Bien sûr, il n'y a pas de signature. C'est un numéro masqué, dit Debbie déçue.

— J'ai, au journal un petit génie informatique qui devrait pouvoir retracer l'appel avec ton téléphone.

— Ça commence à faire beaucoup... quelqu'un voulait du mal à mon père comme on m'en veut aujourd'hui à cause de ma réussite.

— C'est la vérité, Eddy était particulièrement jalousé. Mais on ne peut pas comparer avec toi et ta mésaventure de ce matin.Ce n'est pas la même époque. Autour de ton père, il y avait de la surexcitation, des enjeux financiers considérables dus à la valeur marchande de Dark Paradise. Des spéculations sur sa vente probable et affabulations en tous genres qui ont attiré des malveillances. Très droit, ton père s'est toujours battu pour conserver son intégrité. Tiens, regarde Debbie, dit Franck, là c'est Eddy sur le podium à Hambourg. En 1988, il est champion d'Europe des apprentis.

— Il est beau comme un ange, je ne peux m'empêcher de dire, tout en regrettant mes paroles aussi sec.

Je vois les yeux de Debbie se poser sur moi. Elle me regarde calmement sans rien dire, avec ses yeux d'un bleu très clair, sa bouche douce, aux lèvres rondes, le nez droit et les pommettes un peu saillantes. Elle ressemble vraiment à son père. Puis elle sourit, découvrant ses belles dents blanches, impeccablement alignées:

— Passons à la photographie suivante vous voulez bien ?

C'est une série de Dark Paradise qui défile, d'abord, la même photo que celle de Ouest-France, le poulain âgé de 5 mois juste après son enlèvement...

Dark Paradise à deux ans, longé par Aurore Parker, suivi d'une autre au même âge en cours de débourrage monté par Eddy en tenue matelassée...

Enfin, Dark Paradise à trois ans, en 1992, au rond de présentation, juste avant sa première course monté par Eddy qui porte fièrement les couleurs de la maison Parker.

— C'est une belle série que j'ai sélectionnée, il y en a beaucoup d'autres au journal, nous informe Franck Bijou.

Je clique sur un autre icône, pour lancer une série d'Eddy Fast avec Aurore Parker. Ils ont l'air heureux tous les deux; aux courses à Auteuil, puis à Deauville et enfin au Haras des Parker en Normandie. La dernière les représente dans une voiture décapotable vert amande, une Triumph TR7, en train de quitter le haras. Elle est datée de 1995, Eddy a 23 ans, il porte une veste en daim et des lunettes de soleil Ray Ban. Aurore est vêtue d'un cardigan jaune pastel. Un foulard en soie Emilio Pucci turquoise et rose attache ses cheveux. Des lunettes Christian Dior aux verres teintés, lui donnent un look de star; elle a 33 ans et respire le bonheur.

— Je ne sais pas comment ces beaux clichés ont atterri au journal, nous dit Franck.

L'espace d'un instant en regardant ces photos je me suis imaginé que ces deux-là était amoureux.

— N'est-ce pas qu'il est beau ? nous interroge Debbie.

— Il est racé, je confirme.

Une autre série représente la cérémonie des cravaches d'or datée du samedi 6 avril 1996, un peu plus d'un mois avant la mort d'Eddy Fast. Sur toutes les photos Eddy est très entouré. Il porte un smoking et tient la fameuse cravache d'or avec précaution. Peggy sa femme et mère de Debbie n'apparaît sur aucune des images, note Franck. Sur plusieurs d'entre elles il me semble reconnaître la fameuse Samantha du "Lily la Tigresse". J'en fait part à Franck et Debbie.

— Je suis sûr que c'est elle, avec une petite vingtaine d'année de

106

moins.

Je dispose les quatre images, où figure cette femme, côte à côte sur le bureau de mon Mac.

Tous les trois, le nez sur mon écran, observons chaque détail dans un silence religieux.

— Ce n'est pas elle Samantha... c'est elle ! désigne Debbie en pointant le doigt sur une autre blonde, juste à côté de Samantha en robe de soirée, elle aussi.

— Mais non, c'est bien elle, tu étais trop jeune pour t'en souvenir. Je la reconnais, je m'exclame.

— Pas du tout, Debbie a raison, Samantha c'est celle-là, assure Franck. L'autre à côté c'est sa grande sœur Barbara. Elles étaient tout le temps fourrées ensemble.

— Elle m'a pourtant dit s'appeler Samantha, j'insiste.

— Elles se ressemblent, c'est certain, pourtant celle avec qui sortait Eddy, c'est celle-ci avec le tatouage... regardez le petit scorpion sur son épaule. Elle s'appelait bien Samantha, j'en suis sûr. Son tatouage je m'en souviens parfaitement, conclut Franck.

— Samantha... je vous l'avais bien dit Johnny... la femme qui a séduit mon père avec son cheval gris s'appelait Samantha, rappelez-vous c'est ma mère qui m'en a parlé.

— Si vous le dites... La frangine qui travaille toujours au "Lily la Tigresse", m'a menti, elle se fait passer pour sa sœur. Il va falloir découvrir pourquoi ? Elle n'a pas de tatouage sur ses épaules, je peux vous le garantir, je les ai vues de très près.

— En admettant qu'on trouve des preuves, je ne vois pas pourquoi elle se fait passer pour sa sœur ? On ne fait pas une chose pareille, lâche Debbie tracassée.

— Positivons, nous tenons une piste, nous garantit Franck.

— La blonde, Je m'en occupe, elle s'est foutue de moi, dis-je.

Debbie semble avoir l'esprit ailleurs, elle consulte sa montre.

— Je vais être en retard, je cours dans la deuxième à Enghien, dit-elle.

— Passe au journal dès que tu peux Debbie, mon gars regardera ton téléphone.

— Ok. Merci Franck pour toutes ces photos. Elles me plaisent toutes, j'en veux bien une copie. Je t'appelle...

Elle se tourne vers moi.
　　— On se voit plus tard Johnny, d'accord ?
　　— Ça marche Debbie, bon courage.

Á peine Debbie sortie, je dis:
　　— Il faut se demander, Franck, qui avait intérêt à tuer ? Cette enquête doit vraiment être réactivée.
　　— Ça va pas être du gâteau, cette histoire avait fait grand bruit et du tort aux courses. La réanimer va nous causer des ennuis. Il vaut mieux être discret dans un premier temps, sinon on aura vite des bâtons dans les roues et peut-être même sur la tête.
　　— *Yes...* Je comprends. Vous connaissez mieux que moi le milieu hippique... Alors agissons discrètement pour l'instant. Essayez de tracer la piste du SMS, moi je me charge de faire causer Samantha, enfin Barbara je devrais dire.
　　— D'accord. J'espère que malgré nos autres occupations nous pourrons éclaircir cette affaire. Que cette pauvre gamine puisse au moins faire le deuil de son père.

　　L'après-midi, voulant poursuivre mes recherches pour la conception de ma série, je me rends aux courses à Enghien.
　　J'ai bien raison, car au programme se court, sur 5000 mètres parsemés d'embûches, le Grand Steeple Chase. L'épreuve a été choisie pour le Quinté, l'héritier du mythique Tiercé qu'adorent les français, me déclare Harry Wilson que je suis content de croiser par hasard. Vous tombez bien me dit-il, j'allais vous appeler. Bon vivant, Il m'entraîne directement au restaurant panoramique pour un petit "frichti" me dit-il, histoire de faire un point sur ses recherches. Je choisis le menu Outsider, Harry le menu Leader.
Il prend sa voix de ténor:
　　— J'ai passé en revue tous les contrats des Parker, épluché celui de Dark Paradise et étudié à la loupe le compte-rendu de

l'enquête interne suite à l'accident.

Je reste pendu à ses lèvres en attendant ses conclusions.
— Eddy Fast était l'objet d'une enquête secrète par la Société des courses, l'ancêtre de France Galop, depuis 1995. Sur dénonciation anonyme, on le soupçonne de dopage, il est surveillé de très près ainsi que les chevaux qu'il monte. Ses extraordinaires résultats font jaser et font de nombreux jaloux. Ses canters d'entraînements du matin et ses courses de l'après-midi sont filmés et scrutés à la loupe. Des sommes exorbitantes sont engagées sur les chevaux que monte Eddy Fast... Des paris frauduleux sont détectés... Des tests de routine inopinés sont effectués sur l'ensemble des pensionnaires des écuries Parker, à plusieurs reprises en 1995 et 1996. Au terme de l'enquête, aucun cas positif, rien, nada !... Je le sais de source sûre puisque nous assurons aussi le laboratoire des courses hippiques à Verrières-le-Buisson. Une part significative du budget de France Galop est aujourd'hui consacrée à la lutte contre le dopage. La réputation des courses est un enjeu primordial. Le système est dissuasif par les sanctions prévues et par la possibilité d'effectuer un prélèvement, à tout moment, sur n'importe quel cheval et jockey. Et la dissuasion n'est pas un vain mot dans un secteur économique qui génère 10 milliards d'euros de gains par an, faisant de la France le troisième plus gros marché de la planète hippique, derrière le Japon et l'Australie. Donc, d'après ces recherches, Dark Paradise n'était pas dopé le jour du Grand Steeple Chase de Paris. Cette épreuve est le porte-drapeau français des courses d'obstacle, alors, je vous pose la question, peut-on salir d'une façon ou d'une autre, si elle est entachée de tricherie, une épreuve aussi mythique et populaire ?...
Il me regarde, mais bien sûr, c'est lui qui compte me donner la réponse.
... la réponse est non, assure-t-il. Surtout ne pas faire de vagues. Les entraîneurs le savent bien. Les grandes épreuves sont tabous. Voilà, quoi qu'il en soit, Dark Paradise, et d'ailleurs tout autre cheval partant dans cette course ne se révèlera jamais dopé.Enfin, c'est mon opinion. Certains ne la partageront pas évidement.
— Je ne vous suis pas bien ? Pour vous Dark Paradise aurait pu

être dopé ou non ce jour-là ?

— En théorie non, en pratique peut-être ?

— Approfondissez, je vous en prie Harry.

— Sur ce coup-là, bien sûr qu'il n'était pas dopé aux anabolisants; ces stéroïdes accroissent la performance. C'est ce que recherchent les contrôles dans le sang et dans les urines. Ces contrôles-là ont bien été effectués sur Dark Paradise, avant et après la course. Le rapport Hipcover le confirme, les résultats des échantillons A et B sont négatifs, je m'en suis assuré. Ces produits qui améliorent les résultats sont évidemment détectés par respect pour les parieurs. Pour notre pauvre Dark Paradise, le produit aurait pu être tout autre, notamment tout le contraire... pour l'affaiblir, le gêner. Ce peut être une gêne physique d'ailleurs, pas forcément un produit avalé ou injecté.

— Pas bête, je ne peux m'empêcher de dire.

— J'ai effectué des recherches, lu des articles mentionnant des tricheries. Incroyable l'inventivité des tricheurs ! Sans compter les dopages aux amphétamines, aux anti-douleurs, aux dérivés de cocaïne comme la novocaïne, il y a des jockeys menacés qui retiennent leur cheval. Des aiguilles de toutes sortes bien placées dans les bandes, sous les tapis, ou ailleurs qui, petit à petit durant la course, blessent les pauvres bêtes.

— Je peux vous assurer que depuis que je vous ai rencontré dans l'avion, vous éclairez bien ma lanterne Harry.

— Merci, savoure-t-il.

— Il y a du boulot... Il va falloir que nous passions tout au peigne fin, toutes les images de cette dramatique course et aussi trouver une bonne fée au laboratoire des courses pour ressortir les échantillons de Dark Paradise. Qu'en pensez-vous Harry ?

— Absolument, vous y êtes Johnny et tout ceci dans le secret le plus absolu, car autant vous le dire tout de suite, vous ne serez pas le bienvenu en voulant faire ressortir le passé et surtout ses démons. Si il y en a bien sûr.

Debbie gagne la deuxième course sous nos yeux un peu embrumés par les effluves de l'alcool.

Nous décidons de la rejoindre aux balances pour la féliciter.

Tu parles d'un petit "frichti" ! J'ai la panse pleine: vapeur de cabillaud au sésame, Miroton de bœuf, cheese cake. Quant au petit "frichti" d'Harry, je ne vous raconte pas, enfin si pour les gourmands: foie gras de canard, pressé de poireaux aux morilles, selle d'agneau rôtie, gratin bayaldi et jus réduit, camenbert affiné au Calvados, tarte Tatin caramel, vanille glacée et pour les vins c'était à l'avenant, mais je ne me rappelle plus tellement je suis pompette !

Debbie sort des vestiaires après les formalités imposées aux jockeys gagnants.

— Félicitations Debbie.

— Merci Johnny.

— Ils sont galants les gars, ils t'ont encore laissé passer devant, je lui dis en plaisantant.

— Ne vous y trompez pas Johnny. Quand une femme jockey s'intègre dans une profession jusque-là réservée aux hommes, il ne faut pas être dupe, les jockeys même s'ils ne sont pas tous misogynes, ils peuvent vous sembler courtois, mais en réalité, ils vous font ressentir que vous êtes de trop. Surtout, si vous commencez à gagner, cela représente dans leur esprit tout un décompte de montes perdues et de manque à gagner.

— Je plaisantais Debbie, je me doute bien qu'ils ne te font pas de cadeau, et qu'ils sont sûrement touchés dans leur virilité lorsqu'ils sont battus par une fille.

— Tu nous as bien eu petite garce !

C'est le beau jockey Philippe Million qui interpelle Debbie de la sorte.

— Vous voyez Johnny, encore un exemple, sourit Debbie.

— Je vois ça.

— Ça va l'auteur ? C'est quand le premier tour de manivelle ? Je suis prêt. Appelez mon agent, ajoute Million sûr de lui en me faisant un clin d'œil.

— Je n'y manquerai pas.

Il s'adresse à Debbie avec un grand sourire.

— J'ai essayé de t'envoyer un message pour sortir...

Debbie boit ses paroles.

... je ne t'ai pas trouvée sur Facebook.

— Les relations virtuelles, ce n'est pas mon truc, si tu veux me voir tu m'appelles, lui répond-elle cash.

— Ça roule !... Pour le Grand Steepe Chase, tout à l'heure, te fais pas d'illusion Debbie, la gagne c'est pour moi !...
Elle fronce son joli nez en signe de désaccord.

— J'espère que je ne vous ai pas interrompus, nous dit-il en partant.

— Il est beau, mais un peu trop sûr de lui me chuchote Debbie tout de même séduite.

En attendant le grand événement hippique de la journée je vais faire un tour chez les parieurs, histoire de m'imprégner une fois de plus de leurs coutumes.

Je regarde la troisième course depuis les tribunes réservées au public pour comprendre l'engouement et l'exaltation des parieurs. Je note des expressions et des attitudes qu'il faut entendre et voir pour les croire. Les débats passionnés entre les parieurs m'incitent à rester et regarder avec eux le Grand Steeple Chase d'Enghien.
C'est très long une course de 5000 mètres avec autant d'obstacles à sauter.

Les types autour de moi sont des passionnés. Ils s'expriment crescendo au fur et à mesure que la course progresse et hurlent carrément à l'approche du dernier virage. C'est le cas de mon voisin. Quelle ambiance.
C'est le Far West !

Mon voisin, un nord-africain, crie de toutes ses forces le nom d'un jockey qui s'appelle Rock.

— C'est lequel ? je lui demande.

— La casaque rouge avec le cheval gris, regardez, c'est honteux, ils l'empêchent de passer.

En effet, j'aperçois ce Rock, à la sortie du dernier virage qui essaye de s'infiltrer entre Debbie et Philippe Million.

— Allez Rock, te laisse pas impressionner par ces parigots, s'insurge le voisin.

Je suis de près la lutte sévère qui s'installe entre les trois. Philippe Million tasse le grisou de Rock et l'envoie valdinguer sur Superfly, la monture de Debbie, qui fait un écart. Rock perd du terrain et Debbie aussi. Tous les deux manifestent de la colère, mais ils ne s'en laissent pas conter. Mon voisin braille et ne s'avoue pas vaincu, il encourage son Rock de plus belle. Á trois cents mètres de l'arrivée, Debbie et Rock ont refait leur retard sur Million. Cette fois, ils viennent l'encadrer avant d'aborder le dernier obstacle. Philippe Million surpris agite sa cravache avec des mouvements plus amples que nécessaire pour essayer discrètement d'écarter la concurrence. Les trois chevaux de front sautent parfaitement l'ultime obstacle. Les parieurs semblent en transe et s'égosillent sur leurs favoris. L'étau se resserre sur Million et son cheval. Rock d'un côté et Debbie de l'autre le prennent en sandwich. Philippe Million constate qu'il est en train de perdre la course car ses deux concurrents le doublent pour le laisser à une demi-longueur. Rageur, il redouble d'énergie, il oblige sa jument à s'infiltrer entre les chevaux de Debbie et de Rock. La brèche est très étroite. Objectivement, il n'y a pas la place. Qu'à cela ne tienne, Philippe Million en décide autrement et passe en force. Il gagne d'un nez sous les huées du public. Rock furieux termine deuxième et Debbie troisième.

Après une longue enquête des commissaires l'arrivée est maintenue. Les torts étant partagés d'après eux.

Moi, j'ai noté tous les noms d'oiseaux qu'attribuent les parieurs aux jockeys.

Après la dernière course de la réunion, je suis appelé sur mon mobile par Debbie, qui me réclame de toute urgence à la sortie sur le parking des vans.

J'arrive en pleine baston entre Philippe Million et Rock. Debbie se prend la tête à deux mains. Philippe décoche une gauche brutale. Rock esquive. Le poing lui frôle le sommet du crâne. Rock ne laisse pas le temps à Philippe de réagir. Á moi non plus d'ailleurs, je ne sais pas par quel bout intervenir. D'un coup de pied il lui écrase le nez, puis de la main lui enfonce la pomme d'Adam. Philippe émet un cri et s'affaisse. Rock l'empoigne, le relève et le cogne en pleine mâchoire. Philippe s'écroule par terre. J'écarte le Rock avant qu'il ne l'achève. Debbie se rue sur l'ex-beau gosse et sort son mouchoir pour lui sécher le sang qui pisse de son nez.

— Boucle-là, salopard, lui crache Rock.

Je l'éloigne avec difficulté du ring improvisé. Il n'est pas grand, mais costaud le gaillard.

— Du calme, je lui ordonne.

Il m'écoute. Il s'assoit par terre épuisé. Il décompresse, reprend son souffle. Il respire fort.

— Vous êtes qui vous ?

— Un scénariste américain qui écrit une série télé avec des jockeys sur le monde des courses.

— Ah, oui, j'ai entendu parler de vous.

— Enchanté, moi c'est Rock. Merci pour votre aide. Ça aurait pu mal finir.

— Moi, c'est Johnny.

— Vous avez vu la course ? Il m'a serré, j'ai eu l'impression d'être soulevé de terre. J'ai évité la chute par miracle.

— Oui, j'ai vu, c'est dangereux votre métier.

— Les conséquences auraient pu se révéler très graves. Ces gars-là ils méritent des corrections, ils nous font le coup à chaque fois que nous les provinciaux nous montons à Paris. Ils nous prennent pour des bleus.

— Vous êtes d'où ? je lui demande.

— De Pau. J'ai de la route en plus.

Rock commence à reprendre son souffle. Il a l'air d'un brave gars.

— J'ai grandi avec les chevaux, sinon je n'aurais jamais fait ce métier.

— Pourquoi ?

— Mon père était jockey d'obstacle. Il a terminé sa carrière avec des dizaines de fractures. Quelques-uns de mes meilleurs amis, d'anciens jockeys, sont maintenant infirmes. Cette année, j'ai pris des grosses "crêpes", je me suis fracturé les vertèbres, un coude, les côtes, la cheville.

— Tu as le trac en course ?

— Je crois bien que oui. Je pèse 50 kilos, mon cheval dix fois plus. Neuf fois sur dix, ce genre de crasse se solde par une chute. Et lorsque l'on tombe, en plus de la violence du choc, les autres chevaux sont dans l'impossibilité d'éviter le cavalier qui est à terre. Le jockey est piétiné, et en général il se retrouve à l'hôpital ou pire ! *J'avoue que Philippe Million méritait bien une trempe, il y réfléchira à deux fois avant de recommencer.*

En le raccompagnant à son petit camion, je lui explique en deux mots mon projet et prend ses coordonnées.

Pendant ce temps Debbie a accompagné Philippe à l'infirmerie des jockeys, puis ils me rejoignent pour que je les dépose à Maisons-Laffitte à l'écurie Carlos Wagner où réside Philippe Million. Debbie ne se fait pas prier pour rester s'occuper du grand et beau blessé.

Je rentre seul à l'écurie Parker, il fait déjà nuit noire. Dans la cour je tombe sur Sara qui me colle au train.
— Vous avez une caisse ?
— Une caisse ?
— Ben ouais, un carrosse, une voiture quoi.
Que va encore m'inventer cette mini-fille ? Alors, je pense non, mais je dis...
— Oui pourquoi ?
— Parce qu'on pourrait aller ensemble au resto pour tailler une bavette.Vous z'allez pas rester seul ce soir à gober des cacahuètes dans votre piaule ? Vous interviewez tout le monde, sauf moi ? Elle vous revient pas ma gueule ?
C'est pas faux, je suis seul ce soir et je n'ai rien à manger.
— Vous ne m'emmenez pas dans une galère, vous promettez ?
Elle lève sa micro main et crache par terre.
— Cassos à La kitchena, c'est un resto rital au centre ville.
En voiture...
Sara caresse le cuir de son siège passager en sifflant.
— S'foute pas de la gueule Range Rover.
Je ne suis pas certain de comprendre sa tournure de phrase !
— Belles finitions, je dis à tout hasard.

Et hop, déjà arrivés... Un cadre atypique italien, mélange de rouge, de noir et de blanc, encadré de photos d'actrices italiennes, ce restaurant est parfait pour un petit en-cas. Devant un rosé Valpolicella et un antipasti goûteux, Sara me raconte sa *life*, alors pour lui faire plaisir je l'enregistre...

De la même promotion que Debbie au "Moulin à vent" le pensionnat du centre d'apprentissage des futurs lads et jockeys de Chantilly, Sara se souvient bien de la rentrée des classes. C'était en 2003, ils sont une trentaine de garçons et de filles. Pour ces élèves âgés de 14 ans, le choc est souvent violent; ils quittent le cocon familial pour rentrer dans la dure réalité d'un monde où les heures ne comptent pas et où le confort du cheval prévaut sur celui des hommes... Les adolescents sont sur les nerfs; des bagarres éclatent.

On prépare les jeunes à découvrir chez les entraîneurs -leurs futurs employeurs- les sensations fortes, la peur, la puissance du cheval de course, le travail physique et éprouvant et l'abnégation totale dont ils vont devoir faire preuve. On les prévient: tous n'atteindront pas le rêve tant espéré, celui de devenir jockey.

— Ben moi, justement mon rêve s'est pas réalisé, tout simplement parce que j' suis pas assez douée, me dit Sara sans rancœur.

— Tu as l'air de le vivre bien quand même ?

— Ouais, y a pas qu' la compet' dans la vie. Mon taf auprès des Pur Sang me botte. Chez Aurore Parker c'est cool. Où j'étais avant, j'ai "déposé la selle", le patron en avait qu'après mon cul !

— Debbie Fast, elle était dans ta classe au pensionnat, c'est ça ?

— Ouais, la même... Elle était *space*, dans sa bulle, toujours seule. J'ai d'abord cru qu'elle était demeurée, tu vois, genre autiste. Puis, un jour, on lui a chouré la cravate de son père avec son épingle en fer à cheval. Ça l'a s'couée.

Elle s'est réveillée... Alors, Debbie m'a impressionnée, pas qu'moi d'ailleurs. Elle a gardé son putain d' sang froid et mis la main sur l'enculé d' voleur, après avoir enquêté pendant des semaines dans tout le bahut. Elle nous a montré sa force de caractère et à la suite de ça, elle nous a tous surclassés les doigts dans l' nez. Dans tous les domaines, toutes les matières, théoriques et pratiques, même en français elle était d'venue meilleure que nous tous, c'est pour dire. La honte pour nous les français ! Elle a terminé première de notre promo avec le kif et les courbettes du jury.

— Qui lui avait volé sa cravate ?

— Elle n'a jamais voulu nous l'dire. En même temps on s'en battait les miches de savoir. Elle a réglé ça toute seule, comme une grande, avec le voleur... Belle gosse...

— Tu veux dire *straight* ?

— Oui, belle gosse, elle est *straight* et *clean*. J'aime bien cette gonz'.

Sara reçoit un SMS. Elle y répond sans s'excuser.

Cinq minutes plus tard, Norbert débarque avec une B.S.A pétaradante (sa Norton n'a pas survécu) devant La Kitchena. Il se pointe à notre table.

— Salut l'artiste, tu dragues ma poule, me dit-il le sourire aux lèvres encore gonflées.

— Asseyez-vous Norbert. Un verre de ce bon Valpoliccella ?

— Avec plaisir l'artiste.

— Vous tombez bien Norbert, j'ai un service à vous demander.

— Dis-moi ce que je peux faire pour toi l'artiste. C'est au sujet de l'affaire Dark Paradise je parie ?

— Bon sang ! Vous êtes au courant ? Vous savez quoi ?

— Pas grand chose, c'est juste ce couillon de Polo qui a bavé un peu. C'est normal, il me dit tout, on est pote depuis l'école. Paraît qu' vous avez des doutes sur l'accident d'Eddy Fast.

— Attendez tous les deux, c'est grave. Soit je peux compter sur vous, et dans ce cas, il faut me promettre de ne rien ébruiter. Soit on en reste là ?

— Eh, l'artiste, du calme, te fâche pas. Regarde mon tatouage, il y a écrit quoi là ?

 Il m'attrape la tête, la serre de sa robuste paluche, et me colle le nez sur son biceps. Un visage de femme embrasse une tête de mort légendée " à la vie, à la mort ".

— Ok, ok, je dis rassuré par son argumentaire illustré et sa poigne de fer.

— J'étais aux premières loges... J' me suis fait virer deux fois par les Parker... d'abord par l'père Alex et ensuite par sa super "gironde" de fille, Aurore...

Sara lui balance un coup de pied sous la table.

... Aïe ! C'est Eddy qui m'a remplacé. Alors ça aurait pu être moi au fond du trou aujourd'hui. Tu comprends ? J'en fais une affaire perso. Tu peux compter sur moi et pour Sara, j'réponds d'elle. Tout ça va rester entre nous. Si y a eu un crime, on le saura, j'te l'jure.

— Parfait. Vous avez peut-être connu en 1995, 1996 une Samantha une superbe blonde qui frayait avec Eddy ?

— Ça m' parle, dit Norbert en réfléchissant.

— En fait, des mafieux lui avaient envoyé cette créature en pensant infiltrer les courses et acheter Eddy.

— Une suédoise ?

— Exactement une Suédoise.

— Oui, je me souviens. Une bombasse. J'en connais un qui en était raide dingue.

— J'ai une piste... Figurez-vous que j'ai retrouvé sa sœur Barbara dans un cabaret à Pigalle. Et bizarrement, elle se fait passer pour sa sœur Samantha. Je ne sais pas pourquoi, ni comment, mais j'aimerais que vous m'aidiez à lui faire cracher le morceau.

— Si elle ressemble à sa frangine, ce sera avec plaisir.

— Ce n'est pas tout. Il faudrait aussi trouver une solution pour infiltrer le laboratoire des courses de Verrières. Mettre la main sur les flacons des analyses de sang et d'urine de Dark Paradise, avant et après la course fatale.

— Pas facile, les mectons. J'sais qu'ce labo c'est un bunker, protégé comme la banque de France, chuchote Sara.

— J'ai une méthode d'infiltration en douceur que j'ai déjà testée, j'te promets rien l'artiste mais je vais essayer, dit Norbert énigmatique.

— Bien. Vous faites quoi maintenant dans la vie Norbert ?

— Comme toi l'artiste, j'travaille dans l'art, pour des particuliers.

Sara se marre. Norbert sourit.

J'imagine bien Norbert en recéleur !

Norbert a embarqué Sara sur sa B.S.A pour finir la soirée en beauté.

Á peine rentré, un email de Judith Warner m'informe que James C. Carlton va m'appeler sur Skype dans le quart d'heure. J'en profite pour passer sous une douche bien chaude. La douche me fait du bien.

Alerte Skype. Je clique. Une fenêtre s'ouvre sur la bobine anxieuse du célèbre réalisateur.

— Alors, j'ai quand même fini par te coincer, dit-il...
Je dois vous avouer que j'ai le trouillomètre à zéro.
...C'est un plaisir de t'avoir *on board* Johnny Lebon, me lance-t-il de ses lèvres ourlées.

— Enchanté monsieur Carlton, tout le plaisir est pour moi.

— Appelle-moi James, Johnny... Bon... d'après ce que tu en a vu, c'est quoi les atouts des courses françaises ?
Mon cerveau se met en mode gamberge express...
Je ne m'attendais pas à une question cruciale d'entrée de jeu.

— Á première vue, je pense... je dirais...la patience... l'endurance, l'intelligence tactique des jockeys. La longueur des courses le spectaculaire des parcours, des obstacles et des chutes.

— Tout le contraire de nos sprints américains, à fond du début à la fin, c'est ce que tu veux dire ?

— Exactement. Du point de vue des chevaux, c'est les jeux du cirque, on les emmène à la guerre. Et ces braves bêtes généreuses en redemandent durant ces parcours faramineux. C'est phénoménal. Vous voyez ce que je veux dire ?

— Je vois... Je sais, les Pur Sang sont des bêtes merveilleuses.

— Je vous le confirme.

— C'est bien Johnny, ça m'inspire déjà ton analyse. Je vais réfléchir, trouver une façon de filmer ces courses françaises au travers du regard des Pur Sang... C'est intéressant comme démarche, ça me plaît... un point de vue original, c'est toujours payant.

— Dites-moi franchement James, qu'est-ce que vous comptez tirer de moi pour l'écriture ? *Drivez*-moi. Que j'aille à l'essentiel.

— Johnny, ne change rien... écris avec tes tripes... de l'action, de la sueur et du sang ! Je devrais dire du Pur Sang ! Ah, ah, crie-t-il de sa grosse voix.

— Ok, quoi d'autre ?

— Ça me suffit pour aujourd'hui. Je te *callerai.*

Ses yeux verts perçants et son visage bronzé à la mâchoire carrée lui donnent une allure imposante. Carlton me fait un clin d'œil et raccroche. Il reste avec moi en rémanence un dixième de seconde avant de disparaître de mon écran. Comme si son fantôme ne me quittait plus ! Ce type, comme les rares réalisateurs de son calibre, est vif comme l'éclair et maîtrise son temps qui est précieux. Mes yeux brillent encore.

J'ai la gorge serrée d'avoir parlé à ce fantastique réal.

A dream !

11

Je me réveille avec la lumière du jour et la désagréable impression de ne pas avoir fermé l'œil de la nuit.

J'ai mélangé inconsciemment le scénario que je suis en train d'écrire avec l'enquête sur la mort d'Eddy Fast. J'ai vu courir Dark Paradise monté par Debbie.

Bizarre !

Peut-être que les chevaux rêvent de s'échapper de leur box et de galoper en liberté dans les grands espaces ?

Une fois propre comme un sou neuf anglais, habillé chaudement pour l'hiver, je toque chez Aurore Parker pour lui demander le programme de la journée.

— Le programme est totalement bouleversé m'apprend-elle énervée. Je pars en Normandie. Mon père s'est fait cambrioler au haras cette nuit. Heureusement, il n'a rien entendu et va bien. Ses chiens ont été drogués, ils sont encore groggy.

— Je vous accompagne, si vous voulez, votre père aura besoin d'aide et vous, de réconfort.

— Pourquoi pas ?... Oui, c'est gentil.

— Je vais vous conduire, prenons mon Range Rover, comme ça vous pourrez organiser votre écurie par téléphone.

— Bonne idée, Johnny... Ça vous fera aussi du bien de changer d'air.

Impossible de conduire vite sous ces trombes d'eau. On n'y voit rien.

Aurore semble bouleversée, elle ne dit mot.

— Ne vous inquiétez pas trop; votre père n'a rien, vous m'avez dit ?

Aurore reste silencieuse, me regarde par en dessous, puis me lâche avec difficulté:

— Johnny, je suis à peu près certaine de connaître le responsable.

— Le responsable du cambriolage ?

— Oui, c'est un tout je crois.

— Un tout ?

— Quelqu'un essaye de nous faire chanter, mon père et moi. J'ai reçu un SMS, et lui une lettre anonyme.

— Vous savez qui c'est ?

— Non, évidemment, sinon j'aurais prévenu la police. Je me suis mal exprimée, excusez-moi.

Je rumine un instant ce qu'elle vient de me dire. Elle reste silencieuse un moment encore, avant de m'annoncer sans préambule:

— C'est au sujet de Dark Paradise.

Mon sang fait un tour complet dans mon corps.

Je préfère la jouer avec prudence:

— C'est quoi ? l'affaire dont vous m'avez parlée, le drame de votre vie ?

— Oui, j'ai reçu un SMS avant-hier qui disait: "Eddy Fast a été victime d'un pari truqué, son cheval a été drogué". Mon père a reçu une lettre le lendemain qui, en plus, lui précisait connaître l'assassin et lui réclamait 100 000 dollars. Je n'en ai pas dormi. C'est horrible vous comprenez, des gens s'acharnent sur nous, comme si ce malheur ne suffisait pas.

— Je comprends bien. C'est récent ? Vous n'étiez plus embêtés depuis des années ? Des dollars en plus, c'est bizarre.

— Oui, en effet. L'affaire et l'enquête sont closes depuis des années. Je commençais seulement à faire mon deuil... Vous pensez que je dois en parler à la police Johnny ?

— Non, c'est trop tôt. Voyons ça avec votre père. Vous pouvez compter sur moi Aurore, je vais tacher de vous aider à trouver cet individu. Comme dans un film, je vais enquêter. Il y a quelques ficelles scénaristiques que je connais bien pour déjouer "Le mystère de l'adversaire"... Important, Aurore, la discrétion est toujours notre alliée dans ce genre d'affaire. N'en parlez à personne.

— Sachez Johnny, que pour moi, cela ne fait aucun doute, c'est un accident qui a tué Eddy et Dark Paradise. Un drame de plus dans les courses malheureusement... Le risque zéro n'existe pas... Heureusement la sécurité s'améliore sans cesse, France Galop y est très attaché, de même que tous les professionnels.

Le téléphone d'Aurore nous interrompt le temps qu'elle règle quelques problèmes avec Lucien son premier garçon.

À mi-chemin, la campagne resplendit avec ses couleurs rousses de fin d'automne. Le temps pluvieux et venteux fait virevolter les feuilles des arbres qui se déplument à vue d'œil. Aurore, après avoir évacué ses problèmes d'intendance d'écurie me fixe.

— J'ai quelque chose à vous dire, gémit-elle.

— Je vous écoute Aurore.

— Avec Eddy Fast, nous avions plus qu'une relation de travail.

Elle me dévisage comme-ci j'allais la juger.

— Il n'y a pas de mal à ça je suppose ?

— Il faut croire que si... Nous avons dû garder le secret; il était beaucoup plus jeune que moi et ensuite il était marié avec une enfant. Dans le milieu, et encore moins dans ma famille, c'était impossible. Coucher avec son employé, je ne vous en parle même pas.

— Je vois. Personne ne s'en est rendu compte ?

— Si, Lucien, quelques mois avant le décès d'Eddy.

— En a t-il profité pour mal agir ?

— Oui et non, en fait il en a juste parlé à mon père, quelques semaines avant la mort d'Eddy.

— Et vous, vous en avez parlé à votre père ?

— Non, pas tout de suite. Mais après l'accident, oui. J'étais mal à l'aise, j'ai préféré lui avouer mon aventure et ma relation avec Eddy. Avec tous les bruits qui couraient sur ma responsabilité et les soupçons de la police, j'ai préféré lui confier mon amour pour Eddy, plutôt qu'il ne pense que je puisse être impliquée d'une manière ou d'une autre dans ce drame.

— Et comment l'a-t-il pris ?

— C'est la différence d'âge qui d'abord l'a le plus choqué. Ensuite, comme Eddy n'était plus, pour lui, il n'y avait plus de problème. Mon père a toujours été très sévère, très strict, avec moi. C'est la vieille école. Il ne tolère pas grand' chose. Nous, en plus, nous ne sommes que des femmes. Vous comprenez ?

— Rétrograde. Il est rétrograde.

— C'est le mot... Lorsque je disais à mon père mon désir de devenir entraîneur, il me répondait: " Oui, oui, ma fille, tu épouseras un entraîneur ! ".

— Je vois le genre. Merci de me prévenir avant que je ne mette les pieds dans le plat...

Aurore me sourit.

... Et votre mère ? Vous n'en parlez jamais.

— Elle m'a soutenue. Mais c'est lui qui commandait. N'en pouvant plus, elle l'a quitté pour vivre avec un peintre en Angleterre.

— Et si on parlait de Lucien dans tout ça ? Il est plutôt du côté de votre père ? D'après ce qu'il m'a dit, il n'était plus trop copain avec Eddy.

— En effet, il n'a jamais digéré la réussite d'Eddy et a toujours eu du mal à accepter d'être dirigé par une femme.

— Dites-moi, c'est curieux que votre père ait pris sa retraite si tôt. Il a rencontré un problème de santé ? Cinquante ans c'est jeune pour un entraîneur.

— Non. C'est plutôt moi qui l'ai poussé dehors, dit-elle fièrement.

— Il est revenu aux affaires à l'écurie après le décès d'Eddy, c'est ça ?

— Oui, je n'étais plus bonne à rien; je pleurais tout le temps. Il m'a expédié en Espagne chez une tante.

— Où ça en Espagne ?

— Á Barcelone.

— Ça vous a fait du bien ?

— Oui, et ça a eu le mérite d'apaiser les esprits dans l'affaire "Dark Paradise".

Tout en roulant, je me demande si je n'ai pas oublié dans un coin de ma mémoire un détail important.

— Et Norbert ?

— Quoi Norbert ? Vous le connaissez ?

— Je l'ai rencontré par hasard. Il était perché...

— Perché ?

— Eh, non rien... Il m'a dit s'être fait virer deux fois de vos écuries. Une fois par votre père et une fois par vous. Vous l'avez remplacé par Eddy, c'est ça ?

— Oui, quel rapport ?...

Elle me jette un regard désapprobateur et enchaîne.

— Je ne vois pas où vous voulez en venir ?

— Je cherche juste une personne qui pourrait vous en vouloir à vous et à votre père et qui aurait pu nuire à Eddy ?

J'ai comme l'impression que j'ai fait mouche, elle semble troublée. Je remue donc le couteau dans la plaie:

— Pour quelle raison votre père l'a viré ?

Elle me répond assez sèchement:

— Vous lui demanderez.

Une pluie pesante s'écrase sur le pare-brise.

Elle se reprend:

— Pardon, mais je ne sais pas.

— Et vous ? j'insiste.

— Moi, ce n'est pas joli joli. Lorsque j'ai repris l'écurie de mon père, Norbert a réapparu pour être réembauché. J'avais besoin de personnel, c'est un problème récurrent dans les écuries car les gamins ne tiennent pas longtemps. Lui, il avait 17 ans et était costaud, rien ne lui faisait peur. Il s'est tenu à carreau quelques semaines, puis un soir qu'il avait trop bu, il a sonné à ma porte, est entré de force et a tenté de me séduire. J'avais 23 ans, trop gentille, j'ai essayé de le calmer. Très sûr de lui et de son pouvoir de séduction, il m'a dit vouloir me baiser. Rien n'y a fait, il s'est obstiné et furieux m'a déchiré ma chemise. Lorsqu'il a arraché ma jupe, j'ai eu un moment de panique et j'ai saisi le premier objet à portée de ma main. C'était un vase. Je lui ai fendu le crâne avec. Là, ça a eu le mérite de le calmer. Il est parti la tête en sang en jurant. J'en tremble encore rien que de vous le raconter.

Il avait déjà la tête dure le Norbert !

— Vous l'avez donc remplacé par Eddy.

— Oui, Eddy s'est présenté le surlendemain je crois, avec sa valise. Il avait 13 ans, il cherchait une place. Comme le Parc est un petit village où tout se sait, une écurie me l'a envoyé.

— Norbert vous a-t-il menacée par la suite ?

— Non jamais.

— Vous l'avez revu ?

— Oui. Bizarrement il est venu à l'enterrement d'Eddy.

La pluie a cessé. Un rayon de soleil illumine la chaussée humide qui décompose la lumière en un mini arc-en-ciel.

— Ils se fréquentaient ?

— Pas que je sache. Bien qu'un soir... le soir de la première victoire d'apprenti d'Eddy, il a réapparu à l'écurie. Après avoir bu comme des trous pour fêter la victoire d'Eddy, tous les lads et Lucien, alors les meilleurs amis d'Eddy, ont sorti des chevaux de leur boxe et les ont montés à cru, tous nus dans la nuit.

— Les garçons nus ont monté les chevaux dehors à cru ?... Vous voulez dire sans selle ?

— Oui... Ils m'en ont fait voir de toutes les couleurs à cette époque.

— Et Norbert lui là-dedans ?

— Norbert les a épiés un long moment avant de démarrer et de faire pétarader sa grosse moto. Bien sûr, affolement général, tous les chevaux ont sauté en l'air et les gamins ont été éjectés à terre... Norbert fier de lui, leur a fait un bras d'honneur avant de disparaître...

Un spécialiste du bras d'honneur ce Norbert !

... Le lendemain, j'ai convoqué Eddy et les autres gamins pour un rappel à l'ordre. Eddy m'a juré que l'on ne l'y reprendrait plus, conscient que sa carrière a bien failli s'arrêter le jour de sa première victoire.

Notre route longe des kilomètres de lisses blanches, délimitant des prés à perte de vue, où des chevaux s'ébattent en toute liberté. Situé dans l'Orne, au cœur de la Normandie, le haras des Parker élève uniquement des chevaux de race Pur Sang destinés aux courses. Le haras s'étend sur une centaine d'hectares me précise Aurore. Il est doté d'une infrastructure performante pour offrir aux chevaux les meilleures conditions de vie. L'élevage "Paradise"

126

fait naitre deux dizaines de foals chaque année.

 Les poulinières, dont la génétique a été rigoureusement sélectionnée par la famille Parker sur plusieurs générations, sont présentées aux étalons les plus célèbres.

Alex Parker, le père d'Aurore, qui fêtera ses 78 ans cette année nous accueille sur le perron de son petit manoir du XVIII ème siècle. Il a un look de gentleman-farmer, un faux air de Robert Redford. Il ne montre aucune émotion pour sa fille et l'embrasse à peine. Je le salue; me présente. Il semble très las et tellement préoccupé, qu'il ne m'écoute même pas. Le ciel est menaçant de nouveau, alors la visite du haras ce sera pour plus tard. Nous pénétrons dans un salon vaste et cossu. Alex Parker donne l'impression d'être dur comme de l'acier. Á moins qu'il ne soit sonné par son cambriolage ?

— Désolé pour votre mésaventure monsieur Parker. Comment puis-je vous être utile ?

— Monsieur Lebon m'a proposé son aide papa... J'ai accepté, je préfère que nous ne soyons pas seuls cette nuit au haras.

 Il ne dit rien.

Aurore se tourne vers son père, puis vers moi.

Alex Parker me dévisage pendant un bon moment.

— Je vais faire du thé papa. Vous en prendrez Johnny ?

— Avec plaisir.

 Elle disparaît.

— Excusez-moi monsieur Lebon, j'encaisse un vilain choc. J'ai comme l'impression d'avoir pris un uppercut.

— Le principal, c'est que vous ne l'ayez pas réellement reçu.

 Alex fait une grimace.

— Des documents très importants m'ont été dérobés, notamment mon journal qui me sert pour la rédaction de mes mémoires.

 Il se gratte nerveusement le menton.

— Pas d'argent, pas de bijoux, pas d'objets d'art ?

— Non, des papiers, des documents, des photos. Comme si la personne savait précisément ce qu'elle cherchait. Et croyez-moi, c'est un pro, car pour que mes chiens se soient fait avoir et endormir comme ça, c'est qu'il avait bien préparé son affaire.

— Comment savez-vous qu'il n'y avait qu'un cambrioleur ?

— Les traces dans la boue. D'ailleurs je vous les montrerai, près de la grille d'entrée, il faut les prendre en photo.

L'orage sévit à nouveau avec une violence inouïe.

— Avez-vous une idée de l'identité, ou de l'activité du voleur en fonction des documents disparus ?

— J'y réfléchis depuis ce matin, c'est pour cette raison que je n'ai pas encore prévenu la police.

— Même suite à la lettre anonyme que vous avez reçue, vous n'avez pas prévenu la police ?

Alex Parker tripote un long cigare.

— C'est ma fille qui vous en a parlé ? Vous en voulez un ?

— Non merci. Oui, elle m'a dit aussi avoir reçu un message au sujet de Dark Paradise.

Alex allume son cigare.

Des rigoles d'eau s'écoulent le long des vitres, comme des larmes.

— Je remue tout dans tous les sens. Je préfère garder mon énergie à réfléchir, plutôt que de répondre aux questions idiotes des gendarmes, dit-il en tirant la fumée à lentes bouffées.

Il y a un coup de tonnerre fracassant.

— Moi qui suis étranger à tout ça, je pense qu'il y a un rapport direct entre le cambriolage, et les messages concernant Dark Paradise. Cela ne fait aucun doute, c'est lié à la mort d'Eddy Fast. C'est louche cette affaire.

— Vous êtes tombé sur la tête monsieur Lebon.

— C'est peut-être un crime ?

Un éclair illumine la cour à travers les vitres ruisselantes.

Le regard d'Alex Parker devient froid.

Aurore réapparaît avec du thé et des biscuits sur un plateau.

— Merde alors ! Je serais curieux de savoir où vous avez été pêcher ça ! grogne le vieux monsieur hors de lui.

— Qu'est-ce que vous savez de douteux au sujet de l'affaire Dark Paradise, monsieur Parker ? On vous fait du chantage pour quelle raison ?

— Qu'est-ce que vous cherchez à me faire dire jeune homme ?

— Mais enfin, monsieur Lebon, c'est quoi cette désagréable conversation ?... Qu'est-ce qui vous prend ? s'en mêle Aurore.

Elle est furieuse, elle ne m'appelle plus par mon prénom !

— J'essaye de comprendre Aurore...

Je me retourne vers Alex.

— ... J'en conclus que vous en savez plus long que vous ne voulez l'avouer monsieur Parker, j'insiste.

— Cessez vos insinuations je vous prie, me somme le père d'Aurore.

— Monsieur Lebon vous êtes venu ici pour nous aider, pas pour nous compliquer la vie, s'énerve Aurore.

— Excusez-moi, je m'emporte. La personne qui est venue cette nuit connaissait les lieux c'est évident.

Aurore me regarde d'un œil noir tout en servant le thé.

— Bois-le papa, tant qu'il est chaud.

La pluie s'apaise peu à peu. Un silence pesant s'installe. Puis, Alex Parker reprend:

— J'ai déjà listé les personnes qui ont un jour mis les pieds dans mon bureau.

Il me tend un papier.

La liste est longue. Je lis tout haut seulement le nom des personnes que je connais.

— Lucien, Sam, Patrick Martin, Harry Wilson, Norbert, Debbie, Léon Camé, Franck Bijou...

Alex vide sa tasse en silence.

— Mon père est fatigué. Veux-tu aller te reposer papa ?

— Non, je ne pourrais pas dormir... Quel malheur !... le pire c'est que mon manuscrit a disparu. Ma mémoire m'a été volée.

— Le principal, c'est que tu n'aies rien papa.

Il regarde sa fille avec un air hautain. Puis essaye de me prendre à témoin.

— Avez-vous remarqué combien les femmes sont peu douées pour distinguer ce qui est important de ce qui ne l'est pas, Monsieur Lebon ?

Je souris sans répondre.

Aurore me fait un clin d'œil.

— Ce Dark Paradise, il vous en a fait voir de toutes les couleurs depuis sa naissance.

— Oui, un crack-cheval peut changer une vie. N'est-ce pas Aurore ?

— C'est vrai. Tu te souviens papa, le jour de sa naissance, tu nous avais dit:

Dark Paradise
...appelons-le, Dark Paradise...

Je t'avais demandé pourquoi et tu m'avais répondu:
"Il a le côté obscur de la force".
Il avait du voir Dark Vador, le vieux !

Je reste songeur pendant de longues minutes.
Les grondements du tonnerre s'éloignent.

Monsieur Parker finit par s'assoupir avant le dîner dans son Voltaire. Sa fille le recouvre d'un plaid. Elle me conduit à ma chambre et part préparer le dîner. Je m'allonge un bon moment sur mon lit. N'en pouvant plus de gamberger, je décide d'aller discrètement explorer le bureau d'Alex Parker.

La porte est entrouverte, je la pousse. Le bureau est luxueux, impeccable et tapissé de panneaux de chêne. J'inspecte les lieux. Je fouille. J'examine en détail des dossiers, et en particulier celui de Dark Paradise, dont une partie a dû être volée, car il me semble bien mince.

Je photographie carrément tous les documents avec mon iphone, je les lirai plus tard, même si je suis certain que le cambrioleur s'est emparé des meilleures feuilles. J'explore la grande bibliothèque, fais le fond des tiroirs. Je m'installe devant le bureau Directoire et je feuillette des dizaines d'albums de photographies, ce qui me permet de voir défiler la vie d'Alex Parker, en compagnie de sa famille, de son ex-femme une splendide rousse dont Aurore a hérité du port de tête altier. Tout y est, ses amis, ses chevaux et pas mal de ses conquêtes féminines aussi, d'après ce que je peux en juger. Cet homme est sans aucun doute un homme à femmes. Je mitraille autant que je peux avec mon portable.

Tout d'un coup, je reviens en arrière, car je n'ai pas rêvé, c'est bien une série de photos avec Eddy Fast et les deux sœurs suédoises. Tiens, tiens...

Eddy est au bras de Samantha, tandis qu'Alex Parker tient, serrée tout contre lui, Barbara. Les deux femmes ressemblent à des poules de luxe et ont l'air de l'assumer. La sonnerie du téléphone fixe posé sur le bureau d'Alex retentit, ce qui me fait sauter en l'air. Il est temps que je m'interrompe. Je range tout en quatrième vitesse. Je déguerpis. Je croise Aurore en contresens dans le couloir. Il était moins une !

Il est temps d'aller photographier dehors les traces de pas dont m'a parlé Alex Parker, avant que la pluie ne les fasse totalement disparaître. Près de la grille d'entrée, je remarque en effet deux empreintes dans la boue, apparemment des rangers aux grosses semelles, à vue d'œil pointure US 13, ce qui doit correspondre à un 45 Français. Autant dire pas du tout une pointure jockey.

Pendant le dîner composé d'un potage aux asperges et d'escalopes normandes à la crème et aux champignons, Alex Parker nous fait goûter un vin rouge sec assez puissant, fin et très légèrement boisé. C'est un Moulin-à-vent, Louis Latour...
Décidément on aime le bon vin chez les Parker. J'adore !

Encore secoué par ma perquisition et mes découvertes dans le bureau, je laisse reposer le soufflé "Dark Paradise" et laisse Alex Parker nous conter sa passion pour l'élevage.

Aurore, fatiguée, accuse le coup du cambriolage et quitte la table à peine le dîner achevé.

— Papa, je vais me coucher. Bonne nuit.
Elle me regarde avec un air inédit.
— Bonne nuit Johnny.
— Bonne nuit Aurore.

Je passe au salon avec Alex Parker, qui veut me faire déguster un whisky japonais pur malt. Jaune à reflets d'or, il a un goût fin et suave.

Enfin seul avec lui, je reprends le fil de mes idées......

— "Eddy Fast a été victime d'un pari truqué, son cheval a été drogué", c'est en partie le contenu de la lettre anonyme que vous avez reçue monsieur Parker ?

— Oui, c'est à peu près ça.

— Ça vous ennuie pas de me la montrer ?

— Non, cela ne m'ennuie pas.

Il sort de la poche intérieure de son veston une enveloppe qu'il me tend.

Je l'ouvre et déplie la lettre avec précaution. C'est un message grossièrement composé de lettres et de chiffres découpés dans un journal, comme dans les films qui datent un peu.

— Je peux vous dire que c'est découpé dans Paris-Turf, je reconnais l'odeur de ce journal, que je lis depuis que je suis gamin, m'affirme le vieux monsieur. Un afficionado des courses certainement cet enfoiré !

Je lis la lettre à voix haute:

" Parker, Eddy Fast a été victime d'un pari truqué, son cheval a été drogué. Je pense que la prime d'assurance que vous avez touchée vaut bien 100 000 dollars pour que je garde le silence. C'est un crime. Vous connaissez l'auteur; moi aussi ! Vous recevrez mes instructions dans quelques temps."

— Un bien beau dégueulasse ce type. Il peut toujours courir ! s'exclame Alex avec véhémence.

— Vous permettez que je prenne un cliché ?

— Faites, si ça vous amuse.

Je m'exécute.

— Servez-nous un whisky et asseyez-vous dit-il d'une voix nasillarde.

— Voilà ce que j'ai l'intention de faire. J'irai à son rendez-vous, s'il y en a un et croyez-moi je lui mettrai du plomb dans les fesses.

— Ce n'est pas sérieux Monsieur Parker. Á votre âge, il vaut mieux prévenir la police.

— Justement, à mon âge, j'en ai vu d'autres.

— Vous ne soupçonnez personne ? ...

Pas de réponse.

— Mon petit doigt me dit que vous avez une idée ? Je suis là pour vous aider.

Son regard inamical me suffit comme réponse.

— S'il vous plaît, si le maître-chanteur vous contacte, prévenez-moi aussi vite que possible. C'est entendu Monsieur Parker ?... Je viendrai vous épauler.

— Je préviendrai ma fille.

— Dites-moi monsieur, pendant que j'y pense, pour quelle raison avez-vous viré Norbert de votre écurie à Maisons-Laffitte ?

Son regard devient glaçant.

— Norbert ? Quel Norbert ? C'est du passé tout ça, je ne me souviens même plus... Des gars, en plus de trente ans de carrière, j'ai dû en virer un paquet.

Même après plusieurs whiskies, je n'arrive à rien à tirer de ce vieil homme têtu.

Vers une heure du matin, Aurore Parker apparaît dans l'embrasure de la porte de ma chambre. Moi, je suis embrumé dans les vapeurs du whisky japonais et ne comprends pas bien.

— Je ne peux pas dormir me dit-elle.

Elle porte un magnifique déshabillé en soie rouge.

— Je m'excuse d'avoir été méchante, regrette-t-elle en laissant tomber sa lingerie.

Son corps extrêmement agréable à contempler, nu et pulpeux, se glisse sous mes draps.

Aurore me saisit le sexe, le réveille vite, et sans que je ne puisse intervenir me gratifie d'une fellation phénoménale.

Waow ! Le sang de mon sexe s'est invité dans ma tête.

J'ai appris le plaisir avec les hommes, mais nous naissons apte à tous les plaisirs sexuels, n'est-ce pas ?

— Je vais me coucher ... Suis-je pardonnée ? dit-elle en repartant.

Je ne dis rien, mais je n'en pense pas moins...

Je suis troublé !

Le lendemain matin, comme si de rien n'était, je prends un petit déjeuner dans la cuisine baignée de soleil, avec Aurore et son père.

Je relance la conversation sur Dark Paradise... Les souvenirs du père et de la fille rejaillissent...

— C'est vrai papa, Dark Paradise était un cheval magnifique au courage hors norme, extrêmement fin, subtil, malin.

— Tu te souviens de son œil vif, son regard intelligent ? Une personnalité très attachante, drôlement sensible.

— Oui, je me souviens aussi de son physique d'athlète aux lignes parfaites, une musculature splendide, saillante et harmonieuse... C'était le cheval de notre vie, papa.

— Oui c'est sûr... La vie s'est dégradée après lui. La vie est de moins en moins bien.

— Tu ne vas pas faire de bêtises, tu me promets papa ?

— Non, ne t'inquiète pas. Nous avons passé un accord avec monsieur Lebon, n'est-ce pas ? dit-il en me regardant. Si le maître-chanteur se manifeste, je t'appellerai et Johnny viendra à la rescousse. Avec sa carrure d'athlète, il ferait fuir un sanglier. Vous êtes immense en plus... Vous mesurez combien ?

— Six pieds et des poussières monsieur.

— Ça fait plus d'un mètre quatre-vingt-dix, calcule le vieux en sifflant.

— Trêve de plaisanterie papa, je suis obligée de rentrer, mais surtout quoi qu'il se passe tu me tiens au courant, c'est compris ?

— Oui ma chérie, dit-il radouci.

— Vous pourrez compter sur moi, j'ajoute.

Après une visite express du haras, nous reprenons la route avec Aurore, direction Maisons-Laffitte.

Sur le trajet de retour, les silences s'enchaînent. Je suis enclin à penser que la situation, hier soir, dans ma chambre est cocasse. *Une femme, c'est la première fois de ma vie !*

Mon complexe de faiblesse et d'inadaptation disparaît.

La chose, par elle-même, me semble inconcevable, impossible et tragique, mais aussi formidablement comique.

Nous en avions déjà parlé avec Paul; l'infidélité "sexuelle" est nettement plus répandue chez les homos que chez les hétéros.

Nous nous sommes mis d'accord, afin de conserver un lien privilégié entre nous, de ne pas passer plus d'une nuit avec quelqu'un d'autre.

Mais je n'avais pas du tout envisagé une seconde l'infidélité avec une femme!

Un ange passe. Aurore touche son ipod... Une voix grave et enjoleuse de femme se met à murmurer sur une musique langoureuse:

" Un monsieur aimait un jeune homme, surtout ne nous affolons pas... chaque amour va son propre pas... Un monsieur aimait un jeune homme, cela n'a rien de banal. Les habitués des hippodromes font des folies pour un cheval..."

— Vous aimez Johnny ? C'est Juliette Gréco.

— L'interpréte de " Déshabillez-moi " ?

— Oui.

— J'adore, c'est quoi le titre ?

— " Le monsieur et le jeune homme ".

Silence. Aurore m'observe d'un œil.

Je lui balance un regard inquisiteur. Elle fait comme si de rien n'était. J'insiste.

— Vous essayez de me faire passer un message Aurore ?

Elle se décide. Son regard devient approbateur et en dit long.

— Vous avez l'air tellement perturbé... Il n'y a pas de quoi... Je me trompe ?

— Non, non...euh, enfin oui, pour être honnête. J'ai toujours couché avec des hommes.

— Pourquoi ?

— Pourquoi j'ai toujours couché avec des hommes ? Je n'en sais rien Aurore. Je ne me suis jamais posé la question. Je suis heureux comme ça. C'est l'intérieur qui commande.

— C'est la nature qui veut les choses Johnny.

135

— Oui c'est vrai. Je n'ai pas de problème d'identité, c'est inscrit dans mes gènes...

— Ce n'est jamais un choix d'être homosexuel Johnny... On l'est c'est tout. Le scandale c'est de le dire et de le revendiquer dans notre société.

— Oui, ça c'est bien vrai Aurore... J'ai senti que j'étais différent vers six ans. Mon passage à l'adolescence a été perturbant; rempli de doutes. Métisse et homosexuel, c'était compliqué. Devais-je rester dans la normalité, comme mes amis traditionnels ? J'ai très jeune eu la tentation de la beauté des corps des garçons qui se dénudent. En Louisiane, sur les bords du Mississipi, j'ai ressenti que j'étais différent lors des baignades avec mes copains. J'ai découvert que je ne pouvais pas être nu avec des garçons autour de moi sans bander. Impossible d'en parler, j'avais honte. Mes parents n'étaient pas armés pour cela. J'ai du franchir le mur de la clandestinité et du silence. Mon salut est arrivé grâce à mon talent de scénariste et à mon installation à Los Angeles. Ça a changé ma vie. J'y ai trouvé une communauté de pensée. Un groupe de libération homosexuelle. Aussi, la désinvolture vis à vis de la vie et des préférences sexuelles. Là-bas on peut revendiquer son plaisir. J'ai aujourd'hui un bilan très positif de ma vie sexuelle et amoureuse.

— J'en suis ravie. Merci de m'accorder votre confiance Johnny.

— Ça me fait du bien d'en parler avec vous Aurore. Vous aviez deviné que je suis gay ?

— Pas à votre attitude. C'est un type de France Galop qui m'a prévenu. Un crétin que ça avait l'air de déranger.

— Vous avez voulu vérifier par vous-même cette nuit ? dis-je en souriant.

— J'ai juste essayé de vous détendre, me répond-elle en me rendant mon sourire.

— C'est vrai que je suis stressé, car pas épargné depuis mon arrivée. J'ai la tête embrouillée et malheureusement elle doit être claire pour écrire et mener à bien mon projet.

— Faut que vous décompressiez Johnny. Ça vous dirait de sortir un soir avec moi la semaine prochaine ?

— Certainement.
C'est vrai, je n'ai jamais été une folle tordue !
.

En roulant, j'observe Aurore qui se recoiffe, elle a de l'allure et du style cette femme de cinquante ans. Quinze ans de plus que moi, ça ne se voit pas tellement. Son geste de la nuit dernière est étonnant de la part d'une femme de son standing. Enfin, peut-être pas ? Je ne connais pas bien les femmes françaises. Elles gagnent à être connues en tous cas.
Le soleil disparaît vite à cette saison.

Je rentre chez moi. Je bois une *Bud* en consultant mes mails, il y en a une bonne dizaine.

"Je veux vous voir aussi vite que possible" insiste Franck Bijou, dans un message sibyllin.

James C. Carlton me demande des liens pour regarder des courses françaises de steeple-chase.

Harry Wilson me fait parvenir en pièce jointe le compte-rendu de l'enquête des assurances Grass Savoy Hipcover.

Paul, mon ami policier aux Bahamas, m'envoie un article de presse de *The Eleuteran* le journal local, qui relate la saisie de mille kilos de marijuana, estimés à deux millions de dollars. Il est en photo avec un officier du *Drug enforcement* avec qui il a collaboré pour l'arrestation des cinq dealers.

Judith Warner m'adresse le planning de production de ma série "Jockey" *made in France*.

Patrick Martin, le directeur du centre d'entraînement de Maisons-Laffitte me convie au cocktail des trophées annuels, remis par le maire aux jockeys et entraîneurs les plus méritants.

Un film en *quicktime* qui mentionne pour objet: "L'affaire Dark Paradise" m'est envoyé par un anonyme avec juste deux mots écrits :
" Soyez attentif ". J'essaye de répondre pour voir la provenance du mail... *No reply* s'affiche. *Shit* !

Le titre de la vidéo qui s'ouvre:
INCENDIE Á L'HOTEL BLANCHE.

Un journaliste, gras et lourd, au visage luisant, le sourcil froncé, parle face caméra:
— Dans cet hôtel meublé, les pompiers ont sauvé la vie d'une quinzaine de personnes.
Il regarde en l'air, montre du doigt quelque chose qui s'avère être une fenêtre carbonisée lorsque la caméra de la télévision panote en haut et découvre la façade de l'hôtel.
Le caméraman effectue un mouvement de descente pour revenir sur le journaliste installé devant l'entrée vitrée de l'hôtel. Il est en compagnie d'un employé au type méditerranéen et lui tend son micro:
" Ce matin à six heures quand je suis allé porter le café au boulanger, il y avait des gens qui criaient aux fenêtres, il y avait de la fumée partout. On a appelé les pompiers. Il y a une jeune femme qui est décédée, elle a brûlé dans son sommeil. Apparemment, l'incendie se serait déclaré dans sa chambre. Peut-être s'est-elle endormie avec une cigarette. Il paraît que c'est la première cause, m'a dit le pompier."
Arrêtez de fumer au lit bon dieu !

Je me repasse ce film en boucle, je suis très attentif et pourtant je ne comprends pas ce que veut me dire l'expéditeur de ce *quicktime*.
Je réfléchis à fond jusqu'à dix heures du soir. Je récapitule et note les informations pour mon scénario puis complète mon dossier Dark Paradise. Beaucoup de points à éclaircir...
Un coup de mou et une petite faim... "Allo Sushi" me requinque.

Pas la même qualité que chez Nobu à Los Angeles, c'est certain. Je travaille une grande partie de la nuit. Avant de me coucher je me repasse deux fois le film de l'incendie. Je n'y vois toujours aucun indice qui puisse me faire progresser sur l'affaire Dark Paradise. Il aurait été plus simple de me dire de quoi il s'agit. Les devinettes ça fait perdre du temps... Impossible de fermer l'œil.

Le sommeil est insaisissable... Les événements des jours précédents me tourbillonnent dans le crâne comme des feuilles dans un cyclone. Ma cervelle fonctionne à deux mille tours minute, alors j'en profite pour la mettre à contribution...

J'essaye d'assembler le puzzle Eddy Fast... trois femmes, Peggy, Samantha, Aurore... Un pari truqué... Une chute mortelle... Un cheval euthanasié... Une assurance jackpot... Un maître-chanteur... Une chambre d'hôtel qui brûle...

Un éclair jaillit ! Blanc ou plutôt Blanche comme la place. Je saute du lit et attrape mon Mac portable. Je me repasse la vidéo, *freeze* l'image de la réception vitrée de l'hôtel. J'y suis. J'utilise mon logiciel *Final Cut* pour inverser l'image ou la retourner comme vous préférez, et comme prévu, je vois apparaître en réflexion les lettres du néon rose du "Lily la Tigresse". À deux heures du matin, je me tortille encore dans mon lit. Car pour moi la chambre incendiée, c'est peut-être celle d'une gagneuse du cabaret, je pense que c'est ce qu'a bien voulu me faire comprendre l'expéditeur anonyme.

Je finis par m'endormir là-dessus.

Pas trop tôt !

12

Le rayon de soleil qui traverse mon rideau n'a pas réussi à me réveiller.

La sonnerie " Sirène de police" de mon téléphone se montre plus efficace. Il est neuf heures lorsque Franck Bijou me hurle dans les oreilles:

— Ça fait des heures que j'attends votre coup de fil.

— Qu'est-ce qui se passe ?

— Nous tenons enfin une piste...

— Accouchez, bon sang !

— Le SMS qu'a reçu Debbie vient du Polo Club.

— De celui de Polo ? je demande.

— Non, il a été émis du Polo Club, mais c'est le mobile d'un certain Tony Lachance.

— Vous le connaissez ?

— Jamais entendu parlé.

— Votre génie informatique a pu le tracer ?

— Je vais lui demander. Je vous rappelle.

— Ok, alors moi je vais prendre mon breakfast chez Polo en attendant.

— Ça marche, à plus.

L'air matinal est chargé d'un je ne sais quoi. Le temps a changé dans la nuit, un vent violent et glacial pénètre mes vêtements. Ni une, ni deux, je saute dans mon Range Rover. Je meurs d'envie d'un bon petit déjeuner .

Je ralentis en croisant des chevaux qui se rendent à l'entraînement.

J'imagine ces Pur Sang courir à l'hippodrome, c'est un spectacle exaltant, même pour un non parieur comme moi.

Je suis surpris par le nombre de véhicules garés devant le Polo Club. Á l'étage la salle est remplie par une réunion syndicale improvisée en urgence. Un flash spécial sur Equidia interrompt un instant les débats. Tous les visages se tournent vers l'écran plasma géant.

Un journaliste, en direct de l'hippodrome de Maisons-Laffitte, nous présente les deux personnes qui l'entourent, madame la ministre du Budget, Ghislaine Dupont-Magnan et le maire de Maisons-Laffitte, monsieur Richard Lenoir. Une fois les présentations faites, il nous informe:

"Le milieu des courses est en colère, les agents et salariés sont inquiets pour leur avenir et ils s'élèvent contre le projet de fermeture du champ de courses de Maisons-Laffitte. Plongés dans le flou, les nombreux employés veulent obtenir des informations. France Galop qui gère ces infrastructures, évoque des raisons économiques pour justifier sa position."

Les gars et les filles présents au Polo Club montrent leur mécontentement. Je comprends enfin pourquoi tous ces gens sont réunis.

— Madame la Ministre, qu'en est-il de ces rumeurs persistantes ?

— Crise oblige, France Galop réduit en effet ses coûts...

France Galop prépare l'avenir. L'hippodrome de Longchamp va être rénové. De nombreuses études démontrent qu'il y a trop de champs de courses en région parisienne. Toutefois, rien n'est encore définitif quant à la fermeture de cet hippodrome.

— Monsieur le Maire ?

— Fermer Maisons-Laffitte serait une grave erreur. Je suis convaincu que lorsqu'on dispose d'un outil aussi prestigieux, efficace et aussi peu coûteux que le nôtre, pour France Galop, pour la ville de Maisons-Laffitte, pour la filière des courses, cela représente un avantage absolument incroyable.

Applaudissements dans la salle.

— Madame la Ministre, avez-vous quelque chose à ajouter ?

— Oui... Quand un député-maire utilise un groupe d'étude à

l'Assemblée Nationale pour simplement défendre ses intérêts électoraux, tout en se fichant comme de sa première chemise de la filière hippique, il manque de crédibilité.

Sifflets au Polo Club.

— Monsieur le député-maire, vous avez certainement une réponse.

— Oui. Je vous dis merde, madame la Ministre.

— Merci à tous les deux pour votre franchise, conclut ironiquement le journaliste.

Les participants à la réunion décident de voter une éventuelle grève pour les courses à venir du lendemain à Maisons-Laffitte.

Je m'installe au bar et commande à Polo un brunch avec un café géant.

Ma "sirène de police" retentit, tout le monde me fixe et Polo ressort de sa cuisine surpris. Je décroche comme si de rien n'était. C'est Franck Bijou.

— Johnny, mon gars me dit que ça va mettre un peu de temps pour tracer Tony Lachance. Il doit pirater le site de son opérateur pour connaître de nombreuses informations : qui il appelle, quand, pendant combien de temps, de quel endroit… Nos données de mobilités listent tous les endroits où nous sommes allés. Or, nos façons de nous déplacer sont très régulières, répétitives, uniques, pareilles à des empreintes digitales, m'a-t-il dit.

Polo, trop présent, tend l'oreille. Je décide de répondre en anglais. Voici la traduction:

— Impeccable Franck. Je suis au bar du Polo Club… Il faut que l'on se voit. J'ai pas mal de nouveau pour notre affaire.

— Je peux être là dans une heure..

— Ça me va.

— Ça barde à propos du projet de fermeture de l'hippodrome.

— Oui, on est sur le coup au journal. Essayez de tirer les vers du nez de Polo en m'attendant. Á plus.

— Bye.

Polo fait la gueule, tant mieux, c'est signe qu'il n'a pas compris ma conversation téléphonique.

— Tony Lachance c'est un jockey, Polo ?

— Connais pas.

— C'est bien vrai ce mensonge ?.

— Franchement monsieur Lebon, (il hésite), je ne connais pas cette personne

— Il est déjà venu ici pourtant.

— Si vous le dites. Je ne peux pas connaître les noms de tout le monde. Il a fait quoi ?

— Il dispense des messages sur de vieilles histoires. Vous voyez ce que je veux dire ?

— C'est probablement encore vos fantasmes sur Dark Paradise, c'est ça ?

Je ne réponds rien. Parfois, c'est la meilleure stratégie pour faire parler.

— Vous allez vous faire pas mal d'ennemis avec cette vieille histoire.

Mon regard incrédule suffit à le faire s'entêter.

— J'ai l'impression que vous faites fausse route. N'essayez pas de jouer au justicier, ça risquerait de sentir mauvais pour vous dans le Parc.

Ça ne présage rien de bon, sa petite menace. Mais ça m'encourage à penser que nous pourrions être gênants ?... C'est bon signe.

Je reste silencieux et prends un air dubitatif pour Polo.

— Je vous dis ça en toute amitié.

— Merci, c'est aimable de votre part, je lui dis en humant mon café.

Pendant qu'il presse des oranges au bar, je l'interpelle sur son passé.

— Vous venez d'où ? C'est quoi votre parcours ?

— Mon père rêvait que je devienne jockey, alors il m'a inscrit à l'Afasec de Maisons-Laffitte. Comme j'étais trop lourd, les profs ont pensé que je finirai garçon d'écurie. Pas moi. Du coup, j'ai fait une formation dans la restauration.

— Vous étiez dans la promotion de Norbert, m'a-t-il dit ?

— Oui, on a fait pas mal de conneries ensemble à l'Afasec.

— Il a été remplacé par Eddy Fast à l'écurie Parker. Vous l'avez connu Eddy Fast ?

— Vous êtes scénariste ou flic ?

Il pose devant moi l'orange pressée.

— Merci... Elles ont l'air de vous déranger mes questions ? Vous avez quelque chose à cacher ?

— Qu'est-ce que vous me chantez-là. Je n'ai rien fait.

— Vous semblez nerveux pourtant... Je suis sûr qu'au polygraphe, vous auriez des problèmes.

— Polygraphe ? C'est quoi le polygraphe ?

— Le détecteur de mensonge... Il mesure les réactions psycho-physiologiques d'un individu lorsqu'il est interrogé. Le fait de mentir provoque une réaction émotionnelle. Regardez-vous, vous transpirez, c'est un signe de stress.

— Non mais dites donc, mon gars, vous êtes complètement givré. Vous lisez trop de romans policiers...

Il jette son torchon dans la poubelle.

— Le fait est que vous êtes perturbé, vous savez quelque chose.

— Moi, perturbé ?

— C'est évident...Vous venez de mettre votre torchon tout propre à la poubelle...

Son regard me dit que j'ai gagné la partie !

— ...Allez, donnez-moi un indice.

Polo regarde à droite, puis à gauche. Il avance sa tête vers moi et dit tout bas:

— Tony Lachance, c'est un nom que j'ai beaucoup entendu après l'accident. Mais croyez-moi, je ne connais pas du tout sa tête. Laissez-moi tranquille maintenant, que j'aille préparer votre brunch.

Encore un mensonge ?

Á peine le Polo parti dans sa cuisine, je stoppe mon enregistreur et m'installe sur un canapé dès l'instant où le personnel des courses quitte le Polo Club.

Norbert, à ma recherche fait une apparition brève. Il s'assoit sur un pouf à côté de moi pour me dire qu'il a réussi à draguer une certaine Eugénie Legrand sur *Facebook*. Elle est laborantine en biologie à Verrières-le-Buisson. Norbert a visionné les quelques deux cent cinquante personnes répertoriées par service sur le site du labo. Il a sélectionné les femmes et a cherché celles présentes sur *Facebook*, pour ensuite les demander comme "amies". Grâce à sa passion pour les motos mentionnée dans son profil, Eugénie est tombée dans le panneau. Norbert qui dîne avec elle ce soir, espère bien la serrer très fort dans ses griffes, pour qu'elle nous aide à infiltrer le labo des courses hippiques. Il m'appellera pour le débrief et aussi pour que nous mettions au point la stratégie pour faire tomber dans nos filets la belle Samantha, enfin Barbara. Il disparaît aussi sec.

J'entame mes œufs au bacon, lorsque c'est au tour de Franck Bijou de faire son apparition. Il s'assied sur le pouf encore chaud de Norbert et commande un café. Je l'informe discrètement de mon investigation "Tony Lachance" auprès de Polo.

Franck, impatient comme moi d'en savoir plus sur ce personnage, est désolé de m'apprendre que son traçage complet prendra au minimum une semaine. Je lui raconte ma visite en Normandie, suite au cambriolage du haras des Parker et mentionne le SMS reçu par Aurore, identique à celui de Debbie.

J'allume mon Iphone et fait défiler des photos, notamment la lettre anonyme du chantage aux 100 000 dollars. Je lui montre aussi la photo des traces d'empreintes de pieds dans la boue. J'ai gardé le meilleur pour la fin, la série de photos avec Eddy Fast, Alex Parker et les sœurs suédoises. Franck est scotché...

Il l'est encore plus quand je lui narre l'énigme que j'ai dû résoudre sur la vidéo de l'incendie de la Place Blanche.

Décidément ça se bouscule sur l'affaire Dark Paradise...

Avant de partir, il m'indique en douce qu'une grève surprise vient d'être votée à l'unanimité et qu'elle aura lieu demain sur le champ de courses de Maisons-Laffitte.

Motus et bouche cousue !

Debbie et Philippe Million apparaissent main dans la main. Debbie est en jogging et Philippe en culotte de cheval. Je les invite à ma table. Ils commandent un brunch.

146

Bien qu'il ait le visage tuméfié et un pansement à l'arcade sourcilière, Philippe semble remis et positive en me disant qu'ils ont eu la bonne idée de se battre avec Rock sur le parking extérieur du champ de courses car comme cela ils ne seront pas mis à pied par France Galop.

— J'ai une bonne nouvelle Johnny, Aurore Parker et moi, nous sommes sélectionnés par la mairie de Maisons-Laffitte pour les trophées des courses qui seront remis dans quinze jours.

— Je suis ravi, vous le méritez bien toutes les deux. J'ai déjà réservé ma soirée, Patrick Martin m'a envoyé une invitation.

En direct sur Equidia, trois jockeys chutent lors d'une course de plat sur l'hippodrome Borély à Marseille. L'un des jockeys s'est déporté vers l'extérieur. L'accident est survenu dans le virage avant la ligne d'arrivée à une vitesse d'environ 50 km/heure.

— C'est les aléas du métier, dit Philippe.

Debbie blêmit. Troublée, elle éteint la TV avec la télécommande.
Je ne suis pas certain que leur couple fasse long feu !

Philippe se propose de m'expliquer quelques ruses en décortiquant avec lui des vidéos de ses courses.

— Cela vous aidera pour votre script, juge-t-il.

— Si vous le dites... j'ai vu de quoi vous étiez capable... avec votre malice je vais m'instruire.
Il n'a pas l'air de relever le ton ironique de ma voix.

13

Deux semaines plus tard...

Dans l'attente du traçage de Tony Lachance et de nouvelles de Norbert, j'ai réussi à pondre un premier synopsis pour la série.
Du long calibre: 12x26 minutes. Pour cela, j'ai dû m'enfermer et bosser dur dans mon bungalow. Ce n'est pas plus mal, à Maisons-Laffitte en ce début décembre, il fait un froid de gueux.
Une *conference call* avec Judith Warner et James C. Carlton m'a bien aidé à avancer dans mon travail.
Il est vingt heures lorsque je sonne chez Aurore Parker. Elle sort de chez le coiffeur, sans aucun doute. Sa chevelure crantée, lui donne un look de star du cinéma muet. Vêtue d'un corsage de soie blanche et d'une jupe noire très stricte, elle tient sur son bras un chandail en cachemire vert.
Les rousses aiment le vert, moi aussi !

Elle émet un sifflement de félicitations en me scrutant des pieds à la tête. Pour la soirée des trophées, j'ai sorti mon costume en tweed écossais bleu-vert, une chemise blanche avec une cravate Hermès en soie noire à motifs équestres abstraits, mes bottines Weston et un manteau en laine d'alpaga très chaud.
J'entre, le temps qu'elle passe son chandail et ajuste son trench-coat dans le miroir. Ses très hauts talons de quinze centimètres, pour des chaussures chics et féminines, m'imposent de la conduire. Nous prenons mon Range Rover pour nous rendre à l'hippodrome. Cinq minutes à peine, et nous voilà sur un tapis rouge, avec des flashes

qui crépitent comme au festival de Cannes. Très vite nous sommes entourés par Debbie au bras de Philippe Million, et de tout le gratin des courses; propriétaires, entraîneurs et jockeys. Un immense cocktail est dressé. Mais pas touche. D'abord le discours du maire de Maisons-Laffitte Richard Lenoir... Il vient juste d'être élu aux municipales. Et devinez quoi, d'après ce que l'on dit, il a gagné parce qu'il s'est fait couper les pattes pour être encore plus petit que le maire sortant et aussi plus petit que les jockeys, c'est pour vous dire. Ils sont forts ces politiciens, prêts à tout pour dominer leurs sujets. Il leur a dit avoir la même "vision" qu'eux...
Un fortiche ce mec !

Des applaudissements l'accueillent à la tribune:
" Mesdames, Mesdemoiselles, Messieurs. Chers amis. En vous accueillant sur l'hippodrome de Maisons-Laffitte pour cette soirée des trophées, j'aurais aimé pouvoir vous dire que tout allait bien dans ce nouveau monde fait d'ouverture du marché des paris, des jeux et d'arrivée d'opérateurs commerciaux. Nous avons en effet, il y a quelques années, contre notre volonté profonde, fait bonne figure à la décision du gouvernement de mettre un terme au monopole des paris hippiques confié aux Sociétés des courses. Ce diktat venant une fois de plus de la commission Européenne, nous amène aujourd'hui à constater un bilan en perte de vitesse pour France Galop. Cette baisse des recettes du P.M.U a des conséquences directes pour notre ville, puisque le conseil d'administration a évoqué cette semaine un plan d'économie de 13 millions d'euros et envisage sérieusement la fermeture de notre hippodrome... Mes très chers concitoyens, c'est une erreur monumentale...
J'en dirais de même au sujet du plan ALUR, qui contient des nouvelles lois pour la densification à outrance. L'article 73 du projet de loi supprime les Cœfficients d'Occupation des Sols et la taille minimale des terrains. Or c'est précisément ces dernières dispositions qui ont permis de sauvegarder des sites comme le Parc de Maisons-Laffitte. L'absence de cœfficient d'occupation des sols ou de taille minimale des terrains peut provoquer des bouleversements dans des zones qui abritent pourtant un

patrimoine d'exception. Ce secteur représente également un patrimoine remarquable que nous devons transmettre, compte tenu de sa nature tout à la fois environnementale et résidentielle. C'est encore une politique suicidaire ! Croyez-moi, on marche sur la tête en ce moment...

Applaudissements.

...Cela ne se passera pas comme cela, nous lutterons et nous avons les armes pour."

Richard Lenoir lève le poing, comme un révolutionnaire en quittant la scène.

Le directeur du centre d'entraînement de Maisons-Laffitte, Patrick Martin, prend à son tour la parole:

" Mes chers collègues, les courses hippiques en France, étaient jusqu'à récemment un modèle économique original et performant au service du développement durable des territoires français. Une activité économique à forte croissance. C'était l'une des rares filières qui ne connaissait pas le chômage. Les courses françaises font encore partie des domaines d'excellence de la France à travers leurs nombreux savoir-faire: Un élevage mondialement reconnu, qui s'exporte, des courses au plus haut niveau qui attirent les partenaires étrangers et contribuent à l'image de marque de notre pays. Mais pour combien de temps ? Il est indéniable qu'aujourd'hui le modèle français des courses hippiques envié dans le monde entier, ainsi que notre élevage sont en danger. La fermeture des Haras Nationaux, la hausse de la TVA, la fermeture d'hippodromes et bien d'autres décisions du gouvernement et de l'Europe mettent en péril notre profession...

Applaudissements.

... Vous tous réunis ici, vous le prouvez tous les jours, vous avez des qualités humaines aux valeurs solides, la persévérance, la ténacité, l'exigence, le courage, et pour réussir beaucoup de travail et aussi du talent. Alors, mes chers collègues, réagissons tant qu'il en est encore temps pour la pérennité, la stabilité et la croissance de notre modèle français. Merci ".

Le public applaudit à tout rompre le discours déterminé de

Patrick Martin.
Un écran géant s'abaisse du plafond.
J'ai une petite faim, je taperai volontiers dans le buffet !

Une voix féminine annonce la projection d'un montage vidéo des plus belles courses de l'année en plat et en obstacle remportées par les professionnels Mansonniens.
Il se mérite ce cocktail, impossible de boire un drink non plus !

Bon alors, *vamos* à la projo.
Les lumières s'éteignent dans la salle. Les dernières lignes droites des champions sont commentées jusqu'aux franchissements des poteaux d'arrivée. Un carton en surimpression mentionne à l'image le nom du prix, de l'entraîneur et du jockey gagnant. Á plusieurs reprises, les pensionnaires d'Aurore Parker sont à l'honneur. Je lui serre le bras à chaque fois pour la féliciter. Elle me glisse un sourire complice en retour. Ses chevaux franchissent en vainqueurs le poteau d'arrivée, trois fois montés par Debbie, et une fois par Sam. Seules les courses les plus prestigieuses de l'année apparaissent dans ce montage. Pierre-Amédé Fanfard en remporte une.
J'adresse un signe amical à Debbie pour la complimenter. Sam, lui tire une gueule de deux pieds de long. Pas normal puisqu'il est aussi aux honneurs. C'est vrai que Debbie et Philippe Million ont plus de victoires que lui dans ces courses de prestige et qu'ils se tiennent par la main. Ça fait beaucoup à avaler pour lui. Aurore le voit bien, et elle lui passe gentiment la main dans les cheveux pour adoucir sa rancœur. Il dégage sa tête. Pour chaque victoire à l'écran, le public attentif applaudit. Six entraîneurs mansoniens seulement, dont Galopini, se partagent les honneurs.
En toute fin de projection, un phénomène inattendu se produit. L'image d'Eddy Fast apparaît à l'écran.
Les spectateurs sont stupéfaits; certains murmurent, d'autres se taisent, le souffle coupé. Eddy, au casino de Deauville, épanoui, beau comme un dieu en smoking avec un nœud papillon, déclare la cravache d'or à la main: " Je pense que tous les apprentis, que

tous les gosses qui entrent dans cette profession, rêvent d'être tête de liste, donc cravache d'or. ”

Un ange passe finalement dans la salle et sur l'écran. Aurore en état de choc ne comprend pas. Moi non plus. Qui a pu jouer un tour pareil devant toute la profession ? Les images se poursuivent avec la dernière course de la vie d'Eddy Fast en selle sur Dark Paradise. Les murmures se changent en clameurs de plus en plus assourdissantes. Alors, quelqu'un interrompt la projection, juste avant la chute mortelle. Les lumières se rallument, les bruits et agitations cessent. Un silence de mort met mal à l'aise toute l'assemblée. Les organisateurs, dépassés, essayent de reprendre le dessus. Patrick Martin prend la parole:

— Mesdames et messieurs, suite à cet incident indépendant de notre volonté, nous décalons la remise des trophées qui aura lieu après le cocktail. Je vous prie de nous excuser et de vous restaurer en attendant.

Je fonce sur Debbie et la prends à part. Elle ne semble pas affectée comme Aurore et semble même tirer une certaine satisfaction, au contraire, d'avoir vu son père à l'écran. En effet, elle me dit que c'est nous rendre service; très positif que son père soit de nouveau sur le devant de la scène. C'est un message fort de suspicion que l'auteur de cette mise en scène a fait passer. C'est un signe de plus pour que la vérité éclate. Je ne sais pas qui c'est, mais nous avons un allié de plus. Effectivement on peut le prendre comme cela. Je suis ravi de l'analyse de Debbie et qu'elle ne soit pas choquée par ces images inattendues. Philippe Million a profité de notre absence pour se servir une assiette d'amuse-gueule et du champagne. Pas loin de lui, Sam boit du whisky en reprochant à Aurore de privilégier Debbie. Léon Camé, le directeur du service audiovisuel de France Galop, vient me saluer. Il est mal à l'aise devant Debbie, qui en profite pour rejoindre le beau Philippe Million au bar.

— J'ai du nouveau pour vous Johnny.

— Á quel sujet ?

— Je ne peux pas vous en parler ici.

— Vous êtes disponible pour déjeuner demain ?

— Oui. Avec plaisir.

En rejoignant le bar, je tombe dans les bras de Norbert, certainement pas invité, qui me présente Eugénie Legrand. Grande blonde aux yeux clairs, la peau fine et fragile, elle porte des lunettes qui la rendent intelligente et assez sexy. Au premier regard, on peut distinguer qu'elle est saine. Cette jolie femme tout à fait sympathique me fait bonne impression.

Elle aime le cinéma et les auteurs américains. Dévore des romans policiers et est férue de criminalistique. Elle me pose tout un tas de questions pendant que la petite Sara attire Norbert pour lui demander des comptes. Sara exige de Norbert qu'il ait uniquement des relations d'investigations et non affectives ou sexuelles avec la laborantine. Dans le langage de Sara, ça se traduit par: "si tu la baises, j'te casse la gueule !". Norbert en rigole. Eugénie fait semblant de ne pas entendre.

— Pour résoudre un crime, il ne faut écarter aucun indice, m'assure la belle laborantine.

— Une enquête c'est un puzzle: on cherche à comprendre ce qui s'est passé, n'est-ce pas, je lui réponds.

— Toute chose laisse une trace: c'est ainsi qu'est née la criminalistique. Les analyses chimiques c'est ma spécialité.

— Des preuves, il faut toujours des preuves, j'abonde dans son sens.

— Des indices ont disparu, d'autres ont été détruits sciemment. C'est comme un jeu. Le raisonnement par déduction, j'adore ça.

— Dites-moi Eugénie, j'ai un cas difficile à résoudre. Pourrions-nous nous revoir pour en discuter ?

— Avec plaisir. Norbert m'en a glissé deux mots. Je suis libre demain soir, si cela vous convient ?

J'accepte. Nous échangeons nos numéros. Norbert réapparaît, il saisit Eugénie par la taille et la serre contre lui. Elle a l'air d'apprécier. Sara a du souci à se faire je pense.

Lorsque je rejoins le bar pour retrouver Aurore Parker, Sam est passablement éméché, le whisky lui monte à la tête lorsqu'il s'en prend à Philippe Million toujours collé à Debbie.

— Tu feras moins le malin dans les prochaines années. Tu seras *has been* et moi cravache d'or.

Philippe Million se contente de sourire.

— Arrête de boire Sam et ferme-là lui dit Debbie.

— Tiens-toi, veux-tu Sam, renchérit Aurore.

— Vous verrez, vous verrez, dit-il en partant avec son verre de whisky à la main.

— Je vais vous préparer une assiette Johnny. Allez nous chercher du champagne, me prie Aurore.

— Juste une chose Aurore, pendant que j'y pense, votre père n'a pas eu de nouvelles du maître-chanteur ?

— Non, aucune. Je vous aurais tenu au courant Johnny.

Après que le buffet fût totalement dépouillé, la longue remise des récompenses se déroule dans une bonne ambiance.

Á plusieurs reprises Aurore et Debbie viennent chercher leurs trophées remis en main propre par le maire. Aurore félicite son équipe.

Debbie plus émue se fend d'un discours: " Je tiens à remercier Aurore Parker qui me fait confiance; rendre hommage à mon père Eddy Fast qui vient de faire une réapparition inattendue à l'écran et qui m'a donné envie de faire ce métier. Aussi, en tant qu'étrangère, je suis de nationalité anglaise pour ceux qui ne le sauraient pas, je tiens à insister sur le fait, comme l'a dit le directeur, que le modèle français des courses hippiques est un véritable exemple pour nous les étrangers. Il est vraiment envié dans le monde entier, ainsi que votre élevage. Je suis heureuse et fière de faire partie de votre famille qui a bien voulu m'adopter, me former et faire de moi une professionnelle aujourd'hui reconnue. Vous ne savez peut-être pas, mais en plus de la fermeture des Haras Nationaux, de la fermeture probable d'hippodromes, il est question de fermer certaines écoles AFASEC. Des décisions qui mettraient en péril l'apprentissage de notre profession, un des meilleurs au monde...
Pourquoi l'homme veut-il détruire ce que ses aïeuls ont mis tant d'années à construire ? Certains, à court terme, pensent gagner plus d'argent, mais à long terme ils vont créer la faillite de la filière hippique française. Et creuser leurs propres tombes...
Quelques uns regardent leurs chaussures.

... Merci de vous battre pour garder, je vous le redis, une des rares spécificités françaises appréciée et copiée dans le monde entier ."

Debbie la larme à l'œil descend de la scène sous les acclamations des professionnels.

En rentrant à l'écurie, je raccompagne Aurore sur le pas de sa porte. Malgré les talons hauts qu'elle a choisi ce soir, je suis plus grand qu'elle d'au moins dix centimètres. Qu'à cela ne tienne, elle se met sur la pointe des pieds, exactement l'écart qu'il lui faut pour atteindre mes lèvres.

C'est un "bonne nuit" plutôt chaleureux !

Elle me les mordille pour que je réagisse. J'ai l'impression que ça l'excite encore plus parce que je reste froid. Elle entrouvre ses lèvres et prend possession de ma bouche. Elle me fait presque un peu mal. Sa langue cherche la mienne et la trouve. Elle me passe une main derrière la tête et m'agrippe les cheveux pour m'avoir encore plus au fond de sa gorge. L'autre main d'Aurore continue de descendre, plus bas, si bas que je dois fermer les yeux et serrer les poings. Je sais ce qu'elle s'apprête à faire et pourtant je ne m'y oppose pas. Elle veut me mettre au supplice jusqu'à ce que je n'en puisse plus.

Elle enroule ma cravate autour de sa main et tire dessus pour m'étrangler. Je ne vais pas vous mentir. Ce n'est pas désagréable. Elle ne lâche pas son étreinte, bien au contraire, comme un toutou en laisse elle me traîne jusqu'à l'intérieur de chez elle. Et sans que je n'aie le temps de réagir, dans sa chambre. Sans avoir le loisir de comprendre je me retrouve ficelé sur le ventre aux barreaux de son lit.

L'effet whisky certainement !

Elle s'absente. Les "Quatre saisons", version nerveuse du violoniste virtuose américain Joshua Bell, envahissent l'espace. Aurore réapparaît. Je me tords en deux, surtout la tête pour l'apercevoir en tenue de maitresse SM. Un body en cuir et chaînes. Seins nus abondants et entrecuisse au duvet roux dégagé.

Sa cravache me fait dire qu'elle va jouer les dominatrices !

Elle me saute dessus, m'arrache mes beaux vêtements et d'une main experte agrippe de nouveau ma cravate pour m'étrangler de plus belle. Elle me tire la tête en arrière et me laboure le dos avec ses ongles affûtés tout en chantant:

— *Tu vas avoir mal Johnny, Johnny, Johnny... Ce mignon-là, c'est pour mon lit...*

Au moment où je veux répondre qu'elle chante Boris Vian à l'envers. Elle me fourre sa petite culotte dans la bouche.

— *Moi j'aime l'amour qui fait boom*, poursuit-elle en me giflant les fesses.

Je sens que ça va se corser quand je la vois attacher un gode ceinture autour de sa taille. Je prends une tarte, car je n'ai pas le droit de regarder me dit-elle.

Par contre, même de dos, je sens bien un filet de sa salive atterrir et dégouliner entre mes deux fesses.

Au moment où elle me pénètre, elle reprend:

— *Moi j'aime l'amour qui fait: boom.*

En chœur, nous crions jusqu'à la troisième saison de Vivaldi.

Pour la quatrième, elle me retourne, puis descend et monte avec sa bouche gourmande sur mon sexe, en m'assénant des coups de cravache au rythme des variations de la musique. Et ce qui devait arriver arriva, dans un mélange de plaisirs et de hurlements...

C'est ainsi que s'acheva la soirée des trophées !
Je ne suis pas prêt de l'oublier celle-là !

14

Il est temps de faire un point. C'est l'objectif que je me donne en me réveillant. Comme j'ai mal partout, je vais le faire allongé sur mon lit.
Je glisse une capsule dans la machine à café et attrape mon Mac portable.
J'ouvre trois logiciels: Final cut, Editor, et Writer director, plus l'appli Document Writer.
Je relis mes notes... et me pose des questions...
Je commence par un montage son que je réalise directement avec mon Nagra Ares grâce à son logiciel intégré. Je commente et garde uniquement ce qui me semble essentiel.

"Après la mort d'Eddy Fast et de son crack Dark Paradise en course, Aurore Parker, totalement effondrée, décide de tout arrêter et de prendre une année sabbatique. Elle disparaît une année complète en Espagne pour se ressourcer."
Je vais chercher des infos sur ce séjour.

"Peggy la mère de Debby a culpabilisé après la mort d'Eddy Fast pour tout le mal qu'elle lui avait fait ."
Quel mal exactement ?

"Je commande à la petite Sara d'appeler les flics. Impossible. Norbert son copain est recherché par la police."
Pour quel motif au juste ?

"Je me retourne et vois trois gars autour de moi. Parmi eux le blondinet giflé par Debbie, furieux. Je suis encerclé. Pas le temps

de réagir, ils se mettent tous à me frapper."
Et si ces gars n'étaient pas là par hasard ?
Je ferais bien d'essayer de les retrouver.

"Lucien reconnaît qu'il dépense sa paye entre l'alcool et les paris aux courses."...
"Suite à un grave accident avec un jeune cheval sur les pistes d'entraînement, il boitera toute sa vie."
Deux points à éclaircir ?

"Jeune femme-entraîneur de 23 ans, Aurore Parker vient juste de prendre la succession de son père Alex Parker âgé de 50 ans."
Bizarre de prendre sa retraite à 50 ans.
Pourquoi ?

"La disparition de la petite Debbie sur le champ de courses a été un traumatisme pour Eddy. Il croyait ne plus jamais revoir sa fille."...
"Bizarrement Peggy ne semblait pas aussi affectée."
Une piste ?

Sam:
"Je n'ai pas connu mes parents, j'ai été élevé par une nourrice. Je ne sais pas comment je suis arrivé chez Aurore Parker.."
"Elle menace souvent de me renvoyer, mais elle ne peut jamais totalement s'y résoudre."
Pourquoi ?

Galopini:
"J'étais au rond de présentation avec mon cheval Coquillette... Je me souviens très bien:... Les lads et premiers garçons marchaient en main les chevaux en attendant les jockeys...
Tandis que les autres marchaient, lui Dark Paradise, très chaud, trottinait haut et fier, oreilles dressées... Sa cote de grand favori devait être à 2 contre 1 si je me souviens bien..."
Qui marchait Dark Paradise au rond de présentation, Lucien ?

..."Bien qu'un peu plus loin de l'obstacle, Dark Paradise victime d'un soubresaut n'obéit pas à son jockey et n'écoutant que sa bravoure s'élance en même temps que Diable Vert. Ce saut de plus de huit mètres avec un appel de trop loin pour un Dark Paradise mal en point va être fatal !"...

Je vais demander à Léon Camé de me montrer les images de la caméra la plus proche.

..."Aurore Parker avait disparu des tribunes. Il paraît qu'elle était en larmes accrochée au corps du jockey dans l'ambulance. Franck Bijou n'a pas tardé à nous annoncer le verdict hors antenne. Eddy Fast et Dark Paradise n'ont pas survécu. Dark Paradise a dû être euthanasié sur place."...

Qui a donné l'ordre d'euthanasier Dark Paradise, puisque qu'Aurore était partie dans l'ambulance ?

Seule l'assurance mortalité couvrait Dark Paradise, pas l'option remboursement des frais de chirurgie d'urgence, ni d'invalidité permanente, d'après Harry Wilson.

"Votre père a été victime d'un pari truqué son cheval a été drogué".

SMS reçu par Debbie. Apparemment par un certain Tony Lachance ? A vérifier.

"Eddy Fast a été victime d'un pari truqué, son cheval a été drogué". Mon père a reçu une lettre le lendemain qui, en plus, lui précisait connaître l'assassin et lui réclamait 100 000 dollars.

SMS et lettre reçus par Aurore et Alex Parker, plus cambriolage. Qui ? Tony Lachance ?

"Une série de photos d'Eddy Fast avec Aurore Parker. Ils ont l'air heureux tous les deux..."

Aurore a avoué leur relation amoureuse.

A-t-elle eu des incidences ?

"Des sommes exorbitantes sont engagées sur les chevaux

que monte Eddy Fast en 1995 et 1996...
Par qui ?

"Vous avez peut-être connu en 1995, 1996 une Samantha une superbe blonde qui frayait avec Eddy ? ".
Mêmes années !

"Une série de photos avec Eddy Fast et les sœurs Samantha et Barbara... Eddy est au bras de Samantha, tandis qu'Alex Parker tient serrée tout contre lui Barbara."
De la dynamite à manier avec précaution !

Je termine en réalisant un tableau Excel avec les noms et les âges de toutes les personnes impliquées sur la période allant de 1985, lorsque Eddy Fast à 13 ans entre au service d'Aurore Parker, jusqu'à 2014.

J'ai la tête comme un tambour, une migraine à me taper le crâne contre les murs. J'avale deux Advil. Avec toutes ces énigmes à résoudre, je vais avoir besoin d'aide. Alors j'envoie une copie par mail de mon travail à Franck Bijou et Harry Wilson. Quant à Debbie, je la brieferai à l'occasion.
Je reçois justement un SMS de Franck Bijou qui me propose de passer demain à son journal Paris-Turf pour lire toutes les infos recueillies par le traçage du mobile de Tony Lachance.
Il m'informe déjà que Tony n'a pas été en Normandie récemment et qu'il passe de nombreux appels Place Blanche.
Je lui propose 14 heures.
Un bruit sourd sur ma baie vitrée me fait sursauter.
Par réflexe, je saisis une grande paire de ciseaux sur mon bureau. Je suis prêt à me défendre. Je tire le rideau. C'est un mec en uniforme bleu avec un logo jaune sur la poitrine. Il me montre un paquet pour que je lui ouvre. Johnny Lebon c'est bien moi.
Dans le paquet du postier, il n'y a ni bombe, ni grenade, juste un vieil agenda recouvert d'un cuir en veau Epson, couleur rouge.
Je l'ouvre et tombe directement sur l'année 1995/96 et le nom du propriétaire: Alex Parker. Je feuillette délicatement les pages de

soie siglées Hermès. Sur plusieurs pages je remarque des *Post it*, qui sont là, je pense, pour me signaler des rendez-vous rayés. J'essaye de voir en transparence les noms, mais avec l'épaisseur des deux encres, je n'en distingue aucun. Je photographie avec mon iphone les feuillets stickés et les importe sur mon Mac. J'ouvre photoshop et tâche de séparer les couches. Je ne distingue rien non plus.

Le cambrioleur d'Alex Parker me connaît et il sait que j'enquête sur l'affaire Dark Paradise. Il m'indique une piste, c'est certain. Voilà un indice supplémentaire à explorer. Dommage qu'il n'ait pas laissé sa carte de visite avec le paquet.

J'ai quand même un petit problème de conscience. Cet agenda a été dérobé et appartient au père d'Aurore Parker. Dois-je lui rendre ? Dois-je lui en parler ?

Un casse-tête de plus !

Mon estomac s'est mis à l'heure française. Il est à peine midi et j'ai un petit creux. Ma "sirène de police" me fait sauter en l'air, comme d'habitude. C'est Léon Camé pour notre déjeuner. Il me donne rendez-vous.

Entre-temps j'appelle Harry Wilson pour faire un point avec lui. Je lui parle bien entendu de l'agenda d'Alex Parker qu'un mystérieux expéditeur m'a fait parvenir. Il cherche à savoir de son côté pourquoi Parker a pris sa retraite à cinquante ans. C'est tout à fait inhabituel, il y a un loup me dit-il. Il me demande où en Espagne avait-il envoyé sa fille ? Lorsque je lui dis Barcelone, il me crie: génial ! Il reste pourtant mystérieux sur le sujet.

Je retrouve Léon Camé dans le Parc, devant une belle et ancienne demeure bourgeoise du début du siècle.

L'établissement s'appelle "Les Jardins de la Vieille Fontaine". La décoration intérieure chaleureuse et soignée, invite véritablement à la détente. Léon Camé, très chic avec son Borsalino, est un habitué. Il me présente au patron qui nous installe à une table joliment dressée devant la verrière avec vue sur les jardins. Léon en pleine forme me fait admirer la décoration de la salle de style Second Empire et me vante la carte qui propose une cuisine gastronomique et inventive. Des amuse-gueule et du champagne nous sont offerts le temps que Léon passe notre commande. Gambas rôties et Maki d'avocat en entrée puis Homard du Vivier en plat. Ça me va très bien.

De toutes façons, je n'ai pas le choix avec Léon !

— Où en êtes-vous avec la série Johnny ?

— J'ai bien avancé. Je viens d'expédier à Judith Warner un premier synopsis des 12 épisodes. Une première trame avec un point de vue qui me semble correspondre à ses attentes et aux intentions du réalisateur James C. Carlton.

— James C. Carlton pour réaliser ?... Vous plaisantez ?

— Non, je vous assure, je l'ai eu au téléphone. Il est ravi. Il veut réaliser tous les épisodes.

— C'est incroyable, c'est la star des réalisateurs à Hollywood. Son dernier film "Incarnation" a pulvérisé tous les records au Box Office.

— Oui. Je sais. Je suis conscient de notre chance de l'avoir *on Board*. C'est incroyable comme vous dites.

— C'est un as pour révolutionner la technique, un visionnaire en plus.

— Oui, j'imagine qu'après lui, on ne regardera plus les courses de la même façon.

— Je lui ai aussi transmis mon synopsis. J'attends avec impatience ses réactions et celles de Judith. Je vous tiendrai au courant. Après leurs validations je pense que Judith fera suivre à France Galop.

— Parfait...

Léon Camé prend tout à coup un air grave et baisse la voix:

— Comme je vous l'ai dit hier à la remise des trophées, j'ai du nouveau pour vous.

Je le coupe dans son élan.

— C'est vous qui avez ajouté des images d'Eddy Fast à la projection d'hier ?

— Non, mais je crois savoir qui c'est. Ça a fait l'effet d'une bombe en tout cas.

— C'est qui ?

— Je vous le dirai quand j'en serai sûr... Ecoutez déjà ce que j'ai à vous dire.

Je me penche pour écouter ses révélations.

— D'abord, j'ai suivi vos conseils. Je me suis replongé dans les vidéos d'Eddy Fast. C'est facile pour moi en tant que directeur du service audiovisuel de France Galop. J'ai relevé des personnes récurrentes autour de lui, avant et après ses courses. Ensuite, je suis retourné au "Lily la Tigresse" et vous aviez raison, la blonde qui vous a fichu dehors gravitait bien autour de lui à l'époque. Avec une autre magnifique blonde qui lui ressemblait beaucoup d'ailleurs. Un petit brun à la mine de petite frappe semblait jouer un rôle de maquereau avec elles-deux. En cuisinant Maya mon hôtesse préférée, à coups de billets et de coupes de champagne, j'ai appris que ce sale type s'appelle Tony Lachance et qu'il est le patron du "Lily la Tigresse". Quant à votre blonde, c'est une suédoise, une certaine Samantha qui couche avec le patron.

Je le coupe encore.

— En vérité Léon, elle s'appelle Barbara et se fait passer pour sa sœur Samantha, la magnifique blonde dont vous me parliez.

— Ah bon, pourquoi ?

— J'aimerais bien le savoir. Samantha a l'air d'avoir disparu de la circulation.

— Et que faisait tout ce beau monde autour d'Eddy Fast ?

— Á priori, ils ont essayé d'infiltrer les courses en se servant de lui pour truquer des paris.

— Ils ont réussi ?

— Non, je ne crois pas. Enfin, je ne l'espère pas.

— D'où vos suspicions sur l'accident mortel d'Eddy Fast ?

— Exactement Léon. Bien que je n'aie aucune preuve. C'est pour cela que toute aide est précieuse. En particulier la vôtre car vous avez accès à toutes les archives. Par exemple, j'aimerais beaucoup voir les images de toutes les caméras de la course fatale. Toutes les images tournées, pas seulement le montage en direct pour la télévision.

— Comme je vous l'ai déjà dit Johnny, je cadrais une caméra sur la course du drame. C'est vrai que nous filmons avant, pendant et après le passage des chevaux. Le réalisateur ne retient en direct qu'une partie de ce que nous filmons. Je vais vous aider bien sûr, mais il va falloir être discret.

— Précisément, j'aimerais voir les images de Dark Paradise à l'abord de la rivière des tribunes.

— Entendu. Je vous les mettrai à disposition sur le *Cloud*.

— Merci Léon.

— En quoi d'autre puis-je être utile ?

— Tout ce qui, avec du recul, peut vous sembler louche et lié à cette période mérite d'être approfondi.

— Je vois.

— Etiez-vous présent le jour de l'enlèvement de Debbie Fast à Auteuil, en 92, elle avait 3 ans.

— Oui, c'est vrai ça que c'était la fille d'Eddy. Quelle histoire ! C'est je pense, la seule fois, à ma connaissance, qu'un enfant a été kidnappé sur un hippodrome. J'étais présent, je cadrais une caméra comme d'habitude. Je peux même vous dire que ce jour-là j'avais mes deux petites filles sur le champ de courses. Elles adoraient venir pour voir les chevaux. Je me suis dit le soir même que cela aurait pu être l'une d'entre elles. Heureusement ma femme était plus sérieuse que celle d'Eddy.

— Je ne savais pas que vous étiez marié Léon.

— Elle m'a quitté. Elle était bien trop sérieuse pour moi. Les parties de jambes en l'air avec lingerie et accessoires ce n'étaient pas son truc.

— Je peux comprendre... Á propos de femme, d'après Lucien, le premier garçon d'Aurore Parker, Peggy la femme d'Eddy Fast n'a pas semblé aussi affectée que lui. Vous n'auriez pas une piste pour corroborer ces propos ?

— Vous savez, Lucien n'est pas très fiable. C'est un joueur invétéré qui lève le coude comme on dit. D'ailleurs il semble très proche de Tony Lachance sur les documents dont je vous ai parlé. Ça, c'est sûrement une piste à suivre.

166

— Tony Lachance – Lucien ?... évidemment j'aurais dû y penser ! Merci du tuyau Léon.

— Pour en revenir à Peggy, je ne pense pas qu'elle était complice de l'enlèvement de sa fille. Elle n'avait pas assez la tête sur les épaules pour monter un coup pareil. Enfin, c'est l'impression qu'elle me donnait.

Léon Camé nous commande des digestifs avec les cafés.
Nous nous promettons de nous revoir au plus tôt.
Des cerises à l'eau de vie en digestif, ils sont forts ces français !

"The Frog", c'est là où je retrouve Eugénie Legrand. C'est le plus grand pub anglais de la capitale. Sa micro brasserie y produit chaque semaine 10 000 pintes des cinq bières maison, m'explique la jolie laborantine.
Elle habite à Bercy dans les anciens entrepôts à vin transformés en village avec habitations, shopping, restaurants, bars, cinémas, etc...
L'âme de cet immense marché viticole perdure dans la cour Saint-Emilion avec les chais en pierre blanche, les pavés et les rails d'époque. Pour rien au monde, elle ne déménagerait.
Nous commandons deux *Fish & Chips* avec nos *Lager*.

Je raconte avec le plus de précisions possible tout ce que j'ai appris sur l'affaire Dark Paradise.
Eugénie prend des notes. Tel un inspecteur, elle me pose des questions judicieuses. Elle écrit les réponses, mais aussi les noms des personnes et toutes les dates correspondantes.
Je lui parle des échantillons de sang et d'urine négatifs prélevés sur Dark Paradise avant et après le drame. Eugénie, en plus des contrôles anti-dopage travaille avec une équipe scientifique sur un programme de recherche et de développement orienté vers l'amélioration des connaissances et techniques destinées à la lutte anti-dopage. Les échantillons prélevés sont anonymes, ils sont doublés, c'est à dire qu'ils sont recueillis dans deux flacons distincts, scellés individuellement, dont l'un est conservé à -20° à

des fins de contre-expertise éventuelle.

Le personnel technique ignore l'origine des prélèvements sur lesquels il travaille, m'annonce-t-elle.

Mince !

Je lui fais part de la théorie d'Harry Wilson sur un possible produit qui aurait pu, au contraire, atténuer la performance de Dark Paradise. Elle n'y croit pas. Il ne faut pas que je désespère, même sceptique sur cette solution, une contre-expertise s'impose.

Le plus dur pour Eugénie va être de mettre la main sur les échantillons de Dark Paradise. Pas facile. Ce qui est sûr, c'est qu'ils sont forcément toujours au laboratoire.

Elle demande un crumble aux pommes, moi avec mon déjeuner gastronomique du midi, je renonce à prendre un dessert.

Je lui montre l'agenda d'Alex Parker reçu par la poste. Elle regarde dans ses notes pour resituer le père d'Aurore. Elle est parfaitement organisée. Son cerveau connecte et synchronise instantanément.

Elle feuillette délicatement les pages de papier de soie, jusqu'aux *post it*. Je lui montre les rendez-vous rayés. Impossible de voir le nom en transparence malheureusement.

Elle me fait un large sourire. Je ne comprends pas bien. Alors, elle m'explique:

— J'ai un comparateur vidéo spectral; il repère les différences de longueur d'ondes des couleurs, cela permet de distinguer deux encres différentes.

— Avec ça, on peut voir les traces sous les ratures ?

— Oui Johnny, les lettres absorbent la lumière infrarouge. Laissez-le moi, je découvrirai le nom ou les noms rayés de ces mystérieux rendez-vous.

Elle est formidable cette fille !

Après plusieurs pintes et une excellente soirée, je la raccompagne chez elle avec mon Range Rover.

Pour rentrer à Maisons-Laffitte, mon GPS me fait passer par le centre de Paris. Je ne suis pas fatigué, alors me vient l'idée de...

Il est minuit lorsque je m'arrête devant l'enseigne du néon rose "Lily la Tigresse". J'enclenche discrètement mon Nagra.

Je me mets en mode "détective", alors forcément mon langage devient plus cru. Que voulez-vous, je suis scénariste, je me dois de parler comme mes personnages...

Je vais peut-être tomber sur un os. De toute manière la réponse est là-dedans. Au pire, je sortirai les pieds devant. J'ai un peu les chocottes quand même. Je reconnais le décor. Deux filles font tapisserie au bar. Elles sont habillées pour en exhiber le plus possible. Je m'approche d'elles, m'assieds sur un tabouret et commande un whisky. Je ne vois pas la belle Samantha, ou plutôt Barbara.

Sur la piste, les éternelles shampouineuses se caressent lascivement devant un parterre de tocards qui n'en perdent pas une miette.

— Je prends du champagne, me dit la brune aux lèvres éclatantes qui m'en met plein la vue avec son décolleté.

— C'est parfait, ma poupée.

— Moi, c'est Jemma la Belle et toi ?

— Moi, je suis l'affreux Jojo, je lui dis pour la faire rire.

Elle se penche tout contre moi pour me remercier. Elle est décolletée jusqu'au nombril.

L'autre fille au bar, moulée dans une mini-jupe, avec une perruque rouge coupée au carré, me regarde avec les yeux de l'amour. Elle me chuchote à l'oreille son nom de scène, Baby Love et:

— Vous êtes beau comme un dieu, avec vos grands yeux verts, brillants comme des émeraudes.

Elle finit par me proposer un trio. Au point où j'en suis, il vaut mieux être bien entouré. Je commande une coupe pour cette gentille souris...

Je jette un coup d'œil alentour, toujours pas de Barbara à l'horizon.

La nature s'est montrée drôlement généreuse avec mes deux poupées qui m'en font profiter.

Je suis toujours assis derrière le bar. Je me suis déjà envoyé deux whiskies secs et j'attaque le troisième.

Les shampouineuses sont parties se rhabiller.

Á ce moment-là, le Rital à l'accent sicilien se pointe sur scène un micro à la main.

— Mesdames, mesdemoiselles et messieurs, le "Lily la Tigresse" a le plaisir de vous présenter la sublime "Samantha de Stockholm" dans son numéro *Waterproof.*

Barbara sort des coulisses, moulée dans un fourreau en écailles de poisson lamé argent étincelant.

Des applaudissements parcimonieux l'encouragent.

— C'est le patron là-bas, ma belle ?

— Oui, c'est monsieur Tony, il dirige la boîte et elle, la sirène, c'est sa petite amie.

Le patron disparaît en coulisse.

La musique langoureuse de "*swimming with sharks*" commence à l'instant où Samantha -enfin Barbara- plonge dans une demi-sphère en plexiglas transparent.

— C'est du tonnerre, m'assure ma sexy brune enflammée.

J'aurais dû apporter une canne à pêche !

Samantha, commence un numéro d'effeuillage ou plutôt d'écaillage aquatique, entourée de requins en plastique.

Le public applaudit du bout des doigts.

Au mileu de son numéro *Waterproof*, Barbara est attirée par mon regard...

Surprise, elle marque un temps d'arrêt. Comme par enchantement, son striptease ne devient plus sa préoccupation. Elle se débarrasse de ses écailles avec angoisse et précipitation...

Ni une, ni deux Samantha toute nue sort du bassin et enfile le peignoir de bain qu'on lui tend avant de disparaître en coulisse.

Je me penche vers ma souris aux cheveux rouges pour lui demander de prévenir la sirène que je l'attends au bar. Elle a l'air vexé mais s'exécute.

Après une nouvelle tournée, ma suédoise préférée nous rejoint enfin.

— Laissez-nous les filles.

Mes girls obéissent au ton autoritaire de la belle naïade.

J'attends sa réaction. Elle ne dit pas un traître mot. Je lui commande une coupe de champagne.

— Vous tenez à vous faire casser la gueule ?

— J'ai appris pour votre sœur. Je suis désolé. Dites-moi ce qui s'est passé.

— Vous êtes cinglé ? Vous voulez quoi au juste ?

— Vous ne pouvez pas laisser le crime de votre sœur impuni tout de même.

— Mais de quoi vous parlez ?

— Vous voulez finir comme elle ?

— Vous êtes dingo. Foutez-moi la paix.

— Mais enfin, je suis là pour vous aider.

— Vous ne savez pas où vous mettez les pieds. Déguerpissez, il en est encore temps.

J'attends qu'elle me dise la vérité. En attendant j'admire ses yeux et respire son parfum à base de musc.

— Laissez-moi tranquille.

— Tony Lachance, c'est bien le patron ?

— Vous êtes têtu à la fin.

— Oui, très.

— Vous voulez finir en rollmops mariné dans votre sang ?

Elle a de la répartie cette souris. Moi, c'est pas que je sois un héros, mais là je n'ai pas le choix.

— Voilà Tony, murmure-t-elle.

Pas de doute, c'est lui l'escroc aux airs de bandit sicilien. Le fameux Tony Lachance. Un homme petit aux larges épaules avec des cheveux et des yeux noirs et une fossette au menton.

— Vous cherchez la castagne l'américain ?

— Ecoutez, vous ne me connaissez pas. Je ne vous connais pas, mais je sais que vous êtes un assassin doublé d'un maître-chanteur.

Il me regarde d'un air intrigué.

— C'est tout Ducon ?

Samantha, Eddy Fast, Alex Parker ça vous dit quelque chose ?

Il me dévisage un instant.

— Vous êtes détective ?

— Ça se pourrait.

— Ah ouais... Comment vous appelez vous mon grand ?

— Johnny Lebon.

— J'm'excuse, môssieur Johnny Lebon, mais vous vous pointez à l'improv' chez moi, pour m'dire que j'suis un assassin et en plus doublé d'un maître-chanteur... C'est un peu fort.

— Fort, mais vrai. Vous êtes un danger public.

— Sans blague ! Qu'est-ce que je peux répondre à une imbécilité pareille ?

— Et maintenant, monsieur Tony, si vous me disiez un peu la vérité ?

— On veut faire le malin ? Ouste ! dans mon bureau.

Il me serre fort le bras.

— Allez-y mollo.

Il a une poigne de fer... Il me fait mal l'andouille !

— En route négro. Ma patience a des limites.

Il me traîne jusque dans les coulisses où des filles à poil me font de l'œil.

— Viens on va discuter, me dit le nabot en me poussant violemment dans son bureau.

En vrai, c'est un cagibi amélioré son bureau. Il me balance par terre.

Beurk, c'est sale !

— Quand j'en aurai fini avec toi le mariole, on pourra te ramasser en morceaux, m'annonce-t-il en préambule.

— Vous êtes un détraqué.

— Ta gueule bamboula !... Ici c'est moi qui cause.

— Pardonnez-moi, monsieur le tueur, nous ne parlons pas la même langue.

Il me file une grande tarte en disant:

— Ça c'est du langage universel, *va bene ?*

— Vous êtes fou. Vous n'avez pas le droit de me frapper. C'est minable. Pauvre minable !

— Si tu m'insultes, je te massacre.

— Vous avez tué Eddy Fast et Samantha, c'est ça salopard ?

Il me colle un bourre-pif.

— Et puis quoi encore ? dit-il énervé.

172

— Vos SMS: "Eddy Fast a été victime d'un pari truqué, son cheval a été drogué".

— Mes SMS ?

— Il y a un étrange dénominateur commun dans cette affaire. C'est vous !

Le sang coule de mon nez.

— Toi aussi t'as une tête de dénominateur maintenant. Si tu en veux encore c'est facile.

— Vous l'avez fait brûler Samantha ? Avouez.

— Non. Pas du tout... On va voir si tu as la tête dure ? Tiens, prends ça.

Il m'assomme.

Vu la lourdeur du bottin, je trouve qu'il y a trop d'habitants à Paris !

Je vois des étoiles.

— Rien... ne... m'arrêtera... Tony... Lachance, j'ânonne avec difficulté.

— Tu me fends le cœur La fouine.

Je reçois un aller-retour pour ponctuer sa phrase.

— Je veux tout savoir, j'insiste le sang à la bouche.

— Si je ne te parle pas, tu vas me taper l'amerloque ?

Pour varier je reprends le bottin sur le crâne.

Je m'affaisse d'un nouveau cran.

— Vous êtes fini Tony Lachance votre temps est compté... Comment l'avez-vous tué Eddy Fast ? Racontez-moi ? Je ne lâcherai pas.

Il est songeur le Tony.

— Avec des gars comme toi, il n'y a pas trente-six solutions.

Il sort un Beretta 92 d'un tiroir et le regarde en pesant le pour et le contre.

Aïe ! C'est l'arme la plus utilisée au monde.

— Tu as la langue trop bien pendue mon vieux.

Je pense à mon enregistreur. Je ne me dégonfle pas.

— Enfin, vous avouez.

— Tu vas crever.

— Non. J'ai prévenu la police.

— Sans blague ?

Et là ? Miracle. Une sirène de police retentit. Ça résonne fort dans l'exiguïté du cagibi.

— *Vaffanculo !* m'insulte le mafieux.

Les yeux exorbités de haine de Tony Lachance ne m'annoncent rien de bon. C'est la panique dans sa tête de rat. Il m'arrache du sol. Me fourre la tête dans ma veste et m'expédie avec un grand coup de pompe dans la rue par la porte de côté de son bureau.

Lorsque je ressors la tête de ma *jacket* je lui lance:

— On garde le contact Tony.

Je lui fais un clin d'œil en partant, malgré mon piteux état. Je stoppe mon téléphone pour faire cesser ma sonnerie "sirène de police".

C'était Norbert... je n'ai pas la force de lui répondre, même si je lui dois la vie.

La confrontation avec la mort, ça m'a quand même secoué !

15

Suite à mon agression nocturne, j'ai décidé de faire profil bas et de mettre entre parenthèse l'affaire "Dark Paradise" jusqu'à la fin du mois de décembre au profit de l'avancement de ma série. J'ai raconté à Norbert, Eugénie, Debbie, Franck Bijou et Harry Wilson ma mésaventure au "Lily la Tigresse".

Ils m'ont tous assuré de leur soutien et promis d'avancer de leur côté autant qu'ils le pourront sur les événements relatifs à la mort d'Eddy Fast.

Je mets le *booster* sur l'écriture et me pose tout un tas de questions que je transmets au fur et à mesure à Judith Warner et James C. Carlton pour obtenir leurs points de vue et leur assentiment.

Je commence par essayer de comprendre la série de l'intérieur, ce qui me permet d'écrire pour elle.

Comment analyser cette série, comment elle est construite depuis le début ?... Á quel genre appartient-elle ?... Appartient-elle à un seul genre ? Je ne le pense pas... Judith et James non plus d'ailleurs.

Nous sommes tous les trois d'accord, nos personnages principaux doivent avoir des faiblesses, des failles; psychologiques et morales...

Quels sont leurs besoins ? Quels sont les problèmes auxquels sont confrontés les jockeys ?

Comment les personnages de la série entrent-ils en conflit les uns avec les autres ? Avant, pendant ou après les courses ? Judith insiste bien sur l'intensité des conflits: ils ne doivent pas être trop intenses, sinon, le public n'adhère pas, il n'aime pas.

James pense qu'il faut se concentrer sur le milieu de l'épisode. C'est là que l'intrigue se déroule. Il aimerait à ce moment-là une bataille violente ou verbale.

Va falloir les mettre d'accord tous les deux !

Les personnages principaux auront des problèmes personnels familiaux ou sentimentaux, basés sur le fait qu'ils sont jockeys. Les difficultés du métier, horaires difficiles, danger constant. Ce sont des accros du travail. Un des aspects important est qu'ils sont obsédés par le fait de devenir le meilleur. Le numéro 1, la cravache d'or.

Le public aime et s'intéresse aux problèmes personnels des protagonistes principaux. Le jockey voit des choses que personne d'autre ne peut voir, insiste James. Il a des sensations qu'il faut transmettre. Le crack jockey a des capacités mentales et physiques spéciales, hors norme. James a regardé des tas de vidéos des courses françaises. Il pense qu'elles sont filmées d'une façon banale. Au Qatar par exemple, les cadrages sont plus spectaculaires, nous dit-il. Comment voulez-vous que les nouvelles générations s'y intéressent et s'identifient, eux qui sont habitués aux jeux vidéo, à la 3D, à être au cœur de l'action. Voilà ce qu'il me demande le réalisateur, que je perce le secret, que j'écrive afin que nous ressentions les émotions des chevaux et des jockeys. Vivre en direct les intrigues des jockeys pour obtenir ce qu'ils souhaitent. C'est à dire gagner. Pour cela le jockey veut le meilleur cheval pour chaque course. Les alliés d'un jour deviennent les pires ennemis le lendemain. Les trahisons sont au cœur de l'intrigue. Le monde hippique est un monde bien particulier avec des règles très précises. James insiste pour que je sois très clair sur les envies des personnages. Il veut que je leur donne un vrai besoin humain pour que leurs actions proviennent de ce désir humain. Chaque personnage a beaucoup d'ambition. Il est placé constamment dans des situations dangereuses. Ces héros, jockeys et chevaux, doivent faire appel à leurs compétences uniques, spéciales pour vaincre l'adversaire de façon singulière à chaque course.
Ces aptitudes spéciales, des jockeys et des chevaux, c'est ce qui attire le public.
La série a un thème puissant, un thème fort, nous en sommes certains tous les trois.

Alors je gratte, je gratte avec passion comme un malade.

Dehors il neige, j'ai l'impression d'être dans une bulle derrière ma baie vitrée.

Juste avant Noël, Judith et James C. Carlton se disent être satisfaits de mon travail. Je me hâte d'en faire part à Paul. Plus qu'un mois à tenir avant qu'il ne vienne me rejoindre en France pour ses vacances. *On va s'éclater ici tous les deux !*

16

Aurore Parker me convie chez elle pour le réveillon de Noël. Son père Alex viendra tout spécialement de Normandie. Debbie et Sam seront aussi de la fête. Je me fends d'un aller-retour à Paris, aux sublimes Galeries Lafayette, histoire de m'approvisionner en cadeaux...

J'achète une cartouche 2014 pour l'agenda Hermès d'Alex, histoire de voir la tronche qu'il fera.

Harry Wilson me prévient qu'il est en Espagne pour passer les fêtes de Noël chez sa fille. Il y a pas mal d'anglais en Espagne. Normal ils ont envie de voir le soleil. Il compte bien en profiter pour enquêter au sujet du séjour d'Aurore Parker l'année après le drame. Harry a déjà une piste, la communauté anglaise est très soudée ici à Barcelone.

Le monde est petit !

Franck Bijou me presse toujours de passer à son journal pour découvrir les révélations du portable de Tony Lachance. J'y vais donc de ce pas, ou plutôt pour être précis en Range Rover. Je me gare dans le parking de l'Etoile. Je retrouve Franck dans son bureau avenue de Friedland.

En attendant son génie de l'informatique, Franck m'explique la philosophie de son journal, Paris-Turf, créé en 1946.

Afin de développer l'entreprise nous avons créé d'autres titres de presse : Tiercé Magazine, Week-end, Bilto ou Paris Courses.

Ces journaux éditent et fournissent des informations à forte valeur ajoutée pour permettre aux parieurs hippiques de mieux vivre leur passion et d'augmenter leurs chances de gain. Ils se concentrent sur les jeux d'argent pour lesquels l'information représente un

facteur clé de succès. C'est cette philosophie du jeu qui fait des paris hippiques un divertissement à l'opposé du jeu de hasard.
Mon œil !
Pour Paris-Turf, parier sur les courses est un jeu responsable qui nécessite une sérieuse préparation, rigoureuse, et des capacités de synthèse entre plusieurs données techniques liées notamment aux performances passées. Ainsi, me dit Franck, avec le plus grand sérieux, parier est l'aboutissement d'une analyse des courses qui démarre souvent par la lecture de son quotidien préféré.
Un bon commercial ce Franck !

Al, diminutif de son surnom Algorithme, est un grand maigre à la peau laiteuse, aux cheveux gris, qui n'a l'air ni jeune ni vieux. En fait on ne peut pas lui donner d'âge.
Franck nous présente.
— Désolé d'être en retard. Enchanté me dit-il en me serrant la main. Suivez-moi dans mon bureau.

Nous nous asseyons face à ses trois écrans.
Al ménage quelque peu le suspens en prenant la parole:
— Il est important que vous sachiez que de plus en plus souvent, des algorithmes décident de notre rapport au monde. Que ce soit pour nous mettre en relation avec d'autres sur des sites de rencontres ou pour estimer notre capacité de crédit, pour nous diriger dans la ville via nos GPS, voire même pour nous autoriser à retirer de l'argent à un distributeur automatique... les algorithmes se sont infiltrés dans notre vie quotidienne sans notre consentement et modulent notre rapport au monde sans que nous soyons vraiment au courant de leur existence, de l'ampleur de leur action, de leur pouvoir et des critères qu'ils utilisent pour décider de nos existences à notre place. Sans que nous ayons non plus beaucoup de possibilités pour réfuter ou intervenir sur ces critères. "Trop souvent, c'est l'ordinateur qui décide !"
Il me fait flipper ce gars !

— Je t'avais prévenu Johnny, un vrai geek mon Al.

Al se fend d'un sourire mielleux à Franck et poursuit:

— Les méta données de nos téléphones mobiles sont extrêmement parlantes. Voici celles que j'ai pu extraire à distance du mobile de Tony Lachance...

Al nous montre trois graphiques, (A-B-C), un sur chacun de ses écrans.

— Ces images montrent les déplacements de Tony Lachance au cours du temps...

Je désigne deux points très denses:

— Et ça c'est quoi ?

— Ça, c'est le traçage d'antenne en antenne et leurs régularités quotidiennes. Pratiquement que des allers-venues Paris-Maisons-Laffitte-Paris.

Mon ami Tony fréquente donc Maisons-Laffitte, intéressant !

— Pas de déplacement en Normandie comme vous l'avez déjà confirmé à Franck ?

— Non. S'il y est allé, c'est sans son téléphone.

Al clique sur une zone colorée qui fait apparaître un long listing des appels et SMS passés par Tony et des appels et SMS qu'il a reçus.

— Mon ordinateur a lu toutes les infos sur sa puce. J'ai vu le mot messagerie, donc il y avait sûrement des messages et je les ai écoutés. Voici la totale.

Al me donne une chemise cartonnée qui contient les photocopies qu'il a faites de tous ces documents.

— Il y a aussi à l'intérieur les messages vocaux que j'ai retranscrit pour vous. Vous allez avoir des surprises... Franck m'a dit que vous cherchiez le coupable de la mort d' Eddy Fast.

— Oui, je vais analyser toutes vos infos tranquillement. Ce Tony Lachance ne me semble pas étranger à cette affaire.

Je les remercie et félicite Al pour tout son travail.

Je regagne mon parking, avec sous le bras, un exemplaire de tous les journaux diffusés par Paris-Turf.

Une tâche longue et difficile de fourmi-enquêteur m'attend !

Eugénie et Norbert insistent pour que je les rejoigne au MET pour un apéro-dînatoire. Ils sont enlacés lorsque j'arrive à leur table. Ça me fait plaisir de revoir ces deux-là. J'aime bien leur personnalité. J'accepte une coupe de champagne rosé accompagnée d'un Tataki de saumon, huile de truffe chaude, gingembre et herbes thaï.

Vient le moment des révélations...

Eugénie me révèle que les ratures dans l'agenda d'Alex Parker cachaient le nom de Samantha. Ces rendez-vous barrés ont dû avoir lieu, car l'encre pour les faire disparaître a été ajoutée au moins plusieurs mois après, m'explique la belle laborantine. Samantha ? pas Barbara ? Voilà une info intéressante.

Je leur passe mes écouteurs pour qu'ils entendent l'enregistrement que j'ai fait lors mon agression par Tony Lachance. Eugénie est impressionnée. Pas Norbert. Il n'est pas surpris du tout depuis qu'il l'a rencontré...

Il le trouve agressif, tyrannique, pervers, sadique, violent, égocentrique, cruel, méchant, dissimulateur. Il s'en méfie comme de la peste et prend des pincettes avec lui depuis qu'il les a alléchés avec son (juteux) trafic de tableaux volés, notamment avec une toile qu'il a lui-même dérobée: un Jean Lasne, le célèbre peintre de Montparnasse. Il a eu plusieurs fois l'occasion de le voir, avec Barbara la suédoise, chez eux avenue Montebello dans le parc de Maisons-Laffitte.

Ces deux oiseaux habitent dans une maison d'architecte 70' conçue autour de trois demi-niveaux ouverts sur une spectaculaire verrière zénithale. Le traçage du portable de Tony s'avère donc précis. Tony est amateur d'art, surtout de tableaux volés, sourit Norbert.

J'attaque mes noix de Saint-Jacques accompagnées d'un risotto au safran lorsque je vois débarquer Lucien, le premier garçon d'écurie d'Aurore Parker.

Qu'est-ce qu'il fout dans un endroit pareil celui-là ?

Il me gratifie d'un salut des plus gênés. Norbert le traite de vieille crapule au passage. Lucien s'empresse de disparaître au bar. À peine cinq minutes plus tard, arrive le blondinet qui en avait après les fesses de Debbie, la seule fois que j'ai mis les pieds ici. Ce qui nous avait valu une mémorable bagarre avec lui et ses désagréables copains. Il rejoint Lucien au bar. J'explique à Norbert et Eugénie cette vieille histoire qui, avec du recul, me semble avoir été une affaire préméditée.

Eugénie m'informe avoir mis la main sur les échantillons de contrôle anti-dopage de Dark Paradise... Sa contre-expertise ne décèle aucun produit ni dopant, ni d'aucune sorte. La théorie envisagée par Harry Wilson s'effondre.

Je suis déçu !

Tout en savourant un délicieux entremet aux fruits rouges, je fais un point avec Eugénie sur les éléments encore à collecter qui nous permettraient d'avoir des preuves concrètes de l'homicide. Tellement je suis pris par l'intensité de mes propos, je n'ai pas vraiment remarqué l'absence de Norbert, certainement aux toilettes.

Lorsqu'il revient, il nous fait signe de déguerpir au plus vite. Norbert ce n'est pas quelqu'un que l'on contrarie, alors, avec Eugénie nous nous exécutons illico presto.

Une fois dehors, il nous presse encore d'accélérer.

Il nous montre du sang sur son poing. C'est celui du blondinet qui a fini par avouer à Norbert (alors qu'il était à deux doigts d'être noyé dans la tinette des WC) que l'agression sur Debbie et moi-même de la dernière fois était commanditée... par Lucien.

— Pour quelle raison, Norbert ?

— Le blondinet n'en savait rien... Apparemment il a juste rendu service, avec ses potes, à Lucien... Il m'aurait craché le morceau quand je lui ai posé la question, tu peux en être sûr Johnny.

— Je comprends pourquoi on est parti un peu vite... Tu as vraiment réglé l'addition Norbert ?

— Pour tout te dire... C'est le blondinet qui régale... pour se faire un peu pardonner, je lui ai commandé de payer la note... Ne t'inquiéte pas, il m'a promis. C'est le moins qu'il puisse faire.

Nos chemins se séparent sur ces bonnes paroles.

Je crois que je vais me remettre à la muscu, d'une part j'ai besoin d'exercice et de l'autre, c'est semble-t-il, la meilleure façon de se faire respecter dans ce pays !

17

Il est pile 20 heures. J'ai sur moi mes plus beaux habits. Au moment où je m'apprête à sortir, Harry Wilson me souhaite un joyeux Noël de Barcelone. L'objet principal de son coup de fil me scotche: Aurore Parker était enceinte lors de son séjour en Espagne après le décès d'Eddy Fast. Sa grossesse s'est déroulée parfaitement durant son année sabbatique et elle a accouché d'un garçon dans la clinique Eugin à Barcelone.
Un as cet Harry Wilson !

Aurore me gratifie de son plus beau sourire et me présente sa mère et son beau père. Je dépose mes cadeaux sous le sapin.
Un *British* Noël, c'est la surprise que nous a réservée Aurore et ça ne se fait pas à la légère.
Elle a habillé sa maison de rouge et de vert, décoré le sapin, préparé les cartes de Noël, réalisé un repas traditionnel avec au menu: soupe d'huitres, dinde farcie aux marrons, accompagnée de sa sauce aux airelles florilège de légumes en macédoine, fromage Stilton et le fameux *Christmas pudding*.
Avant de passer à table, on commence au salon par une note de fraîcheur avec un cocktail à base de Cognac.
Généralement dans les familles, Noël, c'est un peu le paradis... On est tous super contents de se retrouver... Enfin c'est ce que je pensais... Aurore a réuni, Alex son père, sa mère Angélique (dont elle a hérité du port altier, ce que j'avais déjà remarqué sur une photo dans le bureau d'Alex en Normandie), son beau père Francis célèbre peintre anglais, Debbie, Sam, Lucien et *myself* la pièce rapportée from *America.,*

185

Noël c'est une grande fiesta intergénérationnelle hyper joyeuse. Seulement le hic, c'est qu'il y a dans l'air une tension électrique d'au moins 10 000 volts.

Je vois bien qu'Alex Parker et Francis, ne peuvent pas se piffer. Ils se regardent en chien de fusil. Prêts à faire feu. Francis, avec son regard perçant à la Vincent van Gogh, demande à Alex quand celui-ci compte lui rembourser le million de francs qu'il lui a prêté en 1995 ? Alex ne se démonte pas et lui répond qu'il lui a pris sa femme et qu'à ses yeux il est gagnant.

Ça s'annonce bien le joyeux Noël !

— 1995, c'est l'année précédente du drame Dark Paradise, je lance à bon entendeur.

—Vous n'allez pas recommencer à nous rebattre les oreilles avec cette histoire, essaye de m'arrêter Alex.

Aurore me jette un regard noir tandis que Debbie semble apprécier ma sortie.

— Ben oui quoi, ça suffit vos insinuations dans tous les bistrots du Parc, dit Lucien en tentant de prendre la défense d'Alex.

— Tu n'as qu'à moins boire et pas y passer ta vie dans les bistrots Lucien, répond Debbie du tac au tac.

— Vieil alcoolo ! renchérit Sam en souriant.

— Non mais dites donc vous deux, un peu de respect, s'énerve Lucien renfrogné en se frottant le bas de sa jambe raide.

— Vous avez la goutte mon gars, demande Francis ?

— Il a une patte folle, devance Sam.

— Un mauvais souvenir, ajoute Alex.

— Ouais, à cause de ce connard de Norbert, précise Lucien.

— Il lui a cassé la jambe avec une barre de fer Norbert, ajoute Sam.

— Pourquoi ? je demande.

— En quoi cela vous concerne ? devance Alex.

— Je connais Norbert. Je suis surpris voilà tout.

— Je l'ai viré ce salopard. Un vrai fouteur de merde, continue Alex.

— Enfin, d'ici à briser une jambe avec une barre de fer, s'en mêle Angélique.

— Oui, tout de même, qu'est-ce que vous lui aviez fait ? insiste Francis en dévisageant Lucien.

— Ça ne regarde personne, c'est entre lui et moi déglutit Lucien.

— J'ai entendu dire que tu avais drogué son cheval et qu'il avait été suspendu à cause de toi ? ose Sam.

Lucien devient rouge de colère.

— Bon ça suffit, passons à table ordonne Aurore.

On s'exécute sans moufeter.

Je suis placé entre Angélique et Debbie. Alex et son sbire Lucien sont côte à côte.

On commence ce dîner de Noël en silence, car plus personne n'ose reprendre la parole.

Après, la soupe d'huitre accompagnée d'un excellent Riesling d'Alsace, Debbie relance enfin la conversation.

Elle s'enflamme sur son opposition à la fermeture du champ de courses de Maisons-Laffitte. Elle explique à Angélique et Francis, le plaisir qu'elle éprouve à galoper tous les matins sur le splendide centre d'entraînement. Les pistes c'est du velours, elles sont extrêmement bien entretenues, le site est d'une beauté inouïe.

Et là, l'horreur. La situation dégénère. Tout le monde commence à parler politique. Le ton monte jusqu'à ce qu'Alex quitte la table en menaçant Francis du poing. Aurore se met à pleurer, avec Debbie on s'en mêle... Nous reprenons la situation en main de justesse. La dinde aux marrons permet de nous réconcilier

Le silence s'impose de nouveau, pas un convive n'ose reprendre la parole tant la tension est palpable.

Moi, intérieurement, je creuse un trou pour me cacher...

Alex commence à s'étouffer avec un os de dinde. Son ex-femme se met à pleurer à son tour et tout le monde recommence à hurler pour savoir ce qu'il faut faire.

Y a comme un os !

Moi, l'homme de la situation, je me lève, passe derrière le père d'Aurore et pour l'aider à recracher, je lui fait une prise spéciale que j'ai apprise sur les bateaux pour faire recracher l'eau de mer aux noyés. Ça marche. Un vrai héros ! Après, on s'est tous sentis un peu bêtes et on a eu le plus grand fou rire de notre vie. Et tout s'est finalement très bien terminé ! Enfin, pas pour longtemps, seulement jusqu'au Tilton, le fromage anglais.

Car moi je suis têtu, j'ai de la suite dans les idées.

— Dites donc monsieur Parker, pendant que j'y pense, c'est invraisemblable d'arrêter sa carrière d'entraîneur à cinquante ans ?

— De quoi je me mêle l'américain, me dit-il sèchement.

— Eh, bien oui Alex, nous les anglo-saxons, ça nous intéresse de savoir pourquoi un grand entraîneur comme vous stoppe sa carrière en pleine réussite, insiste Francis espiègle.

— Mais enfin, laissez-le tranquille, s'enflamme Aurore. Hein maman ?

— Oui, c'est Noël, on s'en fiche de ses vieilles histoires. Je suis bien placée pour vous le dire, moi qui ai quitté Alex à cause de tout ce milieu et de cette tyrannie de l'argent qui a trop longtemps gâchée ma vie.

— Merci Angélique, c'est courtois, je vois que tu n'as gardé que les bons souvenirs.

— Ecoute Alex, à ta place je ne la ramènerais pas. Tu veux que je te parle des poules qui gravitaient autour du grain ?

Et là on éclate tous de rire. Ça fait du bien.

— Arrêtez, il va encore s'étouffer, dit Lucien maladroitement pour secourir Alex.

Aurore apporte le fameux *Christmas pudding*.

— Parlons des enfants, Noël c'est leur jour.

— Bonne idée Johnny, déclare Angélique.

— Oui, ça changera approuve Aurore satisfaite.

— Alors, toi Sam, tu as été trouvé dans un soulier sous un sapin mon garçon ? je tente.

— Pourquoi vous dites ça Johnny, me demande Sam ?

— Bon Johnny, vous avez trop bu, me répond Aurore sur un ton fort désagréable.

Elle me vouvoie, j'ai fait mouche !

— Je vois qu'il ne faut pas plaisanter au sujet de votre fils adoptif ?

Les yeux d'Aurore passent par toute une gamme d'expressions. Elle se lève.

— Fils tout court, déclare Aurore d'une voix tremblante.

— Quoi "fils tout court" dit Debbie ?

— Vous avez bien entendu. Sam est mon fils.

Autant vous dire que ce genre d'annonce, dans une réunion familiale, ça jette un froid polaire.

Mon petit calcul s'est avéré exact: 1997, Aurore accouche d'un garçon, Sam a 16 ans, en 2013, le compte et bon.

Sam est comme tétanisé. Il regarde Aurore avec des yeux exorbités.

— C'est vrai ? parvient-il à lâcher d'un filet de voix.

— Il est temps que tu le saches. Je suis ta mère et je t'aime.

Lucien siffle de stupéfaction et se resserre un verre. Aurore se rassoit.

— Oui, c'est vrai confirme la mère d'Aurore. Les mensonges par omission ça suffit. Si tu n'avais pas été aussi con Alex, tu nous aurais laissées dire la vérité depuis longtemps.

Alex encaisse en baissant la tête.

— Qui est son père ? enchaîne Debbie curieuse.

Aurore regarde Debbie au fond des yeux et révèle:

— C'est Eddy Fast, ton père, Debbie.

Debbie à son tour n'en revient pas.

Aurore se lève à nouveau, fixe Sam.

— Eddy Fast est ton père Sam. C'est la vérité.

Sam est sous le choc, il en a le souffle coupé.

— Ils sont demi frère et sœur tous les deux, constate Francis.

Et là, Sam réalise. Il fixe Debbie. Son monde s'écroule. On voit la colère monter dans ses yeux. Il balance sa serviette sur la table et réagit avec une extrême violence. Il écrase du point le *Christmas pudding,* qui explose. Il hurle en s'enfuyant :

— Bande de salauds !

Du coup à minuit, on distribue les cadeaux sans lui dans un nouveau silence de mort.

Alex, le cigare à la bouche, me lance un regard inquisiteur en recevant la cartouche pour son agenda Hermès. Je n'ai plus la force de réagir. Je vais me coucher.

Joyeux, le Noël !

18

Ce matin j'ai du pain sur la planche avec le dossier que m'a fourni Al, le *geek* de Paris-Turf. J'ouvre mon *file* Dark Paradise sur mon Mac et crée une colonne supplémentaire spéciale TL (Tony Lachance). Je retranscris par ordre chronologique le contenu des appels reçus, des appels émis et les messages que ses amis ont bien voulu lui laisser. Je garde les SMS pour la fin.

Al a glissé dans le dossier des images qui montrent les déplacements de Tony Lachance au cours du temps... Premier point TL habite dans le Parc de Maisons-Laffitte et travaille la nuit à Pigalle.

C'est compliqué d'établir des faits sortis de leur contexte. Des phrases lourdes de sens telles que...

"Je l'ai trouvé sur le sol agonisant..."

"Il a juste pu prononcer son nom..."

"Alors mes tuyaux ?.."

"Vous pouvez devenir une cible..."

"Vous m'avez fourni les renseignements que je voulais..."

"Merci de votre franchise..."

"En cherchant bien, on finit par trouver..."

"Vous voulez trouver le tueur oui ou non ?..."

"Je le considérais comme mon fils..."

"Nul ne sait pourquoi il a été tué..."

"Cette affaire m'intéresse personnellement..."

Ces phrases me laissent perplexe, bien qu'il soit indéniable qu'elles émanent d'un criminel.

Je cherche, mais rien ne colle. Je note tout de même et continue la lecture des écoutes...

Á un certain moment je tombe sur plusieurs conversations entre

TL et Lucien, oui mon Lucien à la patte folle dont je reconnais clairement la voix.

"Pour un scénariste il est bien lucide." Tiens, ils parlent de moi ? Lucien est un informateur pour TL et cela sans aucun doute depuis un bon bout de temps... TL regrette effectivement le bon vieux temps où il engageait des sommes conséquentes qui lui rapportaient des grosses liasses... Il aimerait bien retravailler avec Lucien sur des paris truqués... Son business à Pigalle, ce n'est plus ce que c'était... Tout ça à cause d'internet... et du sexe virtuel ! ... Heureusement TL a encore des gagneuses à l'Etang du Corra...

Un autre appel de Lucien...pour indiquer que son ancien patron Alex Parker s'est fait cambrioler en Normandie... TL a l'air de ne rien savoir à ce sujet quand Lucien lui demande si c'est lui ?... Quelqu'un fait du chantage au vieux. Je pensais que c'était toi ?... Non, mais tu crois que je peux en profiter pour le faire cracher ?...

Un autre jour plus récent, TL décrit à Lucien mes mésaventures au "Lily la Tigresse".... Lebon est sûr que j'ai tué Samantha... Il sait que j'ai fait cramer une poule dans l'hôtel... Il pense que c'est elle... S'il crève ce négro, plus de trace de TL... On repart comme avant...

Deux jours plus tard avec un inconnu qui ne révèle pas son nom: "Soyons brefs... C'était un boulot banal. Un vol de bijoux..."

Très récemment, la chronologie des discussions entre TL et Norbert, qui confirme le trafic de tableaux volés... et la prochaine acquisition d'un "Jean Lasne" par TL...

J'attaque la longue liste des SMS.

Y figure, entre autres, à plusieurs reprises: "Votre père a été victime d'un pari truqué, son cheval a été drogué". Celui envoyé à Debbie du Polo Club et celui envoyé à Aurore Parker.

Les autres SMS ne concernent pas notre affaire Dark Paradise.

Sur une feuille à part, à l'intérieur du dossier d'Al, le bon génie informaticien, je remarque "stabilotés" en jaune des appels émis toujours par le mobile de Tony Lachance, mais passés par une femme... à une autre femme...

Voici un raccourci des transcriptions:

...Un métisse, très grand et beau mec d'ailleurs, te recherchait

Samantha... un américain... Il pense que tu es morte... Brûlée dans la chambre de l'hôtel Blanche... Je ne sais pas comment il est au courant de cette sale histoire... C'est moi Barbara... J'en peux plus... Quoi, c'est toi ?... Ecoute, Barbara, je vais te proposer un marché... Un client à la patte folle m'a prévenue que ce type, le scénariste, avait des doutes sur la mort d'Eddy Fast... Tu le connais c'est Lucien, le grouillot d'Alex Parker... Tu te souviens ?... Tous des salopards... C'est le moment de les faire tomber... J'en peux plus Barbara de faire le tapin... Ce type, cet américain, c'est la chance de ma vie... Sinon, je vais crever... Ici au Corra, à chaque passe je risque ma vie... Tu comprends Barbara ?... Je prends des coups de cutter, de couteau... C'est des sadiques les types avec les filles... J'ai failli me faire égorger... Je vais le faire tomber Tony... C'est une ordure de me laisser ici... Toi, tu es ma sœur... tu dois m'aider... Je ne veux pas crever comme ça... Merde, voilà Tony... Je te rappelle...
Je passe la journée de Noël à tout calibrer et classer.
Putain, elle est vivante Samantha !

Ces révélations, je les propage en onde de choc... Je les récapitule et les partage au téléphone avec Debbie, Franck Bijou, Léon Camé, Eugénie, Norbert et Harry Wilson. J'y passe au moins deux heures. Au passage, dans un dossier d'assurance, Harry Wilson a retrouvé le récépissé d'autorisation d'euthanasier Dark Paradise sur le champ de courses. C'est la signature d'Alex Parker qui y figure. De toute façon, ils n'étaient que deux à avoir cette permission. Lui et sa fille Aurore Parker. Elle, elle était partie dans l'ambulance. Ils étaient propriétaires de Dark Paradise à 50/50, me dit-il.
J'étouffe, il faut que je prenne l'air !

J'appuie sur le champignon, mon Range Rover fonce sur la route de la forêt enneigée. Les flocons jouent avec mes essuie-glaces. J'arrive à la hauteur d'un panneau qui m'indique l'étang du Corra, à droite. Je prends la contre-allée à la recherche de la belle blonde Samantha. Est-elle encore belle ? et blonde ? En tous cas, elle est toujours suédoise !
Il fait nuit. J'enclenche le système de caméras panoramiques qui

m'offrent une vision à 360 degrés depuis l'écran tactile... et mieux j'appuie sur *record*. Je fais un premier repérage autour de l'immense point d'eau. Mes phares puissants balayent et aveuglent toute une faune. Ce que je vois d'abord, ce sont des hommes, énormément d'hommes seuls qui se promènent autour de l'étang. Ils font mine de ne pas connaître la réputation du lieu. Les vestiges des soirées chaudes: un soutien-gorge qui pend à la branche d'un arbre. L'étang du Corra, le rendez-vous du libertinage en pleine nature. De drôles d'animaux ! En rut semble-t-il, d'après leurs manières.

Une brune d'une bonne trentaine d'année et un homme trapu s'étreignent sur un banc en retrait du chemin de promenade. Ils sont à moitié dévêtus. Méfiant, le couple disparaît à la vue de mon 4x4. Immédiatement, un voyeur, jumelles à la main, bondit du buisson où ils étaient tapis, furieux.

Je descends ma vitre pour l'entendre me dire:

— Tu leur as fait peur, ils allaient s'envoyer en l'air !

— Désolé mon gars. Je cherche une suédoise. Ça vous dit quelque chose, une suédoise ?

— Beaucoup de couples libertins viennent ici. Je mate, et parfois je participe. Mais une suédoise, connais pas.

— C'est une professionnelle.

— Ah, ben ça change tout... Pourquoi tu veux payer mon pote, ici tu peux baiser gratis ! Les mecs prennent du plaisir à voir leur femme faire l'amour à un inconnu. C'est cool, profites-en !

— Vous venez souvent ?... Vous me jurez, jamais vu de suédoise ? Une belle blonde ?

— Des belles blondes, oui... Des suédoises, non. Pourtant je viens au moins trois fois par semaine... Je fais croire à ma femme que je fais des heures sup'.

— Il y a bien des professionnelles ?

— Oui... De l'autre côté de l'étang... Ce soir, il y a une femme qui enchaîne les pipes, juste derrière ces arbres. Vas-y, c'est chouette, elle suce à la vitre de son véhicule pendant que son mari se masturbe à côté. T'inquiète pas les "volontaires" sont pas dangereux, c'est des bons citoyens de Maisons-Laffitte, ils vont à confesse le dimanche... Le curé leur pardonnera avec une bonne pièce !

— Bon ben, non, merci quand même. Sans façon.

Il s'intéresse à mon écran tactile.

— Ouah ! La classe, vous filmez du porno-real-life ? Vous êtes réalisateur ?

— Pas tout à fait.

Il me regarde intrigué...

— Vous avez l'air compliqué... Si vous préférez le coin des PD, c'est à la sortie, dit-il dépité en s'éloignant.

Je poursuis mon chemin. De l'autre côté, du côté des professionnelles, je me fais envoyer balader.

— Pas de temps à perdre mon poulet... C'est le jour de Noël... les bourses sont pleines... on est là pour les vider me dit l'une d'entre elles.

Ça me fait rire !

Je rentre bredouille. J'ai cherché partout. Il est trois heures du mat'... Pas de Samantha, cette nuit-là. Tony a dû lui donner congé pour Noël.

Devant la porte de mon bungalow m'attend un chaton tigré qui a l'air affamé. Tout comme moi d'ailleurs. Il ronronne et caresse le bas de mon pantalon. Comme il fait un froid de canard, il se glisse à l'intérieur, à peine j'ai ouvert la porte à glissière. Je lui donne un bol de lait, tandis que je me fais cuire des œufs sur le plat...

Je consulte mes emails. Il y a en une ribambelle, mais vue l'heure tardive, je n'ouvre que celui de Paul, qui me souhaite un *Merry Christmas* des Bahamas et celui de Judith Warner. Elle me prie de lui rendre service en donnant un *Master class*, ou une conférence si vous préférez, sur l'écriture d'un scénario, à l'école la Fémis. J'accepte cette mission, car elle précise que la demande émane du Ministère de la Culture française en partenariat avec la Warner. Je me couche enfin. Le chaton s'installe à mes pieds, sur la couette bien douillette. Je remarque que c'est une femelle...

Sweet dreams baby cat !

19

Quand je reprends vie, après une semaine d'écriture, je me retrouve en face d'une trentaine d'étudiants, âgés d'environ 25 ans. Autant de filles que de garçons. Ils me regardent la bouche grande ouverte, prêts à boire mes paroles.

Je me suis renseigné, ces jeunes c'est l'élite... Hyper difficile d'être admis dans cette école nationale supérieure des métiers de l'image et du son. De la graine de cinéastes. Les futurs Jean-Luc Godard, François Truffaut et Agnès Varda.

Je respire un grand coup et je me lance:

"Mesdemoiselles, messieurs, comme disait mon ami Truby, plus de 90 % des scénarios sont refusés car leur structure est déficiente...

Ça jette un froid d'entrée !

La structure narrative, c'est-à-dire la manière de dire des histoires est le problème auquel doit faire face le scénariste. Si on peut la maîtriser, on est en bonne voie pour le succès...

Une bonne histoire est toujours dramatique, elle mène à une série de changements. C'est une séquence d'évènements qui entraîne une évolution. Elle a toujours un effet moral, quelqu'un qui a de l'effet sur quelqu'un d'autre. Il y a toujours une évolution. Cet élément moral est très important que l'on écrive des drames ou des comédies. Une comédie sans éléments moraux au cœur de l'histoire ne fonctionnera pas..." Un garçon m'interrompt déjà, il se présente:

— Osman Kalsum cursus création séries TV. Moi, monsieur Lebon... je veux faire du cinéma immoral... alors, est-ce que d'après vous, mes histoires fonctionneront ?

Les étudiants se marrent.

— Osman... les prénoms arabes ont tous une signification...
Osman, c'est jeune dragon, si je me souviens bien. Alors écoute bien,
jeune dragon...

La morale est facile à définir: c'est la conduite selon des valeurs ou
des normes. Par contre, l'immoralité est plus problématique: est-ce la
conduite sans référence à des valeurs, la conduite selon de mauvaises
valeurs ?

Se poser la question de l'immoralité nous incite à approfondir la
définition de la moralité: est-ce que quelqu'un qui ne suit pas les
règles par crainte de la figure paternelle ou de la sanction est moral ?
La morale est-elle un simple conformisme et l'immoralité un
anticonformisme ?

Moralité et immoralité seraient alors réversibles selon le système
de valeurs par rapport auquel on se place.

Ma réponse te suffit-elle Osman ?

— Oui, monsieur, dit-il en hochant la tête.

Je reprends mon exposé:

" L'élément moral est une façon de concevoir une bonne action (ou
une mauvaise action pour toi Osman) pour vous dans le monde, la
façon dont on organise la vision morale de l'histoire. On va l'exprimer
par l'intermédiaire de l'intrigue et par les personnages eux mêmes...

Les trois confusions commises par les scénaristes:

"Première confusion faite, ils pensent que l'intrigue diffère des
personnages, ça a l'air sensé comme idée...

Votre scénario va-t-il être une intrigue, où votre scénario va-t-il être
une réunion de personnages ?

L'intrigue, c'est ce que le personnage principal fait dans l'histoire.
Chaque action doit appartenir à ce personnage précis. Elle doit être
unique, le personnage et lui seul fera, agira de cette façon.

Le personnage est défini par ses actions au fil de l'histoire, par
l'intermédiaire de l'intrigue, l'intrigue et les personnages sont donc
les deux versants d'une même montagne. Le personnage ne vaut que
ce que vaut l'intrigue et vice-versa..."

Vous suivez ?

— Oui, m'sieur, en chœur.

" Deuxième confusion faite, les auteurs pensent que l'action et l'intrigue sont la même chose, mais l'action peut être la mort de l'intrigue si on n'y prête pas attention...

— Oui, c'est sûr, m'interrompt une blonde décorative en minaudant.

Je poursuis.

... L'action n'est pas l'intrigue. L'intrigue ne survient que par le résultat de l'action. L'intrigue ne survient que lorsque le personnage fait quelque chose de différent de ce qu'il avait fait jusque-là."

— C'est clair ? Vous comprenez ?

— Oui, m'sieur, assurent toujours les élèves en chœur.

Sont bien élevés ces gamins !

" Troisième confusion, l'histoire n'est portée que par les dialogues, c'est très littéral, c'est mauvais. Un scénario est porté par la structure, non par les dialogues. 90 % de ce que le public retire d'une histoire, il le retire de la structure. La structure l'emporte toujours."... C'est important. Ça va toujours ?

— Oui, m'sieur, en chœur, en souriant.

Je vais vous épargner la suite, seulement à vous, pas aux élèves. Eux ils ont droit aux sept étapes principales dans la structure classique... Ainsi que les cinq étapes du développement des personnages... La construction des scènes... J'en passe et des meilleurs...

Par contre le cocktail, organisé par le ministère, à la suite de mon *Master class*, c'est important que je vous en parle...Très sympa. Pas seulement parce que les filles sont folles de moi et qu'elles me font un gringue pas possible. Mais parce que Osman, le jeune dragon, s'intéresse à la série "Jockey" que je suis en train d'écrire. Son père, Abdel, décédé, un passionné de cinéma et de chevaux, lui a laissé tout un stock de films Super 8, des images qu'il avait filmées sur les champs de courses parisiens. Il me demande si cela m'intéresse de les visionner ?

Of course !

20

Le jour se lève. Un vent glacial.

— Vous êtes matinal Johnny, il y a longtemps que l'on ne vous a pas vu sur les pistes.

— Oui, ça me manquait... C'est un chouette métier, celui d'entraîneur, je réponds à Aurore Parker.

— Á condition d'être du matin et de ne pas être frileux...
C'est vrai que je tremble de froid !

Deux de ses Pur Sang plongent dans la courbe sous la voûte des arbres. Les sabots attaquent le sol. Des jets de vapeur jaillissent des naseaux... Ils passent devant nous, le souffle bruyant.

— Vous voyez, le sport et la passion prennent le dessus sur les discordes, ajoute Aurore...

Galopant avec aisance, devant nous, nez à nez, Superfly et Cyclone sont sollicités par Debbie et Sam.

— J'en suis ravi... Je les aime beaucoup, sacrées personnalités ces deux-là.

— Ils ont bien pris du père, s'amuse Aurore en me faisant un clin d'œil. Merci Johnny, grâce à vous je me sens mieux. C'était un secret idiot et surtout trop lourd à porter.

— Ça a dû faire du remue-ménage ?

— On a eu une bonne discussion tous les trois... Finalement, ça nous a soudés. Sam me pose des tonnes de questions sur son père. Il est fier que ce soit Eddy. Ça me rapproche aussi encore plus de Debbie, et Sam de Debbie, d'une autre manière.

— Et vous ?...Quoi de neuf, Johnny ?

— Mon scénario pour la série est accepté par la Warner et par le réalisateur.

— Bravo! Je suis contente pour vous. C'est quoi la prochaine étape ?

— Juste après le nouvel an, nous irons chez France Galop avec le réalisateur pour la validation et l'organisation du tournage.

— Alors je peux compter sur vous pour la soirée du 31 ?

— Quelle soirée ?

— C'est comme tous les ans, au Polo Club, une grande soirée déguisée. Croyez-moi, la meilleure soirée pour fêter la nouvelle année. On s'amusera comme des fous !

— Alors banco, je dis mi-figue, mi-raisin.

Je me méfie un peu d'elle quand même !

Au moment où je m'apprête à partir, elle me rattrape par le bras et me glisse à l'oreille:

— Mon père a reçu des nouvelles du maître-chanteur. Appellez-le, il a reçu des instructions précises.

— Enfin, c'est pas trop tôt... Je m'en occupe. Promis.

— Merci. Je compte sur vous. Mon père est un sanguin, il est prêt à faire n'importe quoi.

Hélas, je sais !

21

Pour ce dernier jour de l'année, j'ai invité Debbie et Sam à visionner des archives de leur père. La petite chatte, que j'ai nommée Mistinguette et qui ne me quitte plus, ronronne, assise sur mes genoux.

Á l'écran le premier reportage que j'ai sélectionné pour eux.

Sur des images de Léon Camé, Eddy apparaît souriant et détendu. Franck Bijou se lance dans une tirade dont lui seul a le secret:

"Pour le public des courses de toutes les couches sociales, turfistes, propriétaires, vedettes, il existe une idole, la cravache d'or Eddy Fast. Ce jeune garçon descendant ici l'escalier d'Auteuil... Le monde des courses est très hiérarchisé, tout jockey vient d'abord auprès du propriétaire et de l'entraîneur, ici Mademoiselle Aurore Parker, pour prendre avant la course les ordres sur la tactique qu'il devra employer si tout se passe bien... L'art suprême d'Eddy Fast, c'est d'adapter instantanément en course la tactique théorique aux circonstances fortuites. Le voici sur Dark Paradise, le meilleur poulain d'Europe sur les courses d'obstacles. Dark Paradise, cinq courses cette année, cinq victoires. C'était en février 1995, Eddy Fast a attendu l'attaque d'Amiral avec un petit surcroît d'énergie pour finir. Il repousse l'assaut froidement attendu et repart dans les derniers mètres. En somme une course d'attente en tête du peloton."

Debbie, émue, garde le silence, tandis que Sam me dit:

— Merci Johnny, j'apprécie.

— L'autre reportage se passe en 1996 à la veille du tragique Grand Steeple Chase de Paris. C'est malheureusement la dernière interview de votre père. Vous êtes prêts ?

— Oui, vas-y, appuie Johnny, c'est important pour nous. Ça

va si je te tutoie Johnny ?

— *Of course*. C'est trop compliqué le français avec les vouvoiements. C'est bon j'appuie ? Vous êtes sûrs ?

— Lance Johnny. Même si c'est dur pour nous, dit Sam en regardant Debbie.

 J'envoie le second reportage. Encore des images de Léon Camé, commentées par Franck Bijou: "Nous sommes allés retrouver Dark Paradise à l'entraînement, le voici, il a l'air très bien. Á l'image, Aurore Parker propriétaire et entraîneur qui est allée voir les galops. Dark Paradise, là en troisième position, est très loin de donner son maximum, Eddy Fast lui fait faire un travail de détente juste pour montrer aux téléspectateurs qu'il est en grande forme. Et derrière le canter."

Eddy Fast se tient maintenant assis sur un canapé.
Ses traits singuliers, c'est certain, il les a transmis à Debbie et Sam, je le vois bien.

— Mais que faut-il faire pour gagner le Grand Steeple Chase de Paris et quelles sont les influences du terrain par exemple et des incidents de courses ? lui demande Franck Bijou.

— Il faut que tout se passe bien. Il faut d'abord avoir le cheval pour être capable de le gagner et ensuite il faut qu'il ait l'aptitude au terrain. Il se peut que le terrain lourd prévu demain gêne certains chevaux et il faut qu'il n'y ait pas de bousculades. Il faut un concours heureux de circonstances pour gagner cette course-là, répond humblement Eddy.

— Il y aura la grande foule demain à Auteuil pour ce championnat du monde du Steeple Chase. Dark Paradise est meilleur que l'année dernière. Il semble que 1996 sera pour lui l'année de la consécration.

La caméra panote et cadre Franck Bijou qui continue:

— Eddy Fast a fait une chute il y a une dizaine de jours. On pensait qu'il ne monterait pas. En réalité il semble avoir récupéré et aller bien.

Retour sur Eddy Fast qui semble contrarié à l'énoncé des faits.

— Oui effectivement, j'ai eu une fracture du grand trochanter qui se situe au-dessus du fémur. J'ai été opéré et avec une bonne rééducation j'ai retrouvé ma souplesse. Heureusement, je n'ai plus aucun problème.

— On peut donc rassurer tous les turfistes ?

— Oui, je suis monté une heure ce matin, un lot d'entraînement sans problème.

— Aucune douleur ?

— Aucune.

— Donc en forme pour le jour J demain ?

— Oui...

Puis, Franck Bijou se tourne vers Aurore Parker:

— Á qui auriez-vous confié Dark Paradise, si votre jockey ne s'était pas remis à temps ?

Aurore assise du bout des fesses sur un fauteuil semble embêtée.

— Bonne question... En fait, je ne me la suis jamais posée, car pour moi c'est inimaginable qu'il soit monté par quelqu'un d'autre. Non pas parce que les autres ont moins de talent... Dark Paradise, est très sensible, il faut le connaître, on ne peut le monter au pied levé. Entre Dark Paradise et Eddy Fast, il y a une histoire d'amour à laquelle nous, nous sommes étrangers, nous en tant qu'entraîneurs, vous en tant que public. C'est une histoire entre Dark Paradise et lui. Á tel point que lorsqu'Eddy rentre dans son box pour le voir, la chèvre lui donne des coups de tête.

— Quelle chèvre? demande Franck.

— La chèvre qui vit avec Dark Paradise ! C'est un cheval très nerveux, il s'ennuie, alors je lui ai acheté une chèvre. Et la chèvre est jalouse d'Eddy Fast.

Le reportage se termine d'un coup sur cette anecdote.

— Voilà, c'est tout pour aujourd'hui.

— Merci, Johnny, me répond Debbie encore affectée.

— C'était cool. Je demanderai à la patronne le nom de la chèvre.

Je me gratte la tête... lorsque quelque chose m'intrigue. C'est ce que je suis en train de faire...

— Vous n'avez rien noté de particulier, je leur demande ?

— Non, ils répondent, avec chacun un regard interrogateur.

— J'ai trouvé bizarre la moue d'Eddy à propos de sa chute ayant provoqué sa fracture, pas vous ?

— On peut revoir les images, me demande Debbie ?

Je relance le *quicktime*. Ils sont tous les deux attentifs...

— Vous avez raison, Johnny, notre père baisse la tête. Il a l'air contrarié.

— Moi, quand je baisse la tête, c'est parce que je mens ou que je ne suis pas d'accord, répond Sam.

— Moi aussi, c'est quand je suis contrariée, avoue Debbie.

— Ça doit tenir de famille ! En attendant, si ce n'est pas une chute qui a provoqué sa fracture avant la course la plus importante de l'année, il faut se demander ce qui lui est arrivé ?

— On a peut-être voulu l'empêcher de monter Dark Paradise dans le Grand Steeple, s'empresse de conclure Sam ?

— C'est une possibilité, je lui accorde.

— Tu as l'œil Johnny, c'est pas clair cette histoire, insiste Sam.

— Oui, je vais encore jouer au détective.

Mistinguette miaule, elle s'étire et pédale sur mes genoux.

— Bon, encore merci Johnny, me disent-ils en partant.

— Pas de quoi et à l'année prochaine.

J'ai des migraines avec toute cette histoire !

22

Dress code: l'Extravagance !

Venir vêtu d'un costume de qualité de style baroque et le revêtir avant d'arriver dans l'enceinte du Polo Club. Á partir de 21 heures. Votre visage doit être masqué pour entrer et durant toute la soirée. Les femmes en homme; les hommes en femme.

Tout un programme !

Moi, j'ai toujours adoré me déguiser, alors je joue le jeu à fond...

Par réflexe, je passe par Hollywood. L'assistant de Judith Warner, Jimmy, à qui je demande conseil me renvoie sur Milena Canonera, la costumière du "Marie-Antoinette" de Sofia Coppola, tourné à Versailles.

Bonne idée ! Cette talentueuse italienne qui habite à Paris me prend en amitié et totalement en main. Elle appelle sa copine Sandra pour me perruquer et me maquiller. Elles prennent le challenge et un plaisir fou à me déguiser en Marie-Antoinette. Lorsque je me regarde dans la glace, je suis poudré blanc comme de la cocaïne et surtout incroyablement ébloui par leur travail.

Milena est une artiste exceptionnelle, je lui donne un oscar en la remerciant, son quatrième... le premier elle l'a reçu pour Barry Lyndon, le deuxième pour les Charriots de feu, le troisième justement pour Marie-Antoinette de Sofia.

Vous pensez, transformer un métisse d'un mètre quatre-vingt-treize, en reine de France, ce n'est pas donné à tout le monde !

Comment vous raconter cette soirée sans avoir l'air de trop en faire ?...

Pour tromper l'ennemi, j'arrive directement de chez mes nouvelles amies de Paris au Polo Club, en voiture de tourisme avec chauffeur aux vitres teintées. Il est 21h30. J'ai un peu de mal à m'extraire du véhicule avec mon encombrante robe à panier avec corset, bien que le gentleman-driver m'ouvre la porte. Á part ma taille, Marie-Antoinette devait mesurer 1,63 mètre, je lui ressemble comme deux gouttes d'eau: 109 cm de tour de poitrine et 58 cm de tour de taille ! Pour tout vous dire Milena m'a ressuscité année 1770, avant que Marie-Antoinette n'abandonne ses encombrantes robes à paniers, pas pratiques à porter, qu'elle ne supportait plus. Je n'ai pas pu contrarier Milena, qui m'a juré ses grands dieux de costumière que cette tenue était la plus remarquable et que, cette année-là, Marie-Antoinette avait encore la tête sur les épaules !

Certes, pour être remarquable, je suis remarquable et vite remarqué... Dans la rue, devant le Polo Club, arrive au grand trot un carrosse richement décoré, voire transformé en œuvre d'art, tracté par une admirable Cob, nommée Opérette et menée par un cocher en habit. Á l'arrière du carrosse, assises confortablement, Madame de Pompadour et la Comtesse du Barry me font de grands signes.

— Faîtes donc monter Marie-Antoinette mon bon Gaby, s'adresse à son cocher la Pompadour.

— Montez pour un petit tour, votre majesté, insiste avec tous les égards dus à mon rang, la Comtesse.

— C'est fort gentil à vous, un petit tour dans le Parc avant d'aborder cette dernière soirée de l'année me rafraîchira les idées.

Je me hisse tant bien que mal aux côtés de ces figures historiques.

— Trotte, trotte dit le cocher à la splendide Cob, une guide dans chaque main.

Opérette ne se fait pas prier, et nous promène fièrement par cette nuit fraîche de pleine lune.

Je fais connaissance avec ces nobles dames, qui me trouvent charmante avec mon petit accent autrichien, pensent-elles. Trop charmante même, car prise en sandwich, elles ne se privent pas pour soulever ma robe et apprécier mes majestueux dessous en pouffant de rire.

De retour devant le Polo Club, nous faisons toutes les trois une entrée fracassante, tandis que Gaby le cocher libère Opérette dans un paddock avant de nous rejoindre.

Amateur de musique de chambre s'abstenir !

Posté à l'entrée, un marquis DJ, avec perruque et pantalon or pailleté, caresse ses platines. Il fait preuve d'une créativité audacieuse en mixant baroque et techno.

J'avance avec mon loup à la découverte des extravagantes, élégantes et frivoles; des gentilshommes, des religieux, et des écuyers, comme à la cour du Roi. Il y en a pour tous les goûts: marquise baroque sexy; cardinal; doge vénitien; Mousquetaires, archiduc de Russie, princesse Persane, Arlequin joyeux, plusieurs reines, rois, dont Louis XIV le Roi-Soleil et même un Napoléon... toutefois encore plus petit que l'original.

Le dancefloor est pris d'assaut; les splendides buffets de poissons, viandes, et pyramides de champagne aussi.

Mes nobles copines me plantent au bar avec du champagne, pour rejoindre la piste de danse, tandis que Gaby le cocher me tient compagnie.

— Il fait chaud ici, me dit-il en dégrafant sa tunique pour laisser exploser ses seins opulents à la vue de tous et surtout de moi qui suis au balcon.

— Tout de même ! je m'exclame.

— Voulez-vous goûter à mon fouet ? ajoute-il avec naturel en me le présentant.

— Il est un peu tôt pour ce genre de jeux, vous ne trouvez pas Gaby ?

— Je pensais finir l'année en beauté, me dit le cocher en partant chercher une nouvelle proie.

 Il me semble reconnaître Galopini en catin du Roi... Il parle à un Arlequin joyeux qui pourrait bien être Debbie. Je m'approche pour écouter sa voix:

— La courtisane qui sait plaire, séduire, garder un homme...et en plus le faire payer !

C'est bien lui.

— Non merci, ce n'est pas moi, lui répond Debbie amusée.

— Excusez-moi de vous interrompre...

— Je vous en prie votre altesse, s'excuse la catin.

— Auriez-vous l'amabilité, s'il vous plaît, de me dégrafer légèrement mon corset ?

— Vous étouffez votre altesse ? suppose la catin.

— Laissez-moi faire Johnny-Antoinette, me propose gentiment Debbie-Arlequin espiègle, qui m'a démasqué.

Pendant qu'elle s'exécute, je fais face à Galopini qui n'en revient pas:

— Ben mon gaillard, jamais je ne vous aurais reconnu ! Vous cachez bien votre jeu fripouille !

— Vous n'êtes pas mal non plus coquine, c'est votre voix qui vous a trahi.

— Je respire enfin, merci Debbie.

Tout d'un coup, j'ai comme un flash.

— Dites-moi Monsieur Galopini, qui marchait Dark Paradise au rond de présentation le jour de la tragédie ?

Il me regarde avec des yeux de merlan frit.

— Ben, Lucien...

Il explore un instant le passé.

— Ben non, pas Lucien, c'était une fille, une lad j'en suis certain, j'étais juste derrière eux.

— Pas Lucien ? surenchérit Debbie.

— Oui, c'est pas normal ça. Ça aurait dû être Lucien. C'était toujours lui, répond Galopini intrigué.

— Merci monsieur. Désolé, je sais que ce n'est pas l'endroit. Amusez-vous bien.

— Vous aussi, nous dit-il en se faufilant vers le buffet.

— Il n'est pas blanc comme neige le Lucien. Pas comme moi ce soir, je dis à Debbie.

— Il est fourbe. Je n'ai jamais eu confiance en lui, Johnny.

— J'ai déjà un bon dossier contre lui, son cas s'aggrave encore. Je vais continuer à fouiner Debbie. Ici, il y a du lourd...

— Faut juste deviner qui est qui, pas vrai ? Alors, à plus tard Marie-Antoinette.

210

Debbie se dirige sur le Fou du Roi, qui pourrait bien être Philippe Million avec son costume bariolé. J'espère qu'il saura la divertir et la faire rire après cet intermède pas très réjouissant.

Je me sers une assiette de saumon froid à la mayonnaise et une coupe de champagne.

Hum ! ... cette mayonnaise française est délicieuse. Elle avait une fois de plus raison Judith Oui oui !

J'en profite pour jeter un coup d'œil aux alentours, reconnaître des visages. Je ne connais pas tout le monde, ça c'est certain, mais ça me fait plaisir de voir tout ce beau monde. Ils sont tous heureux d'être là et de profiter de la présence de chacun. C'est plaisant... C'est le soir des espoirs... On espère tous que la nouvelle année sera meilleure que la précédente !

Je me demande où est Aurore Parker ? Peut-être qu'elle s'est trouvée un partenaire ?

La musique est enivrante, je ne peux tout simplement pas bouger sur le rythme avec ma robe.

L'invitation de ce soir est arrivée à point nommé, ça fait du bien... ne penser à rien et se laisser porter par la musique... sauf qu'avec moi cela ne dure jamais bien longtemps; mon cerveau reprend toujours le dessus et me ramène inexorablement à mes interrogations.

Et comme par hasard, le destin me rattrape en la personne de Léon Camé déguisé en bonne sœur de la Maison Royale. Il porte une robe de cour de couleur noire.

— Debbie m'a chuchoté à l'oreille que je vous trouverais en Marie-Antoinette, Johnny.

— Oh, Léon, comme cette tenue de Sainte vous va à ravir.

Ça le fait rire.

— Il faut savoir faire pénitence... reconnaître sa faute, Johnny, et accepter la punition qui en découle !... et si l'on peut l'agrémenter d'un petit fantasme c'est encore mieux, me dit-il en concluant sa phrase avec un clin d'œil amical.

— Trêve de plaisanterie Léon; je viens d'en apprendre une sacrée... Ce n'est pas Lucien qui marchait Dark Paradise au rond de présentation avant la course fatale.

— Ça ne m'étonne qu'à moitié, Lucien devait être aux guichets en train de parier contre Dark Paradise, Johnny. Ce gars, il est mêlé jusqu'au cou dans cette sale affaire, j'en mets ma main au feu.

— Il est de mèche avec Tony Lachance, j'en ai la preuve. Grâce à Franck Bijou, nous avons les écoutes téléphoniques du portable de Tony.

— Il paraît que Tony est là ce soir d'après Norbert... Barbara aussi.

— Ils ne doutent de rien ces gens-là. Norbert aussi est là ?

— Oui, avec la laborantine.

— Parfait. Ça tombe bien.

— Á propos de Franck Bijou, c'est lui qui a réussi à intégrer des images d'Eddy Fast dans le montage de la remise des trophées. Il a bidouillé les images pendant qu'il ajoutait ses commentaires. Il me l'a avoué. Il savait que cela ferait réagir et il n'avait pas tort. En interne, il se dit chez France Galop qu'ils sont à deux doigts de réouvrir l'enquête sur l'accident d'Eddy Fast.

— Intéressant ! Bien joué le Franck... Si Tony est là ce soir, il faut que nous le trouvions Léon.

— Juste une dernière chose Johnny, j'ai mis à votre intention sur le *Cloud,* les rushes de toutes les caméras du Grand Steeple Chase.

— Super. Merci beaucoup Léon. Á plus tard.

 Nous partons chacun de notre côté à sa recherche.

Pas facile, car maintenant les fêtards costumés ont aussi envahi les extérieurs éclairés par des lumières tamisées et colorées du Polo Club.

Terrasses, carrières et boxes sont transformés pour l'occasion en espaces de libertinage plus intimistes.

Dans un box un Cardinal donne l'extrême onction à un condamné nu, tout juste vêtu d'un cache-sexe et fouetté par un bourreau.

Dans un autre des boxes, je tombe en arrêt devant un derviche tourneur. Je ne suis pas *la seule* à contempler ce spectacle. Comme un phare, quand il tourne sur lui-même... sa jupe se soulève... un coup tu vois... se baisse... un coup tu ne la vois pas... Je parle de sa toison pubienne, bien sûr !

— Beau con ! s'exclame une écuyère.

Je ne le prends pas pour moi, évidemment !

— Belle attraction, je lui réponds pour être poli.

Je délaisse mon derviche et reprends mon chemin, m'arrêtant simplement pour prendre une gorgée de mon verre. Non mais, je ne vais pas me déshydrater non plus. Je m'introduis parmi les nombreux caractères historiques qui dansent. Certains ne peuvent s'empêcher de me toucher pour apprécier la beauté de l'étoffe de ma robe, je suppose. Tout le monde est si chaud, sous l'influence de substances diverses, heureux. Ça me plaît. Toutes ces gloires qui veulent juste avoir du plaisir, profiter un peu de ce répit et rencontrer de nouvelles personnalités. J'ai chaud, mais ça va, je préfère de loin le chaud au froid. Ma soirée manque d'alcool; je retourne en haut. Derrière le bar, une petite marquise m'offre un joli sourire et un double whisky. Les effluves de son eau de toilette bon marché me laissent deviner en un quart de seconde son identité.

— Merci Marquise Polo...naise !

La petite marquise, après un temps d'arrêt certain dû à la lente connexion de ses neurones, explose de rire.

— Johnny Lebon ! Alors là, vous m'en bouchez un coin. J'étais à deux doigts de vous proposer la botte.

— Vous êtes goudou marquise ?

— Vous êtes plus drôle que d'habitude votre altesse.

— Pas pour longtemps... Il est déguisé en quoi Tony Lachance ?

La petite Polo...naise se renfrogne en rentrant la tête dans les épaules.

— Je vous ai déjà dit que je ne connaissais pas ce type.

— Menteur Polo ! s'exclame une flibustière qui se mêle de notre conversation.

Cette voix ne m'est pas inconnue.

— Ta gueule Norbert, l'arrête le Polo énervé.

— Il est déguisé en bourreau le Tony, m'assure Norbert.

Mince, je ne l'ai pas reconnu !

— Il n'a pas voulu se déguiser en femme. Tout comme Napoléon.

C'est les deux machos sexistes de la soirée.

— C'est pas bon pour toi Marie-Antoinette, ajoute une voix de femme amusée.

Je me retourne et reconnais Eugénie en Pirate des Caraïbes.
Je lève mon verre:

— Que du bonheur pour la nouvelle année !

— Merci à toi aussi Johnny, me répondent-ils.

Polo en a profité pour s'éclipser dans la salle de bal. J'actualise les news pour Eugénie et Norbert en vidant mon verre. L'étau se resserre, mais sans réelles preuves nous ne pouvons pas grand chose...
Nous en concluons que la clef c'est Samantha.
Je repars vers le buffet, empoigne une demie-langouste qui ne se débat pas comme aux Bahamas et je l'inonde de cette mayonnaise française dont je raffole.
Hum, un vrai délice !

Un peu plus tard, un baiser sur la bouche m'indique qu'il est minuit...

— *Happy New Year*, Marie-Antoinette !

C'est Aurore Parker, costumée en diable baroque tout droit sorti du film de Ken Russell. Le DJ enflamme la salle avec une samba de Janeiro revisitée par ses soins. Des embrassades qui n'en finissent plus s'ensuivent...
Qu'est-ce qu'ils sont tactiles ces Français !

Hop ! Hop ! Hop ! Là, je m'arrête tout net ! Je reconnais le parfum au musc de Barbara en embrassant le Cardinal de Richelieu.

— Bonne année Barbara !

— Bonne année.

Intriguée, elle me demande:

— Á qui ai-je l'honneur ?

— Si je vous dis... "Cherchez la femme"... ça vous rappelle quelque chose ?

— Oh, c'est pas vrai ! Encore vous ?

Je confirme d'un hochement de tête.

— Passez votre chemin, me dit-elle en essayant de partir.

Je la retiens par le bras.

— Taratata ! J'ai deux mots à vous dire.

Elle essaye de se dégager. Je serre plus fort.

— Laissez-moi, vous me faites mal.

— Elle est là votre sœur ?

— *Fuck off !*

Je serre son bras encore plus fort. Elle grimace.

Elle jette en vain un coup d'œil autour d'elle, certainement à la recherche de Tony le bourreau.

— N'a pas l'air d'être dans les parages votre protecteur. Samantha, est là ?

— Non.

Je vois son bras qui se gorge de sang sous la pression de ma main.

— Elle est où ?

— Au boulot, lâche-t-elle à bout de force.

— Á l'étang du Corra ? Elle tapine ?

Je lis de la haine dans ses yeux.

— Salopard. Qu'est-ce que ça peut vous foutre ?

Tony Lachance avec sa tête de bourreau, qui chancelle sous l'effet de l'alcool, se dirige sur nous. Il a encore du chemin à faire pour nous rejoindre... Un voile nuageux vient ombrager la pleine lune.

Tony encore à distance, a du mal à se frayer un passage. Son taux est si élevé qu'un test d'alcoolémie en inventerait des couleurs.

— Cette fois, il ne va pas vous rater, m'assure la suédoise.

Mon sang ne fait qu'un tour. Je l'étrangle avec son chapelet et tire de toutes mes forces sur le crucifix rouge qui y pendouille. Par la force des choses on se retrouve nez à nez. Je sens sa respiration agitée et son souffle suffoquer à quelques centimètres de ma bouche. On dirait deux chiens qui vont se bouffer le nez !

Tony, furieux, ne comprend pas bien, mais ressent le danger et décuple ses forces pour venir secourir son entraîneuse de fiancée.

215

Á deux mètres de nous, un frisson le parcourt et le met mal à l'aise. Un bruissement se fait entendre et provoque en lui une série de palpitations d'une force peu commune. La terreur le submerge, il est victime d'une attaque cardiaque. Je lâche Barbara qui se précipite sur lui pour lui masser le cœur. Une papesse géante à côté de moi compose le 15 sur son mobile et explique la situation aux secours. Je reconnais la voix de stentor de Patrick Martin. Voyant Barbara dispenser un ridicule massage, sans queue ni tête, ni fait ni à faire à Tony, je décide de m'y atteler et de lui procurer des vrais premiers soins cardiaques. Barbara n'en revient pas...
C'est le monde à l'envers, c'est moi qui réanime le bourreau !
Je ferais mieux de laisser claquer cette pourriture.

Je finis par m'éclipser à l'arrivée du Samu en pensant que cette charogne de Tony ne perd rien pour attendre. Polo me ressert un double whisky que je pars siroter à côté de la piste de danse, déjà plus accessible vu l'heure tardive.
Le Samu n'a pas refroidi l'ambiance.
Des coriaces ces français !

Je vois bien que les masques et les perruques désinhibent...
Sur la piste, le duc d'Orléans termine un striptease, seins nus, avec un éventail rose pour les montrer ou les cacher. Un chevalier qui s'est trompé d'époque se retrouve en culotte bouffante avec pour tout autre accessoire qu'un string en dentelle noir qui lui sert de loup. Il est vrai aussi, que les plus timides sont déjà partis se coucher. Je peux sentir la musique pénétrer chaque pore de ma peau, chaque petit nerf au bout de mes doigts, chaque fibre de mon être. Le rythme techno-baroque est bizarrement primal, il me donne l'impression d'être dans une cérémonie sans règle, chaotique, dangereusement sensuelle. C'est une belle fête. En bougeant toujours en rythme, une princesse Africaine noire torse nu se colle contre moi. De si près, le doute n'est plus permis, vu ses pectoraux musclés et ses biceps, il est plus prince que princesse.
Oh, il est beau !

Il vient danser pour moi. Juste pour moi. C'est un grand black avec un beau sourire, de petites fossettes sur les joues et des cheveux ébènes, attachés sur sa nuque. Le reste de son corps est aussi satisfaisant. Il vient me coller un baiser sur le coin des lèvres en me souhaitant la bonne année. Ça me fait fondre un peu, mais malgré tout, ce n'est pas avec lui que je veux être ce soir. Je me décolle de ce bel athlète, refait le plein d'alcool et vais prendre l'air en terrasse.

J'admire la lune, mais la voie lactée me semble inexistante comparée à celle exceptionnellement présente au-dessus de nos têtes aux Bahamas, grâce à l'absence de la pollution lumineuse des grandes villes.

— *Happy New Year*, Marie-Antoinette !

Je tourne la tête, c'est le diable de Loudun Aurore Parker, dont le costume est toujours impeccable. Á plus de trois heures du matin, c'est un exploit. Elle est attirante pour une femme dans cette tenue démoniaque. Avec tout le champagne qu'elle a absorbé au cours de la soirée, ses yeux sont remplis de ... pas seulement ses yeux... ça y est, j'y suis... que ce soit sa tenue, ses déhanchements, son attitude générale, tout en elle transpire le sexe. Mais le sexe distingué, raffiné, aimable !

D'un coup, sans que je n'y prenne garde, Aurore possédée par le démon, comme les Ursulines pendant leurs crises de délire, disparaît sous ma large robe panier. Une fois de plus, sans que je ne puisse rien n'y faire, elle s'attaque à mon intimité...

C'est le moment que choisissent la Pompadour et la du Barry, pour venir me souhaiter la bonne année. Forcément, je suis gêné, car je ne sais absolument pas comment gérer ce genre de situation tout à fait nouvelle pour moi... Le moindre geste d'émoi de ma part pourrait mettre Aurore Parker dans une situation des plus délicates. Je prends sur moi pour rester stoïque.

Aurore qui a dû saisir la venue inopportune de ces deux excitées, reste discrète et invisible, mais néanmoins très active, sous ma robe royale.

Madame de Pompadour chaude comme la braise part dans un délire... "Elle imagine un bel inconnu croisé dans la rue qui l'entraîne à l'hôtel et lui donne une fessée pour la punir d'être une fille facile. Il fait claquer sa grande main sur mes fesses blanches et fragiles, doucement d'abord, puis de plus en plus fort", nous dit-elle. Son fantasme doit exciter Aurore Parker qui m'astique la verge avec un appétit redoublé. Moi j'imagine les lèvres charnues de mon boyfriend. La comtesse du Barry surenchérit..."Un super beau cavalier m'ordonne de me déshabiller dans un box. Il me fait l'amour, là allongé dans la paille, les jambes sur ses épaules, dans une sensualité torride", vous voyez ?

— Je vois ou plutôt j'imagine, mesdames. Et dites-moi, à la fin, ils découvrent que vous êtes des garçons ?

— Bien sûr, me répond la Pompadour, sinon, ce n'est pas excitant !

J'ai les oreilles qui chauffent, et la queue en feu... je vais exploser !
Cacher mon inquiétude, mon effervescence, et pour finir mon explosion de joie, me demande un effort surhumain.
Je vois bien que ces deux nobles dames me trouvent bizarre... Mais bien qu'intriguées par mon comportement, elles m'invitent à partager leur couche pour bien commencer l'année.
Décidément ça commence fort 2014 !

Je m'en sors par un joli tour de passe-passe, car je les prie de secourir Opérette qui est chahutée sous nos yeux par un petit groupe bien éméché. Furieuses, ces deux dames s'empressent de dévaler l'escalier pour secourir la pauvre bête... On ne touche pas à Opérette, me jurent-t-elles en partant.
Le Diable réapparaît de sous ma robe avec une expression de satisfaction:

— C'était doux, mais j'ai eu chaud la dessous.

— On a eu chaud tous les deux !

La soirée touche à sa fin. Nous décidons de rentrer ensemble à l'écurie. Cependant, en longeant les boxes, en bas de l'escalier du Polo Club, nous entendons des bruits pas très catholiques...
Effectivement dans un box un peu à l'écart des autres, nous découvrons avec surprise et horreur Napoléon copulant avec une

pauvre ponette.

— Vous êtes totalement taré mon pauvre monsieur, s'exclame Aurore avec haine et dégoût.

Napoléon se retourne vers nous tout en continuant de besogner la ponette.

— C'est Mirabelle nous dit-il, elle est belle, elle mérite, je lui offre mon jus.

J'ai déjà entendu cette voix ? Ce petit homme me dit quelque chose ?

— Vous allez, immédiatement, laisser tranquille, cette gentille bête, lui hurle dessus Aurore.

— C'est de la zoophilie, c'est abominable, je poursuis.

— Zoophile, mais pas PD, il me répond d'un ton sec et amusé.

— Vous l'aurez voulu, lui dit Aurore excédée.

Elle verrouille la porte du box et le volet du haut. Napoléon se retrouve enfermé dans le noir et pour la nuit avec Mirabelle.

Nous quittons le Polo Club épuisés.

Pour monter dans la Jaguar d'Aurore, je dois me déshabiller et poser ma robe sur le siège arrière. Je me retrouve donc un instant en dessous froufrou dans la rue. Il n'en faut pas plus pour que j'entende des sifflets d'excitations de fêtards éméchés qui s'approchent en courant. Je saute en petite tenue dans la Jaguar. Aurore démarre au quart de tour.

Ouf, juste à temps !

Faut que je vous avoue quand même... j'ai adoré me déguiser en fille !

23

Selon la coutume, les réalisations du 1er janvier déterminent la production de l'année...

Je pars donc en jogging faire cinq kilomètres de footing dans le Parc, puis m'arrête à la salle de musculation, recommandée par Debbie, pour 45 minutes d'efforts intenses.

Rien de mieux qu'un décrassage pour purifier mon organisme et évacuer les toxines.

Ensuite, je presse des oranges et je me fais cuire un œuf à la coque que je savoure avec une délicieuse baguette française. J'écoute l'album *Horses* de Patti Smith pour me donner la pêche et l'âme poétique pour toute cette nouvelle année.

Horses... dans une écurie, normal !

Dans mes bonnes résolutions du jour, j'écris une série de cartes postales pour transmettre mes vœux à ma famille, mes amis et mon *boyfriend* Paul.

Dans mes emails, Judith Warner m'annonce la venue imminente de James C.Carlton à Maisons-Laffitte et me remercie pour le *masterclass* que j'ai donné à la Fémis. Tiens, ça me fait penser qu'il faut que j'appelle Osmam Kalsum pour visionner les archives de son père. Comme je suis remonté à bloc pour ce premier jour symbolique de l'année, je m'en occupe immédiatement. Il me donne rendez-vous chez lui, à Paris, le lendemain. J'en profiterai pour rapporter mon costume de Marie-Antoinette à Milena avec un énorme bouquet de chez Star Fleurs.

En attendant les films Super 8, je visionne les *rushes* du Grand Steeple Chase d'Auteuil que j'ai récupérés sur le *Cloud.*

Merci Léon Camé !

C'est avec émotion et beaucoup d'attention que j'étudie les images de chaque caméra.

Sam me rend visite, alors que j'en suis justement aux rushes de la Rivière des tribunes qui a coûté la vie à son père.

— Qu'est-ce qui t'amène Sam ?

— J'ai un coup de blues. Pas facile pour moi d'encaisser tous ces chamboulements dans ma vie.

Il s'assoit près de moi devant l'écran qui diffuse son père à cheval. Je *freeze* l'image.

— Je comprends Sam, mais ta vie ne va pas changer pour autant. Une belle carrière s'ouvre à toi, quoi qu'il en soit.

Il a une moue déroutante. Il fixe l'écran.

Je retarde l'échéance du visionnage car je crains une réaction douloureuse de sa part.

— C'est quoi le plus difficile pour toi; de savoir qui était ton père ou d'avoir à renoncer à tes sentiments pour Debbie ?

— D'abord ma mère; je pensais qu'Aurore avait de l'affection pour ce que je suis... En fait, elle m'aimait parce que j'étais son fils ! Ce n'est pas du tout pareil. Tu comprends Johnny ?

— Je vois ce que tu veux dire Sam. D'un autre côté, ce n'est pas une garantie... certains parents n'aiment pas leur enfant...tu sais. Toi, tu as les deux maintenant...l'amour que tu avais déjà et une mère. Pense que ta maman as dû vivre des moments horribles... ne pas pouvoir dire à son enfant qu'il est son fils, tu t'imagines ?

— C'est à cause du vieux; je le déteste son père. C'est un sale type.

— La famille, tu constateras avec le temps, c'est ce qu'il y a de plus important dans la vie.

— Lui en tout cas, je ne lui pardonnerai jamais d'avoir interdit à sa fille de reconnaître son fils. Il a gâché mon enfance.

— Je ne le porte pas dans mon cœur non plus le vieux Parker. Et pour ton père, je dis en montrant l'écran ?

Il regarde à son tour l'écran avec l'image figée de son père encore en selle sur Dark Paradise.

— C'est une chose d'apprendre qui est son père et une autre

d'apprendre son décès en même temps. C'est dur ! Debbie, je l'ai toujours aimée depuis que je suis ici. Il va falloir que je l'aime autrement. C'est pas facile !

Á contre cœur, je lance la chute mortelle de son père...

Courageusement, Sam me demande de la repasser plusieurs fois pour que nous puissions déceler un indice ou une trace quelconque d'homicide.

La valeur du plan séquence assez serrée, ne nous montre rien de spécial, si ce n'est la meute des chevaux qui avale cette rivière de huit mètres de long sans incident. Seul Dark Paradise culbute et panache violemment. Nous avons bon revisionner ces rushes dans tous les sens nous ne voyons rien à signaler. Sam repart de chez moi avec la fierté, me dit-il, d'avoir vu son père disputer la plus belle course d'obstacles de France.

Sacré mental ce gosse !

Je passe un coup de fil à Alex Parker pour m'enquérir des news de son maître-chanteur. Grognon, au bout du fil, il m'avoue énervé que sa remise de rançon doit avoir lieu à Maisons-Laffitte, samedi dans une semaine, au cinéma l'Atalante. Il ne connaît pas encore l'heure de la séance. Je lui dis de ne pas s'en inquiéter, de se faire porter pâle, de dire qu'il est trop vieux et qu'il chargera un coursier de remettre la rançon à sa place. Il va essayer de négocier cela avec le maître-chanteur, ça l'arrange, il a assez à faire avec son élevage. Il est d'accord à condition qu'il ne sorte pas un rond et que je me débrouille...

Sympa le vieux !

24

C'est bon, il y a deux jours, j'ai rendu mon costume de Marie-Antoinette, offert les fleurs, récupéré les films super 8 du père d'Osman ainsi qu'une petite visionneuse Magnon DS-500 Deluxe. Un petit écran au milieu, avec à gauche une bobine débitrice et à droite une bobine réceptrice. Pas d'électronique, juste un petit moteur pour entraîner les films.
De l'artisanat comme j'aime, un bel objet !

J'ai déjà visionné la moitié des bobines du grand carton que m'a prêté Osman. Pas un indice pour faire avancer l'affaire Dark Paradise. Rien de spécial à signaler si ce n'est la beauté des images des films super 8 mm, associée à la flamboyance du rendu des couleurs des casaques.
J'ai récupéré James C.Carlton à l'aéroport de Roissy et l'ai installé, comme convenu avec Jimmy l'assistant de Judith Warner, dans une suite du Pavillon Henry IV, à Saint-Germain en Laye.
Cet hôtel au charme d'antan et au confort d'aujourd'hui, autrefois résidence du Roi Soleil, lui convient parfaitement. Je dois le rejoindre demain matin pour un petit déjeuner de travail, face au panorama exceptionnel de la vallée de la Seine.

Je passe un coup de fil à Harry Wilson pour le tenir informé des derniers rebondissements...
Il me confie qu'Alex Parker et sa fille se sont partagés les sept millions de francs provenant de la prime de l'assurance car Dark Paradise a bien été euthanasié sur le champ de courses.

Je dîne avec Norbert et Eugénie qui sont toujours ensemble au grand dam de Sara. Norbert qui continue à fourguer des tableaux volés à Tony, m'apprend qu'il a repris du poil de la bête. Il est très remonté contre moi et ne supporte pas mes investigations. Il veut me faire la peau !

Je déjeune aussi avec Franck Bijou et Debbie au Polo Club. Franck a décidé de rédiger un article-chronique sur la vie de Debbie femme jockey. Au passage Polo m'avoue que deux belles blondes d'une quarantaine d'années se sont présentées hier pour lui demander des renseignements sur moi. Il fini par reconnaître tout rouge que c'est Samantha et sa sœur.

Ça commence à chauffer pour mon matricule !

James C.Carlton, c'est bien simple, il veut tout voir, tout connaître, tout comprendre. Nous passons une semaine à peaufiner mon scénario pour la réunion, que nous espérons décisive, avec France Galop. Nous faisons le tour des écuries et de tous les champs de course de la région parisienne. Je lui présente tout le monde... Je ne peux m'empêcher de lui raconter en détail ma version de l'affaire Dark Paradise.

Il est tout excité, il adore !

25

C'est le grand jour. L'heure de vérité a sonné... Judith Warner arrive directement de l'aéroport en limousine. Elle nous retrouve, ponctuelle, dans la salle de conférence de l'hippodrome de Maisons-Laffitte, avec les dossiers de production à la main.

Ça y est, nous voilà avec Judith Warner et James C. Carlton devant le comité directeur et stratégique de France Galop. C'est le moment intimidant des présentations. Á ma grande satisfaction, Léon Camé, le directeur du département audiovisuel de France Galop prend les choses en main...

Siègant en majesté sur le trône de Président, Tristan Berlingot, un monsieur d'un autre âge, à l'allure aristocratique. Á ses côtés, le vice-président Pierre d'Ingre, président du Conseil de l'obstacle. De part et d'autre de cette immense table de réunion, une brochette d'administrateurs finit de composer l'assemblée.

Après une introduction de l'ordre du jour et un mot gentil de présentation pour chacun de ses collègues, le Président Berlingot, nous donne la parole.

Honneur à la plus jeune et hiérarchiquement à la plus haute autorité de notre mini-groupe.

C'est sans appréhension apparente et avec un aplomb digne de son grand-père Jack Warner que Judith prend la parole.

— Judith Warner, responsable du département série télévision de la Warner Bros. Messieurs...

Judith s'arrête quelques secondes, le temps de regarder attentivement chacun des membres de France galop.

— Messieurs !... J'aurais aussi bien aimé dire Mesdames, mais j'observe que vous ne les avez pas désirées !

Elle est gonflée la Judith !

227

Des rires étouffés s'échappent de cette assemblée de mâles français.

— Oui oui, ne riez pas messieurs.

Tout le monde s'efforce de redevenir sérieux.

Judith poursuit:

— Passons... Comme vous le savez déjà, oui oui, nous travaillons depuis un certain temps à la production de l'adaptation française de notre série TV "Jockey".

Le Président fait un signe approbateur de la tête.

Judith continue:

— Aujourd'hui, avec Johnny Lebon, scénariste et James C. Carlton, notre réalisateur, nous allons vous expliquer toutes nos propositions en détail.

Vous trouverez devant vous un dossier complet comprenant un synopsis, un scénario, un casting, une note d'intention de réalisation, une note de production, un devis prévisionnel et un planning.

Á ma droite, Johnny Lebon, probablement le plus talentueux de la nouvelle génération des scénaristes indépendants. Oui oui.

— Bonjour, je leur dis.

Judith continue les présentations.

— Á ma gauche, monsieur James C.Carlton, le deuxième réalisateur le plus rentable de tous les temps derrière Steven Spielberg. Oui oui.

— Bonjour messieurs ! Je n'ai pas dit mon dernier mot, il n'a qu'à bien se tenir Spielberg, assure-t-il en français.

L'assemblée se fend d'un rire homérique.

— Bienvenue à vous trois. Nous sommes heureux et flattés de vous compter parmi nous, s'exclame le Président, de l'autre bout de la table.

— Merci à vous messieurs de nous accueillir, répond Judith de sa voix rauque.

— J'aimerais avant que vous nous exposiez en détail votre production...

Judith toujours aussi sûre d'elle, le coupe.

— Notre coproduction, monsieur le Président, nous sommes associés avec vous !

— Vous faites bien de le préciser mademoiselle Warner. Donc, comme j'allais vous le dire, un petit rappel sur notre dernier rapport du comité stratégique me semble nécessaire. En introduction, je vous dirais que notre but est de réformer pour pérenniser un modèle d'excellence. Au début de l'année 2012, un peu moins de deux ans après l'ouverture du marché des paris en ligne, afin d'évoquer les difficultés rencontrées par la filière hippique, à l'occasion d'une réunion à Matignon, le premier Ministre a souhaité que l'institution mette en place un Comité Stratégique, avec pour mission de proposer des pistes de réforme afin d'assurer l'avenir de l'institution et, prioritairement, de son modèle de financement de la filière hippique. Ce Comité Stratégique est devant vous. C'est pourquoi, votre idée de série TV sur notre filière hippique tombe au bon moment, mais c'est pour cela aussi que nous allons y prêter la plus grande attention afin qu'elle reflète notre adaptation, notre volonté de réformer et notre envie de nous moderniser, et ce dans le bon sens.

— Vous ne pouvez pas mieux dire, monsieur le Président, c'est exactement notre postulat de départ, je lui réponds excité en me levant. La publication des chiffres sur l'année 2013 que je me suis procuré est venue confirmer cette tendance: après quinze ans de croissance ininterrompue, le PMU a connu une baisse des enjeux sur les paris hippiques à hauteur de -5,2% en France, pour un volume de jeu de 8,9 milliards d'Euros... Á l'inverse, les paris sportifs ont encore progressé l'année dernière chez tous les opérateurs de jeux en ligne. Cette progression a même été de 20%. Ma première réflexion a donc porté sur l'analyse du pourquoi ? Pourquoi d'un côté ça baisse et de l'autre ça progresse ? Et une fois que j'ai trouvé la cause, cela m'a paru évident... et il n'y a pas de raison que les courbes s'inversent, bien au contraire, elles vont s'accentuer ! Une catastrophe annoncée à venir pour les paris hippiques, je vous le garantis sur facture.

— Dites...dites... Dites-nous, s'il vous plaît, monsieur Lebon, nous sommes pendus à vos lèvres, s'émeut le Président impatient.

— Laissez-moi vous résumer le déroulement de mon scénario, si vous le voulez bien.

Me voilà parti pour un exposé d'une bonne demi-heure. On n'entend pas une mouche voler. Les yeux s'écarquillent et les mandibules tombent d'ébahissement...

Je conclus en laissant la parole au réalisateur James C.Carlton.

— Messieurs, j'ai basé mes intentions de réalisation sur les paramètres qui viennent de vous être exposés par mon scénariste Johnny Lebon. Ils sont essentiels:

-Les courses hippiques ne sont pas perçues comme un sport.

-Les courses hippiques, actuellement, ne sont pas filmées comme un sport, ni comme un jeu vidéo.

-Le pari hippique en ligne n'est pas en direct pendant la course, mais seulement avant la course.

-Les nouvelles technologies sont absentes.

-La 3D inutilisée.

-Les tablettes tactiles et téléphones mobiles loin d'être exploités.

-Les jeux vidéo absents.

-L'âge des internautes pas pris en compte.

-Les nouvelles générations aiment être acteurs, au cœur des choses.

-L'interactivité enclenche le pari...

...Sauf votre respect messieurs, pardonnez-moi, mais la moyenne d'âge ici dans votre Comité Stratégique, je le vois bien, doit être de 65/70 ans... Je me trompe ? ...

Chacun regarde son voisin en pensant qu'il est effectivement le plus jeune, malgré sa soixantaine bien tassée.

James poursuit.

— ...Imaginez un instant la même réunion avec des jeunes de vingt à trente cinq ans. Que feraient-ils en m'écoutant ? Ils joueraient tous avec leur téléphone portable... SMS, internet, jeux et paris sportif...

Le Président hoche la tête positivement.

— C'est vrai. Continuez monsieur Carlton.

— Les jeux, pour être vraiment beaucoup plus excitants pour les parieurs doivent être joués en direct. Avec une télécommande; chacun en a une de nos jours, en l'occurrence le téléphone mobile. L'interactivité entre le joueur, l'événement et le pari, devient un jeu video. C'est le monde moderne. Les courses hippiques, je vous le répète, ne sont ni considérées comme un sport, ni comme un *game*. La preuve, si je ne me trompe pas, chaque sport en France a une fédération. Les courses hippiques, non !... Pourtant, c'est du sport pour le cheval et pour le jockey. D'un autre côté, les *vidéos games*, les paris sportifs et les jeux de hasard de la *Française des jeux* cartonnent. Alors croyez-moi, messieurs, si vous ne vous adaptez pas aux nouvelles technologies et aux envies des jeunes générations, votre business et votre filière tout entière ne feront que décliner.

Les visages se ferment... James continue:

— Permettez-moi de vous projeter une démo de ma façon de voir les choses pour remédier à cet état de fait.

James C. Carlton, sous les yeux médusés de l'assemblée, tourne son Mac portable face à un mur blanc et tapote des touches sur son clavier. L'ordinateur tel un vidéo projecteur diffuse une lumière blanche sur un rectangle de trois mètres sur deux. James sort maintenant son téléphone portable et envoi un SMS.

— Messieurs, je viens de vous envoyer un SMS avec une application à télécharger.

— Allez-y messieurs, oui oui, regardez vos mobiles, insiste Judith Warner.

Tout le monde s'y colle, même s'ils commencent à nous prendre pour des cinglés.

— HRBG, vous la voyez apparaître, c'est l'appli *Horse Racing Betting Games*, je leur dis à mon tour.

— C'est bon, nous annonce le Président.

Les autres membres de France Galop acquiescent aussi.

— Messieurs, le petit film que je vais vous projeter est une simulation de course. Nous avons créé des chevaux et des jockeys en 3D, d'une façon très réaliste. Pendant la course, tous les deux cents mètres vous verrez apparaître en bas de l'écran le numéro et la cote du cheval calculée en fonction de sa position dans la course. Alors vous pourrez parier en direct en touchant le cheval qui vous intéresse. Sur la droite de l'écran vous pouvez choisir la vision de la course que vous souhaitez avec la fonction *Multi-angles*. C'est pour vous montrer toutes les possibilités de prises de vues que nous avons fait cet exercice en 3 dimensions. Dans les vraies courses, les jockeys et les chevaux seront équipés de micro-caméras pour que le spectateur ne rate rien et vive les courses de l'intérieur. Un logiciel très simple leur permettra de pratiquement réaliser eux-mêmes, en direct, les images de la course... C'est bon vous êtes prêts messieurs ?

Excitée, l'assemblée semble *ready*. Au choix, vous pouvez regarder la course sur ce mur, comme si c'était un écran de télévision ou directement sur votre téléphone et vous monsieur, sur votre ipad puisque je vois que vous en avez un devant vous.

— Allons-y ! monsieur le réalisateur ! dit le Président tout frétillant.

James C.Carlton tape la touche *return* sur son clavier et lance la course.

Une dizaine de chevaux sort des boîtes, sollicitée par les jockeys. Je m'amuse comme un petit fou, je parie tout au long de la course. James profite de la projection pour nous faire une démo très spectaculaire des possibilités de la vision Multi-angles. La prise des paris s'arrête à deux cents mètres de l'arrivée. Judith me fait un clin d'œil en voyant les participants de la réunion se prendre au jeu et parier à tout va. La réussite de l'opération est entre leurs mains...

James arrête la projection après la ligne d'arrivée.

Un grand silence un peu stressant s'empare des acteurs ébahis. Tout le monde regarde le Président. Subitement, il applaudit à tout rompre en se levant.

— Bravo ! Formidable !

Les autres se lèvent à leur tour pour s'exclamer et applaudir. C'est le délire dans la salle, comme si La Callas venait de finir son récital.

— C'est une démonstration très convaincante Monsieur Carlton, je vous félicite.

— Merci, monsieur le Président. Je tiens à remercier mon équipe chez *Digital Domain* à Los Angeles, qui a travaillé bénévolement sur cette démo.

— Incroyablement étonnante de réalisme cette course de chevaux, vous les féliciterez de notre part.

— Ce n'est pas terminé, Messieurs, annonce Judith Warner. J'ai devant moi sur mon ordinateur le rapport de l'analyse de vos paris.

— Déjà ? s'étonne le vice-président Pierre d'Ingre.

— Oui oui, le résultat est conforme à nos prévisions. Messieurs, vous avez parié chacun cinq fois plus que lors d'une épreuve traditionnelle avec l'arrêt des paris avant le début de la course, annonce Judith.

— Ça ne m'étonne guère, votre idée est séduisante, prenante et très addictive, nous félicite le Président de France Galop.

— Non seulement vos parieurs habituels vont parier cinq fois plus, mais vous gagnerez une nouvelle clientèle; la clientèle "connectée en permanence" grâce à l'aspect ludique d'être acteur de la course et du *game*.

 J'abonde dans le sens de James en ajoutant:

— Contrairement à leurs parents, les nouvelles générations désirent absolument être au cœur de l'action; acteurs de leurs vies, de leurs passions, de leurs jeux. Ils ont un égo démesuré. Actifs et non passifs, ils aiment contrôler. On ne peut pas le leur reprocher. C'est ainsi.

— Voici, ce que nous vous proposons pour notre série "Jockey", annonce Judith. Une première production de six épisodes de 26 minutes chacun. Suivie, -si comme nous l'espérons les chiffres des paris explosent-, du tournage de six autres épisodes.

L'idée directrice est de créer un challenge sur six courses d'obstacles; huit jockeys et huit chevaux. Á chaque course, les jockeys changeront de monture; l'égalité des chances. Le concept est de familiariser le spectateur avec les personnalités des jockeys et des chevaux et de terminer chaque épisode avec une course entre les protagonistes. Le spectateur pariera pendant la diffusion en direct de la course à la fin de chaque épisode. Oui oui, avec toute l'armada technologique dont nous vous avons parlé. Vous me suivez ? Vous avez des questions ?

 Léon Camé lève la main.

— Techniquement vous pourrez nous assurer une telle technologie ?

— J'ai créé *Digital Domain en 93.* Nous sommes leader dans les effets spéciaux en images de synthèse. Nous utilisons et développons depuis toujours des technologies de pointe. D'ailleurs nous avons reçu plusieurs Oscars. Nous nous ferons un plaisir de fournir ce qui se fait de mieux à notre série. Nous sommes par ailleurs partenaires avec Facebook, Twitter, Instagram. Ce que nous vous avons décrit, nous le maîtrisons parfaitement.

— Merci monsieur Carlton. Je sais que nous avons une chance inouïe de vous avoir, conclut Léon.

— Pas d'autres questions messieurs ? demande le Président de France Galop à ses collaborateurs.

Comme il n'y en a pas. Judith enchaîne sur le casting en expliquant qu'il est toujours en cours, mais que d'ores et déjà, nous proposons: Philippe Million, Debbie et Sam Fast, Pierre-Amédé Fanfard, Rock Saint-André... Très diplomate, Judith laisse la porte ouverte à des propositions de casting de la part de France Galop. Son geste est apprécié... Elle insiste malgré tout, auprès de ces messieurs, pour avoir plus de femmes dans le casting.

Mi-temps. Nous nous retrouvons dans le couloir pour une petite pose tandis que certains sortent prendre l'air pour griller une cigarette.

Le Président Berlingot nous prend à part.

— Merci à vous trois. Vous avez réalisé un travail remarquable. Je suis très enthousiaste quant à la suite de l'opération... Je suis persuadé de la réussite de cette production.

Je ne sais pas ce qui me prend, mais je lui réponds du tac au tac:

— J'espère que ce programme permettra la sauvegarde de l'hippodrome de Maisons-Laffitte et de son centre d'entraînement.

— Ecoutez, je vous donne ma parole qu'en cas de réussite je mettrai tout mon pouvoir pour pérenniser la Cité du cheval. D'ailleurs, rien n'est perdu, nous étudions la possibilité d'un retour de l'obstacle à Maisons-Laffitte.

— Super idée, je lui dis.

— Oui, effectivement. Un ancien champion de concours complet voulait assurer sa reconversion en organisant annuellement un CCE international. En regardant son projet incluant la construction d'obstacles fixes pour le cross sur notre site, l'idée nous est venue. Alors, nous étudions la possibilité d'une transformation de l'hippodrome, en partenariat avec la municipalité, afin de construire des obstacles de course. Nous garderons uniquement les courses de plat sur la ligne droite. Vous savez c'est la plus longue d'Europe.

— Génial, je lui réponds.

— Ce serait logique, notre centre d'entraînement à Maisons-Laffitte est principalement orienté vers l'obstacle. Mais, motus et bouche cousue. Je ne vous ai rien dit.

— Vous pouvez compter sur notre discrétion. Merci monsieur le Président.

Il se tourne intrigué vers James.

— Dites-moi, monsieur le réalisateur, votre ordinateur portable/projecteur, c'est extra ! Je ne savais même pas que ça existait.

— Il n'existe pas encore sur le marché, c'est un prototype que je suis en train de développer avec ma société. Pratique n'est-ce pas ?

— Epatant !

Á la reprise, le devis est à peine discuté. Dans la foulée, le budget est voté à l'unanimité et le planning accepté dans l'enthousiasme général.

Yes, we made it !

26

Champagne ! Mieux, même, puisque Judith Warner nous invite dans le restaurant gastronomique local Le Tastevin.

 Par curiosité et pour me mettre l'eau à la bouche, je consulte internet... Une étoile au Guide Michelin qui mentionne: carte des vins particulièrement attractive !

Amélia et Michel Blanchet vous accueillent dans une grande maison bourgeoise située dans le Parc de Maisons-Laffitte. Dans cette demeure de caractère, vous passerez un moment d'exception dans une ambiance faite d'élégance et de raffinement.

Michel Blanchet vous concoctera une cuisine de tradition revisitée. Ses créations raviront les palais les plus exigeants.

Le chef vous suggère:

* Entrées

Fraîcheur de homard bleu à la chair de tourteau, crème d'avocat.

Ris de veau, écrevisses, quenelles et sot-l'y-laisse en variation d'un vol-au-vent.

Compotée de queue de bœuf et foie gras en gelée, confiture d'oignons, salade de jeunes pousses.

* Plats principaux

Grosses langoustines rôties et foie gras poêlé, sur un risotto de frégula sarda, jus de viande.

Poitrine de pigeonneau farcie au foie gras et rôtie, sauce salmi, chips farcies d'aromates, champignons de saison.

Filet de canard de Challans rôti sur l'os et laqué aux sucs d'oranges, radis blanc confit, petit chou farci de sa cuisse, sauce bigarade

En lisant le menu, je sais déjà ce que je vais commander. Certain, que je n'aurai déjà plus faim pour prendre un dessert, alors je vous les épargne.

Tant pis pour les gourmands !

Autour d'une table de prestige, dans un décor cossu, je suis en compagnie des hôtes de Judith Warner: James C.Carlton l'invité d'honneur, Léon Camé, Aurore Parker, Debbie et Sam.

Judith porte un toast au Dom Pérignon à notre série "Jockey". Fière de son réalisateur, elle lui demande de nous raconter son parcours. James C. Carlton ne se fait pas prier.

Né en Californie à San Diego. Fils d'un ingénieur électricien et d'une artiste...

Hummmm, ces amuse-gueules au foie gras me chatouillent les papilles.

...Ses premiers gagne-pain, lad d'entraînement à Santa Anita, en Californie. Trop grand, il poursuit ses études.

Grand comme il est, c'est comme si moi j'avais voulu être jockey avec mon mètre quatre-vingt-treize !

Diplômé de physique. Il change son fusil d'épaule et se nourrit d'ambition pour le cinéma.

Après un premier court-métrage autoproduit, il travaille pour Roger Corman, le dieu du Cinéma indépendant de la série B. James commence aux effet spéciaux avant d'être nommé directeur artistique, puis directeur de la photographie et enfin réalisateur.

Son premier film *"Piranha : Les Tueurs volants"*, le lance directement dans le grand bain à Hollywood.

Le Dom Pérignon pétille dans mon verre.

— Après... Judith et toi aussi Johnny, je suppose que vous connaissez la suite de ma filmographie ?

— Oui oui James, assure Judith radieuse.

— *Of course* James, je n'ai raté aucun de vos films. Á vrai dire, j'en connais certains par cœur tellement je les ai vus ! J'ai toujours admiré la construction de vos histoires.

— Merci, Johnny me dit-il. Je t'ai déjà dit de me tutoyer.

— Votre vie privée, doit être agitée avec toutes ces stars qui flamboient à Hollywood ? le taquine Aurore Parker.

— Pour ne rien vous cacher Aurore, ces étoiles m'ont coûté plus cher qu'une expédition dans l'espace !

— Ah bon ? Sam écarquille les yeux.

— Oui, mon garçon. Ecoute bien:

Marié le 14 février 1978 à Sharon, divorcé en 1984

Marié en 1985 à Gale, divorcé en 1989

Marié en 1989 à Kathryn, divorcé en 1991

Marié en 2000 à Angie, divorcé en 2006

Marié en 2008 à Suzy, pas encore divorcé !

En tout, 9 enfants.

— C'est chaud ! en déduit Sam.

— Tu peux le dire mon garçon, j'ai le sang chaud, je démarre au quart de tour. Toutes plus ravissantes les unes que les autres.

Il regarde Aurore avec les yeux de l'amour.

— Heureusement vous gagnez bien votre vie, le console Debbie.

— Tu ne crois pas si bien dire. Mais c'est le cercle vicieux, pour payer mes pensions je dois réaliser au moins un film tous les trois-quatre ans. Et *damned*, voilà que je retombe amoureux sur le nouveau tournage... une actrice, une productrice, une monteuse, une danseuse, une chef opératrice, une cascadeuse... toutes plus extraordinaires les unes que les autres je vous dis. Les femmes m'envoûteront toujours.

— Je ne vous contredirai pas, enchérit Léon. Certaines sont affolantes !

Nous ne pouvons nous empêcher de rire au ton lubrique de Léon.

— Quelle belle vie, vous me donnez l'envie d'aller en Californie, dit Sam rêveur.

— J'ai failli être jockey comme toi Sam. C'était mon rêve ! Et pour quelques centimètres et quelques kilos de trop, j'ai dû changer de rêve. On ne fait pas toujours ce que l'on veut dans la vie, mais c'est important d'avoir des rêves, tu as raison.

— Sam, je t'accueille quand tu veux à Los Angeles, lui propose Judith.

— C'est vrai ?

— Oui oui, si je te le dis. Je t'emmènerai voir les tournages, mais aussi les courses à Santa Anita.

— Cela te ferait du bien de voyager un peu Sam, il faut voir le monde tant qu'on est jeune, je lui dis.

— Vous n'allez pas me prendre mon fils et mon jockey comme ça, boude Aurore.

— On vous le rendra quand il sera la star des champs de courses en Amérique, lui répond Judith.

— Ouais, ça me plairait bien. Ce serait une super expérience, s'imagine Sam.

— Et toi ma jolie Debbie, s'enquiert Léon Camé, l'Amérique ça te tente ?

— Non pas du tout. Je suis très attachée à la France. C'est ma seconde patrie, elle m'a tout donné.

— Tant mieux, conclut Aurore Parker ravie.

Le dîner gastronomique continue de nous mettre en joie.
Et les vins, euphoriques !
Même que Judith et James prennent le pari avec Sam de monter un Pur Sang à l'entraînement dès le lendemain matin. Aurore accepte.
Il faut dire que l'alcool rend vaillant ! Mais pas moi !!!

27

J'ai pas mal à faire aujourd'hui. Une journée pas comme les autres. J'ai beau être scénariste, l'ordre du jour est la remise de la rançon. Séance de 21 heures au cinéma l'Atalante. C'est un moment charnière: le maître-chanteur est obligé de sortir de l'anonymat pour la récupérer. S'agit-il d'un malfaiteur chevronné ou d'un amateur ? Je sais que ces derniers sont souvent plus imprévisibles que les truands professionnels d'après mon boyfriend. Paul est inspecteur de police aux Bahamas. Il faut s'adapter. Le montant de la rançon est souvent une première indication. Déjà, premier bon point, il n'y a pas d'otage dans cette affaire. Donc, pas la peine d'y mêler la police. Pourtant, le maître-chanteur sait qu'il va prendre des risques, donc il est méfiant et probablement armé. Sa faiblesse: l'appât du gain ! A-t-il des complices ? Je n'en sais rien. Alors dans le doute, j'ai mobilisé du renfort dans mon dispositif pour optimiser une issue heureuse. Le film du jour, c'est "Jappeloup", l'histoire d'un petit cheval rebelle qui deviendra champion olympique de saut d'obstacle. Les consignes que j'ai fait transiter par Alex Parker pour le maître-chanteur sont simples: un métisse -moi- assis au dernier rang, sur le fauteuil du bord de la rangée de droite avec le sac contenant les 100 000 dollars. Pas compliqué, le maître-chanteur s'assoit à côté de moi, me remet les documents volés chez Alex Parker et en échange, repart avec l'oseille. Une formalité. Pierre-Amédé Fanfard, le beau jockey martiniquais s'assoit dans le fauteuil que je lui indique, celui qui m'était prédestiné. C'est celui d'Humphrey Bogart (c'est écrit au dos). Moi à l'autre bout de la même rangée, j'ai pris celui de Sidney Poitier. Ça tombe bien, il paraît que je lui ressemble.
J'ai du mal à me concentrer sur le film, car je surveille les allées-venues... Pas grand chose à l'horizon. Tandis que sur l'écran le

petit cheval fait des siennes en dégageant ses cavaliers, j'entrevois un rayon de lumière qui pénètre dans la salle par la porte, juste derrière moi. J'entends le bruit de talons, qui sans aucun doute appartiennent à une femme. Je reste, sans me retourner, la tête basse bien calée dans mes épaules. Je jette légèrement un œil sur ma droite pour apercevoir une silhouette féminine qui demande pardon à Pierre-Amédé. Elle se glisse devant ses jambes et vient s'assoir sur la place de gauche à ses côtés.

Une petite discussion que je ne peux malheureusement pas partager s'engage. Amicalement, la femme à la chevelure noire offre du pop-corn à Pierre-Amédé.

Après un long moment de palabre, la femme ouvre un dossier et en sort des photos. Pierre-Amédé semble acquiescer et en retour ouvre le sac pour faire renifler les dollars à la brune. Pas du tout l'air pressé, elle compte les liasses et s'assure que les billets sont vrais. Je regarde autour de moi sans apercevoir le moindre complice. Soit, elle a du cran, soit sa bande est bien planquée. Soudain, je vois mon Pierre-Amédé Fanfard qui pique du nez sur le fauteuil devant lui, comme s'il s'endormait devant un film ennuyeux. La femme le secoue un peu pour voir si sa drogue fait bon effet. Ravie, ni une ni deux, elle récupère le dossier, la garce, le range dans le sac avec l'argent et se tire dans ma direction. Je la laisse venir en surjouant le mec qui adore le film.

Au moment, où elle s'excuse pour me passer sous le nez, je l'agrippe en lui glissant à l'oreille:

— La balade s'arrête là, ma jolie !

 Cette garce ne se démonte pas et me balance un coup de crosse sur la tempe avec un calibre que je n'ai pas le temps de mesurer. Je ne lâche pas prise. Elle essaye de m'arracher la tête avec le sac de liasses de dollars bien dodu. Je réussis à me hisser hors de mon siège pour lui bloquer la sortie. J'écarte bien les bras pour qu'elle ne puisse pas passer. Je reprends un coup de sac en pleine face. Je chancelle et me retrouve sur les genoux. J'ai toujours les bras écartés pour l'empêcher de sortir. Voyant les spectateurs qui se retournent de toute part, elle choisit de descendre en courant vers l'écran et d'empreinter la sortie de secours. Je me relève. Ouf !

Je reprends ma respiration tranquillement, sous les yeux médusés du public. Je ne suis pas trop inquiet pour la suite car, elle ne semble pas avoir de complices. Je vais jeter un œil sur Pierre-Amédé qui ronfle comme un bienheureux. Je le laisse dormir là, le temps que le somnifère finisse de faire son effet.

Je me dirige à mon tour vers la sortie de secours qui donne sur le parking d'un supermarché.

Comme prévu, la bête est capturée dans les filets de Colombus. Paul l'a désarmée et lui a déjà passé les menottes. C'est vrai au fait je ne vous ai pas prévenu et personne d'ailleurs n'est au courant de l'arrivée discrète en France de mon compagnon des Bahamas, Paul Colombus. Le piège que nous avons élaboré ensemble a marché comme sur des roulettes. Un bon repérage et une bonne mise en scène c'est essentiel dans le cinéma...dans la vie aussi !

Le repérage c'est le parking; la mise en scène c'est notre maître-chanteur récupéré à l'aide d'un filet géant que nous avions tendu pour qu'il se déploie sur notre proie. Les phares de mon 4x4 Range Rover éclairent puissamment, comme des HMI de cinéma, notre starlette aveuglée. À contre-jour elle ne distingue pas nos visages. Paul lui a mis un morceau de *gaffer* noir sur la bouche pour qu'elle arrête de crier. J'installe une caméra vidéo sur le capot de mon véhicule, en plus de mes caméras embarquées, face à la femme qui n'est plus brune, mais blonde, depuis que Paul lui a arraché sa perruque. Elle doit avoir dans les quarante ans, sans doute bien sonnés. Mais je dois reconnaître qu'elle pourrait rivaliser avec Bibi Anderson, l'actrice. Je ne peux pas savoir d'emblée dans quelle mesure elle se sert de son intelligence. Mais je peux voir qu'elle sait tirer parti de son corps au maximum. Je laisse à Paul le soin de commencer l'interrogatoire, c'est son métier. En Anglais ce sera plus facile pour Paul, mais pour elle aussi car en Suède c'est une langue courante pratiquée par tous depuis le plus jeune âge. C'est parti ! Les caméras tournent. Paul, d'un petit geste agile et sec, décolle le *gaffer* de la bouche de cette coriace créature. Elle émet un cri comme-ci on venait de lui épiler le minou. Pas la peine de pleurnicher lui annonce Paul en préambule, personne ne vous entendra dans ce sous-sol. D'abord, elle fait sa dure à cuire. Refuse de parler et nous crache dessus. Quelques explications de ma part lui font prendre conscience que ce n'est pas à elle que nous en voulons, mais que si elle veut s'en sortir, il faut qu'elle se mette à table. Je lui parle de l'affaire Dark Paradise que je veux résoudre, d'Eddy Fast, de Lucien, de Tony Lachance, d'Alex Parker, de sa sœur Barbara, des paris truqués, de la fille carbonisée à l'hôtel Blanche.... Elle réalise que nous sommes bien renseignés et armés pour améliorer sa situation, voire changer sa saloperie de vie...

Elle s'appelle bien Samantha, c'est la sœur cadette de Barbara. Nom de famille Anderson. Sûrement de la même famille que Bibi ! 44 ans. Profession: prostituée. Proxénète: Tony Lachance. Elle nous avoue avoir cambriolé Alex Parker, un salopard pervers qui lui a fait beaucoup de mal. Puis m'accuse...

—Votre faute d'ailleurs, vous n'aviez qu'à pas relancer l'affaire Dark Paradise. Vos suspicions sur la mort d'Eddy Fast, ma sœur en a entendu parler. J'ai voulu en profiter, faire chanter Parker, pour me faire un magot et me sauver en Amérique pour toujours.

— Vous avez fait le cambriolage avec un gars, un complice ?

— Non seule. Je connaissais bien l'endroit. La maison. Le bureau. Je savais qu'il y aurait des chiens, j'ai donc préparé de délicieuses boulettes.

— J'ai photographié des empreintes pourtant. Des grands pieds dans la boue.

— J'avais mis mes chaussures dans des bottes super grandes pour tromper. J'ai vu ça dans un film.

— Malin ! Je me suis fait avoir.

— C'est vous qui m'avez expédié son agenda ?

— Oui... Je voulais que vous ne lâchiez pas la pression sur Alex Parker et aussi vous encourager à poursuivre vos investigations.

— Vous étiez sa maîtresse ?

— J'étais call girl à l'époque. Alex trafiquait avec Tony et sa bande. Des arrangements sur les courses de chevaux. Nous, avec ma sœur et les copines, nous étions la monnaie d'échange.

— Lucien était dans le coup.

— Oui, c'est lui qui faisait les piquouses en douce. Alex fermait les yeux. Un salopard pervers, je vous dis cet Alex Parker. Pour lui faire avaler la pilule, Tony lui présentait toujours des nouvelles filles, des bombes. Le vieux, il en avait la langue par terre !

— C'est Alex Parker qui était dans la chambre d'hôtel avec la fille qui a brûlée dans l'incendie ?

Elle hésite un instant, puis n'ayant rien à perdre, se décide:

— Angie Berg, elle s'appelait, une suédoise. Ça aurait pu être moi ce soir-là ! D'ailleurs la police a pensé que c'était moi la victime.

— Qu'est-ce qui s'est passé ?

— D'après Joe le nettoyeur, Angie était violette. Alex l'avait étranglée dans son délire. Tony lui refilait des produits pour amplifier le sexe. Ça le rendait maboule.

— Tony a fait disparaître les preuves du crime en mettant le feu ?

— Oui, c'est son homme de main Joe, qui s'en est chargé.

— Il ressemble à quoi Joe ?

— Vous avez dû le croiser au "Lily la tigresse". On l'appelle Joe, car il ressemble à Joe Pesci dans le film "Casino". Il est aussi terrifant. Il a sa joue gauche balafrée.

— Oui, je l'ai aperçu avec Tony, je confirme.

— Complètement fou le Tony, je vous dis.

L'hôtel a failli brûler complètement. Une bonne quinzaine de personnes auraient pu y passer.

— C'est vous qui m'avez envoyé la vidéo de l'hôtel Blanche ?

— Non. Quelle vidéo ?

— Passons... (si ça se trouve, je ne saurai jamais). Les traces du meurtre d'Alex, disparues dans l'incendie, l'on rendu redevable auprès de Tony ?

— Oui c'est sûr, d'où l'affaire Dark Paradise.

— Alex n'avait pas le choix ?

— Oui et non, Alex leur a dit cent fois que cette course était mythique, impossible de tricher.

— Justement c'était le gros coup ?

— On n'arrête pas Tony, c'est un fêlé. Il a failli casser la jambe d'Eddy Fast quinze jours avant le Grand Steeple. Eddy avait refusé de retenir Dark Paradise.

— Eddy refusait, vous êtes sûre ?

245

— Sûre et certaine. Tony a tout essayé pour le convaincre... La seule solution alors, c'était que Dark Paradise soit monté par un autre jockey. Rusé le Tony.

— Et Aurore Parker là-dedans ?

— Elle s'est fait berner par son père. Elle était trop amoureuse d'Eddy Fast pour se rendre compte de quoi que ce soit.

— Alors, comment ont-ils fait pour truquer la course, puisque c'est Eddy qui était sur Dark Paradise ?

— Une drogue. Alex avait déjà été pris la main dans le sac. Il avait été forcé de prendre sa retraite prématurément. Un deal avec les autorités lui a permis de sortir du métier la tête haute. Par contre par l'intermédiaire de Lucien, il continuait de tirer les ficelles.

— Une drogue, vous dites ?

— C'est ce que j'ai dit à Alex Parker dans ma lettre de demande de rançon et dans les SMS que j'ai envoyés.

— Avec le téléphone de Tony ?

— Oui, grâce à ma sœur. J'ai essayé de le faire accuser.

— Ce n'était pas une drogue qu'ils ont utilisé pour Dark Paradise, j'en ai la preuve, je lui confie.

— Ah bon ? Comment ont-ils procédé alors ?

— J'aimerais bien le découvrir. J'ai besoin de cette preuve pour clore l'affaire et nous débarrasser de toute cette racaille.

— Moi aussi, il faut que je me débarrasse de Tony. Il menace sans arrêt de me tuer si j'arrête de bosser pour lui. Il le fera soyez-en sûr.

— Ecoutez Samantha, nous allons vous aider à vous en sortir lui promet Colombus. Je pourrais même vous avoir une carte verte pour les Etats-Unis ou les Bahamas si vous préférez.

— Vrai ? s'emballe Samantha.

— Je vous le promets. Attention, d'abord ce témoignage vidéo vous devrez le certifier et jurer qu'il n'a pas été fait sous la menace.

— Pas de problème. De toute façon, je n'ai plus rien à perdre. Vous trouverez pas mal de preuves dans le dossier que j'ai dérobé à Alex, des photos et surtout une reconnaissance de dette qu'il a signée et finalement remboursée à Tony.

— Une reconnaissance de dette ? de combien ?

— Vous verrez, c'est écrit, trois millions de francs.

— Je comprends mieux maintenant l'importance des documents volés pour le vieux Parker.

— Trois millions, c'est cher payé pour acheter le silence de Tony, trouve Samantha. Moi, je ne lui ai demandé que 100 000 dollars.

— Pas tant que ça. N'oubliez pas que Tony l'a sauvé d'une accusation de meurtre. L'argent que lui a donné Alex provient de l'assurance perçue à la mort de Dark Paradise. Il s'en sort bien le Parker, tout compte fait.

Colombus ramasse le sac contenant les documents et l'argent.

— Ok, nous allons étudier tout ça. S'il vous plaît Samantha, faites comme si on ne s'était jamais rencontrés. Nous, nous avancerons de notre côté. On vous recontactera, lui assure Colombus. C'est préférable que vous ne voyiez pas nos visages.

— Surtout que le mien, il n'est pas beau à voir, je plaisante.

— Désolé pour les coups, me dit Samantha. Dites-moi, juste une chose... les dollars ce sont des vrais ?

— Oui et non. En fait ce sont des faux-vrais marqués que nous utilisons fréquemment avec la police bahaméenne pour arrêter les drug-dealers, lui avoue Colombus.

— Vous nous confirmez bien Samantha, qu'Eddy Fast a refusé de tricher avec ses chevaux ? C'est important pour beaucoup de monde, j'insiste.

— Je vous le confirme. Eddy aimait beaucoup les jolies femmes certes, mais ça a déraillé pour lui quand il a justement refusé de tricher avec ses chevaux.

— Une dernière chose qui m'intrigue Samantha, pourquoi votre sœur se fait passer pour vous ?

— Á cause de la police qui pensait que j'étais morte dans l'incendie. Tony a dû prouver que j'étais vivante, mais il avait les chocottes que je bave. J'en savais trop. Ma sœur, elle, elle s'écrase !

Nous nous quittons sur ces aveux complets.

J'ai des bobos, mais ça en valait le coup !

28

Colombus est tout de suite pris en amitié par nos amis des courses hippiques. Surtout depuis qu'il leur a démontré son sens de l'équilibre en montant Cyclone à l'entraînement sous les ordres de Sam. Je n'en suis pas revenu. Je ne l'ai pas imité car moi j'ai déjà du mal à trouver mon sens de gravité sur mes pieds, alors à cheval vous pensez bien. Quant à Judith et James, eux, ils ont fait carrément un canter avec un petit sprint pour le final. Pour James, nous n'avions aucun doute sur ses capacités de cavalier, mais pour Judith se fut une belle surprise. Elle nous avouera tout de même, à l'heure de l'apéro chez Polo, être cavalière depuis l'âge de cinq ans et avoir participé à des épreuves de Jumping à l'adolescence. Il faut que je vous dise aussi, une idylle totalement improbable s'est nouée entre Sam et Judith Warner. Un beau coup de foudre, ces deux-là. Du coup, Judith a retardé son départ pour s'offrir quelques jours de vacances avec son bien-aimé. Quant à moi, je continue de dérusher les films super 8 mm entre deux séances de travail avec James C. Carlton.

En fin de journée, j'ai prévu de faire découvrir Paris à Paul, du deuxième étage de la Tour Eiffel.
Waow ! Paris, c'est fou !

Pour finir la soirée en beauté, nous décidons de poursuivre la visite de Paris en bateau mouche avec dîner sur le Capitaine Fracasse.
Lors de notre croisière de nuit le long de la Seine, nous pouvons ainsi découvrir les plus beaux monuments.

Grâce à cette *cruise* à Paris, les plus beaux édifices n'ont plus de secrets pour nous.

Martial, le meilleur ouvrier de France 2013 en cuisine, vient nous serrer la main au moment du Homard Thermidor. Nous lui offrons une coupe de notre champagne G.H.Mumm en lui annonçant que nous venons de décider de nous marier à la mairie de Maisons-Laffitte...

Sensas, n'est-ce pas ?

29

Après une belle nuit d'amour avec Paul, je file à Saint-Germain en Laye rejoindre James. Je dépose Paul au passage à la mairie de Maisons-Laffitte pour les détails administratifs concernant notre mariage. Je suis tout excité par ce mariage. Mais aussi tout excité car, en visionnant une bobine Super 8, en buvant mon café ce matin dans mon bungalow, je suis tombé, sur des images inédites de Dark Paradise et d'Eddy Fast à l'abord du dernier saut de leur vie...

Je débarque dans la suite de James avec ma petite visionneuse Magnon DS-500 Deluxe.

James se gratte le nez après que nous ayons disséqué le film une bonne vingtaine de fois.

— Encore une fois, me dit James.

C'est reparti, à l'image sur le petit écran: le jockey de Diable Vert, Michel Philipon au coude à coude avec Eddy Fast essaye de prendre le dessus sur Dark Paradise pour que son cheval prenne une demi-foulée d'avance sur lui à l'abord du saut de la Rivière des Tribunes.

Eddy Fast sollicite de plus en plus fort Dark Paradise.

Michel Philipon réussit son pari et décolle avec Diable Vert une demi-foulée en avance sur Dark Paradise. Un peu plus loin de l'obstacle, Dark Paradise victime d'un soubresaut n'obéit pas à son jockey et n'écoutant que sa bravoure, s'élance en même temps que Diable Vert. Dark Paradise culbute, panache et s'écrase bruyamment sur ses cervicales. En se retournant, il écrase Eddy Fast de toute sa masse. Dark Paradise s'agite frénétiquement, victime de violentes convulsions.

— Reviens en arrière, m'ordonne James.

Je m'exécute.

— Voilà ! Stop !

Je *freeze* l'image sur: Dark Paradise victime d'un soubresaut.

— Bouge pas, m'ordonne à nouveau James.

Il se lève, rapporte son ordinateur portable et le pose devant l'écran de la visionneuse. Il enclenche le record de la caméra de son ordinateur qui filme l'image figée de Dark Paradise.

James déclenche maintenant le projecteur de son ordinateur qui nous diffuse la même image en trois mètres sur deux sur le mur blanc du salon.

— Tu vois ce que je vois Johnny ?

Je plisse les yeux pour densifier ma vue.

— Non, James, je ne vois rien d'anormal.

— Regarde plus loin que le bout de ton nez, Johnny !

Je ne moufte pas. J'essaye ! James s'approche du mur et du doigt me montre deux hommes mal dissimulés de l'autre côté de la lisse, face aux chevaux, dont l'un est armé d'un mini fusil bizarre, tandis que l'autre fait écran pour essayer de cacher au mieux le porteur du fusil.

— Cet engin à air comprimé, je le connais bien, il envoie des projectiles en caoutchouc.

— C'est Tony Lachance, j'hurle, tout émoustillé.

— Tu es sûr, Johnny ?

— Positif. Je l'identifie catégoriquement, James.

— S'il te plaît, revoyons la projection de la scène en mouvement dans sa continuité, Johnny.

Ce n'est pas une fois que nous la revoyons la séquence, mais dix. Il n'y a aucun doute, Dark Paradise titube dès lors qu'il est touché par le projectile tiré par Tony Lachance.

James me dit de ne pas paniquer. Je le vois saisir son appareil photo Leica numérique, puis capturer sur le mur chaque photogramme de l'action. Avec sa clef USB j'importe ces nouvelles preuves en images sur mon Mac, dans mon *file* Dark Paradise.

Oh là là, j'en suis tout retourné !

30

Encore tout excité, je retrouve Paul au café l'Avenue, en centre ville. Il sort du poste de police de Maisons-Laffitte. Il a été se présenter à la commissaire principale Fabienne Labrousse et l'a informée de notre affaire Dark Paradise. D'abord contrariée, la commissaire a rédigé un rapport complet avant de lui assurer pouvoir compter sur ses services jour et nuit. Elle a ouvert officiellement une enquête. Ils sont désormais en relation directe. Concernant les formalités administratives pour notre mariage, le préposé, vu la complexité, à ses yeux, de marier deux hommes, nous a renvoyés sur un rendez-vous avec monsieur le maire.
Complexité ?

Je révèle à Paul la découverte de James sur la mort d'Eddy Fast et de Dark Paradise.

Nous dévorons deux hamburgers-frites avec de la bière belge, en observant un défilé de camions de pompiers, toutes sirènes hurlantes en direction du Parc.
Il doit y avoir encore de la casse chez les lads !

Tranquillement nous regagnons l'écurie d'Aurore Parker. Trop tranquillement certainement, car lorsque nous arrivons, mon bungalow a entièrement brûlé. Un tas de bois écroulé et carbonisé, avec un grand filet de fumée qui monte jusqu'au ciel.
C'est moche !

Grâce à l'efficacité des hommes du feu, qui ont su circonscrire l'incendie, le reste de l'écurie a été épargné, heureusement.

Les regards me plaignent; on s'apitoie sur mon sort. Tout le personnel est là à regarder ma misère. Sauf Aurore Parker. Elle s'est rendue paraît-il au commissariat de Police.

Lucien me regarde avec un pauvre air désolé, cet hypocrite. Lorsqu'il s'aperçoit que j'ai mon ordinateur portable sous le bras, il se décompose.

J'ai tout perdu...sauf mes preuves !

31

Mon portable sonne. C'est Norbert. Il m'attend d'urgence au Polo Club. C'est grave, ça craint, me dit-il.

De toute façon, autant se poser au Polo club le temps de trouver un hébergement. Norbert est désolé que mon bungalow ait brûlé. Il est déjà au courant. Polo aussi bien sûr.

Pas de client, juste Norbert, Paul, moi et Polo qui verrouille la porte d'entrée pour que nous soyons tranquilles.

Polo se montre maussade et peu communicatif avec moi, comme d'habitude. Il est soucieux, je le vois bien. Il me cache quelque chose. Mon regard est soupçonneux; seul Norbert se montre amical, voire un peu protecteur avec lui. Chacun sa méthode pour le faire parler, certainement.

— Bon, Voulez-vous me dire ce que vous savez Polo au sujet des deux sœurs.

— C'est une des plus jolies femmes que j'aie jamais rencontrée Samantha...

Norbert le coupe.

— Cherche pas à endormir Johnny, Polo. N'oublie pas que c'est lui le scénariste. Tu vas pas lui raconter des histoires. Allez accouche Polo, dis-leur ce que tu m'as craché.

— Si ça peut aider à découvrir la vérité sur l'accident... Voilà, du temps des meilleures années d'Eddy Fast, j'étais de combine avec Lucien et Tony pour jouer au bookmaker. Je regroupais l'argent des parieurs, de grosses sommes, ici c'était un PMU clandestin en quelque sorte. En échange il me faisait croquer des filles. C'est Tony qui m'a présenté Samantha. J'étais raide dingue d'elle... Elle est toujours magnifique. En plus, comme on connaissait les gagnants, ça rapportait un max. Jusqu'à ce foutu accident. Je vous jure, j'y suis pour rien. Je n'ai rien compris...

— Elles voulaient quoi les sœurs ?

— D'abord, boire des coups. Elles discutaient au bar... j'ai laissé traîner mes oreilles. Samantha s'est confiée à sa sœur sur une histoire de remise de rançon à l'Atalante. Elle pensait récupérer des dollars et se tirer. Elle faisait chanter le vieux Parker. Mais d'après elle, elle serait tombée sur un os.

— Même deux os, je dis à Polo, en désignant aussi Paul Colombus.

— Vas y Polo, dis-lui la suite, l'encourage Norbert.

— Justement, Samantha voulait savoir où vous créchiez. Elle a vraiment insisté.

— Vous lui avez dit, demande Colombus ?

— Je n'ai jamais rien pu lui refuser. Cette fille j'en suis fou, je pourrais l'épouser.

— Vous croyez que les sœurs ont foutu le feu à votre bungalow, me questionne Norbert.

— Samantha, je ne pense pas. Sa sœur j'en sais rien. Je vois plutôt Lucien dans ce coup là.

— Raconte la suite à ces messieurs Polo. C'est grave, insiste Norbert. C'est pour ça que je t'ai dit de rappliquer Johnny.

Polo se renfrogne, mais finit par lâcher:

— Barbara est revenue hier soir sans sa sœur, mais avec Tony Lachance. Après quelques verres, elle a fini par tout raconter à Tony au sujet du chantage au vieux et de la remise de rançon. Le Tony, il est devenu fou. Qu'une de ses filles fasse des entourloupes dans son dos qui peuvent lui rapporter des emmerdes sans qu'il touche un rond, vous voyez le topo ?

— On voit, fait Colombus... La psychologie classique du tueur-racketteur !

— Et donc, je dis, c'est quoi la vengeance du Tony ?

— Il prépare un sale coup Johnny, c'est pour ça qu'on est là. Dis-lui Polo, persiste Norbert.

— Tony a juré sur son honneur qu'il allait carrément noyer Samantha dans l'étang du Corra.

— Elle est au courant sa sœur Barbara ?

256

— Non, bien sûr. Il l'a expédiée pour faire venir Joe le balafré et a tout organisé avec lui. C'est prévu cette nuit. Faut agir. Je ne veux pas qu'elle meure Samantha. Vous comprenez ?

— Vous savez où elle racole précisément au Corra ?

— Oui. Il faut contourner l'étang, elle est postée près des tables à pique-nique au bord de l'eau. J'ai entendu qu'ils iraient cette nuit, vers deux heures du matin, comme pour la chercher. Sauf qu'ils ne la ramèneront pas. Vous allez prévenir la police ?

— Je suis en contact direct avec la commissaire de police de Maisons-Laffitte. Ne vous inquiétez pas on va les prendre en flag, garantit Paul. Vous Polo, vous restez bien tranquille ici, c'est compris ?

— Oui. Promis. Faites gaffe, c'est des déments extrêmement dangereux ces deux-là.

— Si vous m'aviez dit que vous le connaissiez ce Tony, on n'en serait pas là aujourd'hui Polo, je rouspète.

— Vous pouvez compter sur mon aide, nous prévient Norbert. Tu as bien fait de me prévenir Polo. On va la sauver la pépée. En attendant, aboule ta bouteille de Chivas.
J'espère qu'on va pas y laisser notre peau !

Nous sommes postés avec Paul, à l'intérieur de mon confortable Range Rover. Nous attendons Tony. Norbert est posté derrière une rangée d'érables en embuscade, prêts à bondir avec sa BSA Gold Star. Nous surveillons d'un œil Samantha qui tapine au bord du lac. En attendant nous grignotons nos sandwiches et buvons le café du thermos que nous a prêté Polo. Nous attendons cette ordure sadique et répugnante...
Vous n'allez pas me croire ! Devinez qui je vois passer ? C'est Philippe Million au volant d'une BMW, avec accrochée à son cou la petite Sara qui lui lèche l'oreille. Sûrement pour se consoler de Norbert !
Sympa pour Debbie !
 Je le sentais pas ce gars-là, encore un pressentiment gagnant!

Il est deux heures du matin lorsque, Tony accompagné d'un petit homme, qui doit être Joe le nettoyeur vu qu'il a la joue gauche complètement balafrée, débarquent d'une vieille Mercedes. Nous, nous nous trouvons dans une demie obscurité, la lune est à son premier quartier, mais il y a beaucoup d'étoiles. Nous allons affronter ces hommes extrêmement dangereux, d'après Polo, et sûrement armés.

Je suis en proie à la terreur, une terreur qui me pousse à l'action...

Tony et Joe son killer-nettoyeur, s'approchent de Samantha. Tony fait des grands gestes de colère et lui balance une baffe monumentale qui l'envoie au sol.

Avec Paul, nous observons la scène sans intervenir, bien que ce ne soit pas l'envie qui nous manque. On se fait au contraire tout petits dans le Range.

Joe se baisse et ligote Samantha les mains dans le dos. À moitié assommée elle est traînée par les pieds jusqu'au bord du lac. Je vérifie que l'enregistrement de mes caméras embarquées fonctionne bien. Le voyant rouge qui clignote me rassure. Elles filment les deux hommes balançant Samantha dans l'eau glaciale du lac. Elle se débat. Ils lui appuient sur la tête. Elle boit la tasse. N'en pouvant plus, j'éclaire la scène avec mes phares. Paul a déjà ventousé le gyrophare sur le toit et l'actionne. Notre sirène de police hurle. Les deux salopards se retournent aveuglés comme des lièvres. Le temps qu'ils comprennent et réagissent, nous sautons du 4x4. Paul les met en joue avec son arme de service. Nous avons à faire à des coriaces. Pas effrayés par l'arme, ils déguerpissent en vitesse croyant avoir à faire à la police. Paul hésite, mais ne leur tire pas dessus. Ces salopards filent se réfugier dans les fourrés. Cette fois nous sommes cuits. Ils ne vont pas nous louper. On s'est foutu dans un sale pétrin. Pas le choix, je plonge car Samantha a dérivé et est en train de se noyer. En trois brassées de crawl, je la rejoins. Je la soulève pour qu'elle respire. Elle suffoque. Je ne peux pas la prendre par dessous les épaules, avec les gestes de secours habituels, car elle a les mains attachées dans le dos. En plus la peur la fait se débattre inutilement. Je bois une tasse, puis deux. Nous nous accrochons comme des gens qui vont se noyer. Colombus bondit avec la légèreté d'un chat.

Norbert débarque à fond avec sa moto et lui lance un grappin. Colombus me le renvoie. Je lâche Samantha un instant, le temps de l'attraper au vol. Il y a de la peur dans les yeux de Samantha. Je manque de pousser un cri de triomphe en le saisissant. Je commence à avoir les pieds gelés, pas ma tête. Avec tout ce que j'ai à penser, elle ne risque pas de se refroidir. Paul fait signe à Norbert qui accélère et nous tracte vers le bord avec sa BSA qui rugit. Au moment où Paul coupe les liens de Samantha, des coups de feu retentissent et les balles sifflent autour de nos oreilles.

J'ai peur qu'on se fasse trouer la peau. Nous rampons et nous planquons derrière mon Range Rover. Les balles fusent; il y a une lourde détonation.

Samantha pousse un gémissement et cache son visage contre mon épaule... Elle s'écarte vivement, mais la balle de Joe qui est maintenant debout devant les fourrés, vient lui labourer l'épaule droite.

— Ils m'ont eue, crie Samantha.

Paul reprend du poil de la bête, se hisse au volant du 4x4, démarre et fonce sur Joe.

Les yeux du mac luisent de haine.

Touché et propulsé, il fait un vol plané dans les airs pour finalement s'écraser en hurlant dans un arbre.

Norbert de son côté réapparaît et lâche sa moto qui fonce toute seule vers le fourré jusqu'à ce qu'elle rencontre Tony Lachance et le renverse. Un choc d'une violence inouïe le fait hurler comme un porc. Colombus lui saute dessus, le maîtrise, lui passe les menottes. Tony n'est pas beau à voir. Il pisse le sang par tous les pores de sa peau.

Paul appelle pour du renfort et tombe directement sur la commissaire qui déclenche la procédure d'urgence... ils vont arriver dare-dare !

Samantha a les yeux ouverts, elle est vivante, mais son regard devient vitreux... Ses lèvres sont tuméfiées.

— Il était temps, je dis à Samantha. Faites voir votre épaule.

Je déchire sa chemise. J'examine sa blessure.

— C'est moche !

— Ça brûle, souffle-t-elle.

La balle a dû heurter la clavicule. Son scorpion tatoué à l'air de cracher du sang.

C'est de la folie. Une folie de plus !

Je vois le sang jaillir et tomber au sol.

— Pas de panique la balle a traversé l'épaule, je constate.

Nous sommes face à face. Je dois avoir une drôle d'expression. Elle tourne à moitié de l'œil. Je l'attrape à bras-le-corps. Je la porte dans mes bras et m'avance vers le 4x4 pour la déposer sur la banquette arrière. Je serre les dents. Samantha tourne vers moi son visage défait.

— Ne vous inquiétez pas, tout ira bien, j'essaye de la rassurer.

Norbert arrive vers nous.

Une fois Samantha allongée, je leur dis:

— Attendez-moi une minute, la police et les secours ne vont pas tarder.

Je vois que Norbert prend un coup de stress au mot "police".

— T'inquiète pas Norbert. Tes ennuis avec les flics, c'est fini. Colombus a négocié pour qu'ils te foutent la paix; pour ton passé. Pour l'avenir tiens toi à carreau ... Norbert va s'occuper de vous, Samantha.

Je rejoins mon boyfriend.

— Et toi Paul, ça va ?

— Pas trop bien, je suis un peu sonné.

— Moi aussi salopes d'enculés, dit le Tony complétement amoché.

— Toujours le mot aimable Tony ! Content de te revoir.

— Ta gueule batard.

— C'est toi qui as tué Eddy Fast, ordure ?

— Cause toujours négraille.

— Fumier, tiens prend ça, lui annonce Paul avant de lui écraser le nez avec son poing.

— Salaud, répond le Tony mal en point.

— Tu vas répondre à mes questions, je lui dis.

Il me regarde avec son œil noir de tueur.

— Je répète, c'est Alex Parker qui a organisé tout ça ?

— J' vais vous bousiller, il rugit.

Paul lui bondit dessus et lui assène un coup à la mâchoire.

— V'z' allez m' le payer vous deux. J' vais vous broyer tous les os du corps.

Paul le touche encore deux fois, à la joue et à la tempe.

— C'est Alex Parker qui a organisé tout ça ?

— Ouais, lâche-t-il péniblement en crachant du sang sur le côté.

Il me faut aussi les aveux de Joe.

— Et toi le balafré, t'es aussi de toutes les tueries ?

— Qu'est-ce que ça peut vous foutre les mal blanchis ?... Du balai, retournez dans votre jungle les babouins, nous insulte Joe.

Je bourre la gueule de Joe de coups de poing.

Il s'effondre.

— C'est toi qui a fais brûler Angie Berg la suédoise, à l'hôtel Blanche ?

— Fais pas chier avec ces vieilles histoires noirot. Va plutôt baiser ton copain. C'est toi qui fait le bouc ou c'est lui qui fait la chèvre ?

Je lui balance mon pied dans le bas-ventre.

— Enculé de ta race, me dit-il en suffocant.

Par terre, Joe se traîne.

— Alors, c'est toi, oui ou non ?

Il geint, se redresse péniblement.

— Y'a prescription.

— Répète plus fort, je lui dis en lui expédiant un coup de savate qui lui explose le nez.

— Aaaaah !...Aaaaah !... Ouais, ça suffit... c'est moi. Mais elle était déjà clamsée la pute.

— C'est Alex Parker qui l'avait tuée ?

— Ben si tu sais tout, pourquoi tu m'demandes ?

— C'est pour la caméra, je lui réponds, souris, tu es filmé.

Il me dévisage comme si j'étais timbré.
Un peu dépassés les gangsters !

Les aveux de ces deux bandits, parfaitement éclairés par les phares et filmés par mes caméras embarquées, nous fournissent les dernières preuves dont nous avions besoin.

Nous ligotons ces deux malfaiteurs avant l'arrivée de la police.
Dix minutes à peine... trois voitures banalisées, un fourgon et une ambulance nous encerclent.
Samantha, très affaiblie, est chargée délicatement dans l'ambulance qui fonce aux urgences de l'hôpital du Parc. Je demande à Norbert de l'accompagner.

Avec Paul, nous escortons tout ce petit monde au commissariat. Pas besoin d'une nouvelle chambre, nous y passons la nuit... Je m'y douche et passe un survêtement qu'on me prête...

Dépositions, preuves, vidéos, enregistrements... tout y passe !

Lucien, sorti de son lit, arrive menotté, la tête enfarinée. Fabienne Labrousse a aussi fait coffrer Alex Parker, sorti de son manoir au milieu de la nuit.

Puis on trinque avec la commissaire qui débouche une bouteille de champagne pour nous fêter comme des héros. Cette sympathique fonctionnaire a bougé l'office du tourisme, ainsi que ciel et terre, pour nous trouver une chambre. Malheureusement, le congrès de la Miséricorde Catholique a fait main basse sur tous les hébergements de la ville.

Á huit heures du matin, le maire débarque en personne, accompagné de Patrick Martin et Léon Camé. Ils sont frais comme des roses, pas nous. Ils sont déjà au parfum de toute l'histoire. Richard Lenoir propose que nous fassions une réunion dans son bureau à la mairie, juste en face.

Nous, on pique du nez, mais l'air vif de l'extérieur nous réveille. Le maire nous félicite. Franck Bijou, prévenu par Léon Camé nous rejoint avec des croissants en réunion plénière. Franck va avoir de quoi compléter son article-chronique sur la vie de Debbie Fast en relatant l'affaire Dark Paradise enfin résolue.

Il est dix heures du matin lorsque nous achevons la réunion. Le maire se félicite de notre collaboration avec le commissariat de sa ville. Il insiste pour que Franck le mentionne dans son article à sortir dans Paris-Turf. Passant d'un sujet à un autre, Richard Lenoir est fier de nous annoncer que l'amendement qu'il a déposé à l'assemblée nationale, visant à préserver des zones de caractère tout à fait remarquables, comme celle du Parc de Maisons-Laffitte, vient d'être accepté.

Avant de nous relâcher, le maire embarrassé, nous informe qu'il ne peut pas accéder à notre demande de mariage.

— Pourquoi ? je demande.

— Les héros ne se marient pas !

— Et encore ?

— Vous y allez un peu fort les gars.

— Pourquoi ? insiste à son tour Paul.

— C'est une ville en majorité contre le mariage pour tous. Même les prêtres ont préféré annuler leurs messes pour que leurs paroissiens se rendent aux manifs. Imaginez, si je marie deux homos, noirs en plus, ils feront brûler ma mairie et moi avec !

— Vous êtes sérieux ? je lui dis.

— Je pense bien, le discours dans cette ville puritaine c'est plutôt : "la peine de mort pour les PD" !

— Bravo ! Vous êtes en train de vous refermer... La France régresse. La structure de cette société ne me convient pas. Je n'ai plus trop envie de me marier ici de toute façon, ajoute Paul.

— Les puritains sont souvent les plus voyeurs, c'est bien connu monsieur le maire, je renchéris.

— Croyez-moi, je ne suis pas le plus vertueux. Loin de là ! nous confie Richard Lenoir. Mais je dois régir et administrer en fonction de la majorité.

Voyant notre mine déçue, le maire ajoute:

— Ecoutez, je comprends votre déception. On va faire donnant-donnant. Je vous offre votre pré-lune de miel ce week-end au Château avec un cocktail dinatoire pour vous et vos amis, et vous vous marierez dans votre pays. C'est le mieux que je puisse faire.

Le maire, c'est le nouveau Roi-Soleil, il fait la météo dans sa ville. Alors, nous acceptons sa proposition de passer notre pré-lune de miel au Château de Maisons-Laffitte.

Faute de grive, on mange du merle, disent les français !

Nous voici châtelains pour le week-end ...ça ne se refuse pas !

32

"Le château de Maisons, dont Mansart a réalisé tous les bâtiments et les jardinages, est d'une beauté si singulière qu'il n'est point d'étranger qui ne l'aille voir comme l'une des plus belles choses que nous ayons en France." Charles Perrault

Epuisés, avec mon futur mari, nous squattons la première chambre qui nous tombe sous la main. D'après la plaque, c'est celle du maréchal Lannes. Á priori pas de rapport avec le peintre. Un lustre magistral éclaire les boiseries et marqueteries d'époque. Nous nous jetons dans un double lit, malheureusement taille jockey, encastré sous une alcôve surmontée d'un somptueux plissé de rideau.

Dans mon rêve, je suis en conférence de presse. J'explique aux journalistes le déroulement de mon enquête concernant l'affaire Dark Paradise et son dénouement. J'ai droit à tout un tas de questions, des plus gênantes aux plus surréalistes...
Les caméras de télévision se pressent autour de moi, tandis que les présentateurs se battent pour m'avoir en exclusivité sur leur plateau du soir aux infos.
Les photographes me mitraillent... J'ai la tête qui bourdonne pleine de clics et de clacs (clic clac kodak !)... Lorsque j'ouvre un œil, dans notre chambre du château, un groupe de touristes japonais émerveillés nous mitraille avec des appareils photos dernier cri. J'en crois pas mes yeux, alors je les frotte pour être sûr. Je secoue Paul toujours dans les bras de Morphée. Il se réveille en sursautant. Une petite japonaise téméraire fonce sur lui pour capturer l'image de son sexe en érection matinale. Á voir l'expression éberluée de la jeune femme, je me dis qu'elle n'a jamais eu la chance d'en voir "un" si

bien monté. Paul comprend qu'il a le sexe à l'air. Il remonte le drap à la vitesse du son. Á ce moment-là, un jeune guide un peu pète-sec, nous dit:

— Je pense, messieurs, que vous avez dû vous tromper de chambre.

— Nous avons l'autorisation du maire, je lui annonce pour nous dédouaner.

— Je suis au courant, me dit-il, mais pour votre gouverne, la chambre d'hôte est au dernier étage dans l'aile réservée au privé.
Quel réveil mes amis !
Mais au moins les japonais ne seront pas déçus du voyage !!!

Je ne vais pas vous raconter la soirée au château avec la réception-cocktail-party offerte par la ville. Vous penseriez que je ne pense qu'à m'amuser. Sachez tout de même, que nous y avons convié tous nos amis du centre d'entraînement, les entraîneurs, les lads, les jockeys ainsi que Judith Warner, James C.Carlton, Franck Bijou, Léon Camé, Harry Wilson, Patrick Martin, Samantha, Eugénie, Norbert, Polo et la commissaire Fabienne Labrousse.

Dans les jardins le maire nous avait réservé la surprise d'un magnifique feu d'artifice.

33

Après un week-end que nous ne sommes pas prêts d'oublier, nous décidons de faire un break d'un mois, le temps que la série "Jockey" se mette en place.

Sam, encouragé par Judith Warner a pris la décision de poursuivre sa carrière en Californie, juste après la première partie de notre tournage, qui se terminera en avril. Il profite du départ à Los Angeles de sa nouvelle bien-aimée pour décoller avec elle, afin de poser des jalons en Californie. Il reviendra en France avec Judith d'ici un mois.

James C.Carlton file à New York. Il projette de réaliser un long-métrage sur l'affaire "Dark Paradise", avec la Warner dans le coup et moi comme scénariste bien sûr !

Paul lance les démarches de la carte verte promise à Samantha. Polo décide de la suivre en Floride, il veut créer un Polo Club à Wellington, la cité du cheval américaine.

Et Aurore, vous me direz ? Aurore, elle a pris une bonne claque bien sûr. Son père a été complice de la mort d'Eddy; son jockey, son amour et le père de son fils. Mais surtout, il est responsable de la mort de la suédoise, Angie berg, dans la chambre de l'hôtel Blanche.

Aurore a malgré tout pris cela avec philosophie; "J'ai perdu un père, mais j'ai gagné un fils ! " m'a-t-elle glissé à l'oreille.

Avec Paul, nous décidons de partir une semaine en vacances dans le sud de la France, histoire de changer d'air et de voir du pays.
C'est pas volé comme on dit !

Toute la ville de Maisons-Laffitte ne parle que de la une de Pari-Turf :
" Johnny Lebon, un scénariste américain, découvre l'assassin du jockey Eddy Fast."

Sous ce titre, figure pleine page, une photographie dramatique de Dark Paradise la tête à l'envers, culbuté sur ses cervicales écrasant Eddy Fast inerte sur l'herbe du champ de courses. Cette image spectaculaire fixe pour l'éternité ces deux champions.

Á l'intérieur, en double page, figure à droite un article qui résume l'affaire Dark Paradise que j'ai résolue et à gauche, l'article-chronique de Franck Bijou sur Debbie femme-jockey.
En dernière page du journal, mon ami Bijou toujours lui, informe le lecteur du prochain démarrage de notre série "Jockey" en partenariat avec France Galop. Debbie sur mes conseils a largué Philippe Million. Elle ne tardera pas à retrouver un chevalier plus loyal, j'en suis certain.

— Beau travail, je dis, à la lecture des articles.
— Beau travail à toi, me répond Paul.
— Merci de ton aide inspecteur Colombus.
— Tu as fini ton scénario Johnny ?
— Oui. Sauf qu'on ne finit pas un scénario Paul, c'est comme un livre... On l'abandonne !

Remerciements à Gaby, Marie-France, Stéphanie, Agnés, Anaïs, Penny, Francis et Pierre

Du même auteur
chez FLH EDITIONS

Cherchez la femme

Johnny Lebon scénariste à Hollywood est expédié aux Bahamas par un producteur peu scrupuleux afin d'y parfaire son scénario. Sur place, il est victime de règlements de compte entre trafiquants de drogue, surfeurs, écologistes et évangélistes. Des personnages hauts en couleurs, parfois torrides, comme la sublime Tallulah ou la flamboyante Shannon."Cherchez la femme"... Tous les habitants de l'île n'ont que ces mots à la bouche et en ont fait leur sport favori. Johnny n'a pas d'autre choix non plus que de s'y soumettre pour survivre. Le comble pour un scénariste, il se retrouve embarqué dans un vrai polar "sea, sex and sun" sur Eleuthera, la fameuse île paradisiaque.

Dark Paradise

Dark Paradise

Johnny Lebon, scénariste à Hollywood, est expédié en France, à Maisons-Laffitte, pour écrire une série TV sur le monde des courses hippiques.

Sur place, grâce à sa perspicacité, il réanime " L'affaire Dark Paradise ", celle d'un cheval célèbre et de son crack-jockey Eddy Fast, tous deux morts en course.

Johnny, un peu trop *black*, un peu trop *gay* et un peu trop *curieux*, met le feu aux poudres dans cette paisible ville à la population partagée entre puritanisme et voyeurisme. Il se retrouve, au péril de sa vie, embarqué au grand galop... avec des entraîneurs, des entraîneuses, des jockeys et des mauvais garçons... dans un thriller haletant qui dépasse ses scénarios les plus fous.

Une intrigue mystérieuse et machiavélique, avec des personnages d'une humanité complexe.

La vision des courses et des paris hippiques seront à jamais changés...

Dark Paradise